人在江湖，身不由己，但什麼是江湖？

從古人詞語學文化常識 3

蘇建新等——著

目次

1

「楷模」一詞原指兩種樹木，為什麼變成了對模範人物的稱呼呢？

「楷模」這個詞最遲在東漢時期就已形成，根據《資治通鑑》卷五十五記載，東漢時期的太學生中廣泛流傳有「天下楷模李元禮」這樣的說法。其後，南朝宋人范曄在其所著的《後漢書》卷六十四有這樣的記載：「曹操北討柳城，過涿郡，告守令曰：『故北中郎將盧植，名著海內，學為儒宗，士之楷模，國之楨幹也。』」

現在，我們一般把具有模範行為、榜樣作用的人稱之為「楷模」，為什麼呢？

「楷模」一詞源於兩種樹木。北宋人孫奕在其所編著的《履齋示兒編》一書的卷十三中說：「孔子塚上生楷，周公塚上生模，故後世人以為楷模。」楷樹是自然界中實有的一種樹，俗稱「黃連木」，是落葉喬木，果實紅色，形為橢圓，其木質地柔韌，久藏不腐，亦不暴折，雕刻而成的器具玲瓏剔透、木紋如絲而不斷，名曰「楷雕」，是一種很出名的工藝品。生長在孔子墓上的楷樹傳說為其弟子子貢所植，相傳子貢奔喪回來後，將一棵楷樹苗栽於其師墓旁，後來長成一棵大樹。樹幹挺拔，枝繁葉茂，巍然兀立，正直浩然，為諸樹之榜樣。清康熙年間，子貢所植的楷樹遭雷火焚死，後人遂將枯乾圖像刻於石上，碑名「子貢手植楷」。又於石上建亭存碑，亭名「楷亭」，亭與碑至今都完好。

但模樹卻很可能是古人假想出來的一種樹木。明人葉盛在《水東日記》中載：「吳正道，東隅人，明六書，許慎《說文解字》有不足者補之。臨川吳文正公澄問曰：『楷模二字假借乎？』曰：『取義也。』曰：『何以取木為義？』曰：『昔模木生周公塚上，其葉春青、夏赤、秋白、冬黑，以色得其正也。……出淮南王安《草木譜》。』」這裡提到的模樹很神奇：其葉隨時令而變，春天青翠碧綠，夏天赤紅似血，秋天潔白如玉，冬天烏黑如墨。因其各季色澤純正，「不染塵俗」，便為諸樹榜樣。後世以樹喻人，故把人的模範行為、榜樣作用以及為人師表的風範，稱為「楷模」。

不過，因為「模木」之名除在淮南王劉安的《草木譜》一書中有記載外，其他古籍及近現代植物學著作中都未見有這一樹名，而淮南王劉安所著的《草木譜》一書除了在上述筆記小說中被提到外，在其他史籍中也未見到，故這本書極有可能是根本就不存在的。

也有人認為「楷模」一詞的由來與楷樹、模樹是沒有任何關係的，孫奕、吳正道等人所說完全是一種附會之說。「楷模」的「楷」字的本義即為法式、典範。

延伸知識 作為榜樣的「模範」最初是人還是物？

如今，「模範」一詞，通常解釋為榜樣，值得學習或仿效的人物或事物，如勞工模範代表、英雄模範、模範丈夫、模範事蹟等。其實，模範是模與範的合稱，最初是指古代鑄造青銅器時所使用的主要造型工具。一九七五年在河南偃師二里頭遺址的墓葬中出土的商代乳丁紋青銅爵，是我們所知採用範鑄的最早一件銅器，距今已有三千五百多年了。

一件青銅器的鑄造，要經過塑模、翻範、烘烤和澆鑄等一整套工序。用泥料製成的實心器物外形，稱為「模」。在「模」上貼泥而翻製成的外模或凹模，稱為「範」，亦稱「外範」、「母範」、「母模」等。一件器物的「範」要分為多塊，否則無法起範脫模。表現器物內腔、孔及某些中空部分的泥型，稱之為「芯」，亦稱「內範」。「範」和「芯」的組合，即為「鑄型」。鑄型的範、芯之間的空隙構成了器壁，澆入液態金屬即可凝固成器物。

鑄銅工具的模與範，有陶（泥）質、石質和金屬質三種，其中以陶質為主。山西侯馬晉國都城遺址東南的鑄銅作坊內曾經發現大型編鐘的整套鑄範，其內、外範多達九十六塊，而且併合嚴密，表示中國的鑄造工藝技術在戰國時期就已經達到相當純熟的水準。

小型器物，只用外範合鑄。如殷墟出土的一套直內戈陶範，有厚約四公分，長三十一公分的正、背兩範。範的兩側邊緣有兩條小溝槽，作為合範時的標記。

古代錢幣鑄造所用的範具，製作情況與直內戈範基本上相同。但後者是一範一器，而一套錢範，一次能鑄錢數枚乃至數十枚。錢幣是國家規定的制錢，質地、大小、重量都有嚴格規定。即使政府允許民間鑄錢，也要由國家發給統一的模和範，以防止劣幣的出現。

古人將「模範」這種鑄造所用的範具，引申到社會交往禮儀等方面，於是人的行為、事蹟合乎規範，堪為榜樣，也就賦予了「模範」的含義。如漢揚雄《法言．學行》稱：「師者，人之模範也。」古人之所以對師十分尊敬，是因為為師者可以規範世人，做人們學習效仿的榜樣。這是「師範」一詞的含義所在。

2 常說要守「規矩」，到底什麼是「規矩」？

「規矩」其實就是規和矩，原是中國古代匠人常用的工具，與今天在數學上使用的圓規和曲尺（矩）構造基本上相同。早在先秦時期，這兩件普通又簡便的工具，便已經受到人們的器重。《史記．夏本紀》說大禹治水時，「左準繩，右規矩，載四時，以開九州，通九道，陂九澤，度九山。」夏禹治水是否隨身帶著規矩，測量大地，興修水利，多屬傳說，無法考證。不過，距今約六千年的黃河中游一帶的人們，已經懂得製圓造方的技術。考古發現，屬於仰韶文化的西安半坡遺址和臨潼姜寨遺址內，都留下了圓形和方形的房屋建築遺跡。

墨家創始人墨翟在《墨子》一書的〈經〉和〈經說〉中對規作的圓、矩作的方，下過與近代幾何學相仿的定義。《淮南子．說林訓》中說的「非規矩不能成方圓」，更是進一步肯定工具的重要。到了漢代，《漢書．律曆志》還將規矩成圓成方定為法式：「規者，所以規圓器械，令得其類也。矩者，所以矩方器械，令不失其形也。」因此，規矩逐漸變成人人都會使用的工具了。

後來，作為器物的規和矩又引申到社會學方面，便產生了新的意義：凡是人們的行為舉動，都應該合乎社會法則。《淮南子・詮言訓》對這一點講得很透徹：「未嘗聞身治而國亂者也，未嘗聞身亂而國治者也。矩不正不可以為方，規不正不可以為圓。身者事之規矩也，未聞枉己而能正人者。」這裡談到了治國、做人的道理。凡事以身作則，而「身」，就是要規規矩矩，做出榜樣。

成語「規行矩步」也與此相關，意思是人們在社會生活中都應該按照一定的規則行動，也就是守法而不逾越相應的尺度（即合乎成圓成方的規矩）。平常說的守「規矩」取意即在於此。

延伸知識 「關鍵」人物、「關鍵」事件為什麼比較重要？

「關鍵」人物、「關鍵」事件之所以比較重要，就在於他們發揮的是「關鍵」的作用。日常生活中經常使用這一辭彙，源自人們居住房屋裡的一個重要物件。

「關鍵」或「關」起初作為實物名稱，古代都是指門閂。從「關」的字形也可看出與「門」有關。不過，「關」是簡單的閂，而「關鍵」則是複合的閂，與今天的含義已經完全不同了。

《說文解字》對「關」的解釋很具體：「關，以木橫持門戶也。」在兩扇門中間用一根木頭橫過來抵上，就可以關上大門，這根橫木就叫「關」。我們今天說「關」門，古人卻不說「關」，而是「閉」門。為什麼說「閉」不說「關」呢？原來從先秦到漢代，「關」一直是表示實物的詞，不作動詞用。歷史上曾經有「舉關」、「斬關」和「枕關」諸說，這裡的「關」，便都是門閂。《呂氏春秋・慎大》：「孔子之勁，舉國門之關。」《左傳・襄公二十三年》：「臧紇斬鹿門關以出。」兩句中的「關」，都是指城門的門閂。《史記・刺客列傳》有豫讓為荀寅做事的記載，賈誼在《新書》使豫讓自述當時受到的普通人待遇：「與帷而衣之，與關而枕之」，這裡豫讓枕關的「關」，則是一般門戶的門閂。他只能以帷帳做衣服，門閂當枕頭。「關」為橫木，可以將就著當枕頭用。

古代小說還有「拔關而出」、「拔關奪走」、「斬關落鎖」、「拆關破楗」等說法。前兩句提到的「拔關」，就是拔掉門閂，至於後者，則要連結到「關鍵」了。

關鍵的「鍵」，原作「楗」，說明初為木製，後來才有金屬的。徐灝《說文解字注箋》解：「鍵者，門之牡也。蓋以木橫持門戶，而納鍵於孔中，然後以管籥固之，管籥即今之鎖也。」就是說「鍵」是插入關上鑿出的孔內的裝置。有人說，關鍵作為合成詞，原為兩物，門閂橫者為關，豎者為鍵。還有人說，古代的「閉」字，本為「門」內一個「干」（閈），具體地顯示出橫閂加上直閂。後來抄寫者不注意，將「干」字下面的一橫變成斜撇，結果就成了「閉」字。不管此說是否有根據，我們還是可以知道「關鍵」的初義是門閂。

門戶緊固，要依靠「關鍵」。這個意思後來引申為比喻在某件事情處理上有舉足輕重作用的人，或在人們的生活中有重要影響力的事件，便會在人物、事件前面冠以「關鍵」一詞，以示他們極其重要，不亞於門閂之於門戶。今天，我們聽到「關鍵在於」、「這個問題最關鍵的部分」等詞語，不會一下子聯想到門閂，因為原屬名詞的字詞在長期使用中發生轉義，用作動詞、形容詞，已經變成和原詞意義不同的抽象概念了。

3 為什麼形容行為不端的人「不三不四」？

要明白「不三不四」的含義則需要了解古人對「三」、「四」的特殊感情。

古人認為天為一，地為二，天地相加成三。「三」不僅是一個吉祥數字，而且還能作為整體的象徵，所以漢字中有三木成「森」，三金成「鑫」，三水成「淼」，三口成「品」等情形。此外宇宙中有三才（天、地、人），天上有三光（日、月、星），帝王中有伏羲、神農、黃帝，文人中有三曹（曹操、曹丕、曹植）、三蘇（蘇洵、蘇軾、蘇轍）、三袁（袁宗道、袁中道、袁宏道）等。古歌曲反覆詠唱為「三疊」。像「三十而立」、「三思而後行」、「三人行，必有我師」、「三個臭皮匠，勝過一個諸葛亮」等詞句也都與「三」有關。取「三」為名的事物，含義深遠，其味無窮。

至於「四」，古意則多含有周全、稱心，取事事（四四）如意之義。西天如來佛身邊有「四大金剛」，唐僧取經是師徒四人共同西行，文房四寶為筆墨紙硯，琴棋書畫是文人所操四事，真草隸篆為漢字書寫四體，四庫全書含經、史、子、集四類，西施、王昭君、貂蟬、楊玉環是古代「四大美女」。有關

「四」的事物，諸如「四季」、「四方」、「四海」之類真是不勝枚舉，魅力無窮。人們把「四」視為吉祥，取「四」名而呼之，成為習俗。

正是由於在中國傳統文化中「三」與「四」寄託了人們對美好事物的追求和禮讚，所以那些不正派、不正經的人及其言行便被斥為「不三不四」了。如吳敬梓在《儒林外史》第三回中描寫胡屠夫罵范進的故事：「也該撒泡尿自己照照！不三不四，就想天鵝屁吃！」

在「三」和「四」的搭配中還有「顛三倒四」，指說話、辦事沒有次序，沒有條理；「說三道四」是指愛說人閒話，亂加議論；「丟三落四」形容人馬馬虎虎或記性不好而好忘事；「低三下四」形容卑賤，低人一等；「推三阻四」表示以各種理由推脫；「三番四覆」，形容反覆多變。還有朝三暮四、挑三揀四等詞，也都含有貶義。

延伸知識

「萬一有個三長兩短」是人們從壞處預想時常說的話，到底是哪「三長」、哪「兩短」呢？

「三長兩短」指意外的災禍、事故，或人的死亡等不吉利的事。如羅貫中的《三遂平妖傳》有：「萬一此後再有三長兩短，終不能靠著太醫活命。」范文若《鴛鴦棒傳奇·恚剔》中也有：「我還怕薄情郎折倒我的女兒，需一路尋上去，萬一有三長兩短，定要討個明白。」為什麼「三長兩短」就跟不吉利有關呢？

原來「三長兩短」是指一副未蓋上蓋子的棺材，它是由棺材的三塊長板（底面加左右兩面）和兩側的兩塊短板構成的匣子。《禮記．檀弓上》記載：「棺束，縮二，衡三；衽，每束一。」孔穎達疏云：「棺束者，古棺木無釘，故用皮束合之。縮二者，縮縱也。縱束者二行也。衡三者，橫束者三行也。衽，每束一者。衽，小要也，其形兩頭廣，中央小也。」

古時棺木不用釘子，用皮條把棺材底與蓋捆合在一起。橫向捆三道，縱向捆兩道。橫向的木板長，縱向的木板短，「三長兩短」即源於此。連接棺蓋與棺底的木楔為兩頭寬中間窄的衽，它插入棺口兩旁的坎中，使棺蓋與棺身密合。衽與皮條聯用，可以使棺蓋緊固。後來由於有了釘子釘棺蓋，既方便又快捷，衽也就逐漸被淘汰，但這個詞語卻一直流傳下來。

起初「三長兩短」是死的別稱，後來又加入了意外、災禍等意思。有時它被縮寫為「長短」，但含義不變。如《紅樓夢》第十一回：「可是呢！好個孩子，要有個長短，豈不叫人疼死！」

關於「三長兩短」的來源還有一說。據《越絕書．外傳記》記載：「歐冶子乃因天之精神，悉其伎巧，造為大刑三，小刑二：一曰湛盧，二曰純鉤，三曰勝邪，四曰魚腸，五曰巨闕。」一說戰國時期越國著名劍師歐冶子鑄了五把利劍，其中三長兩短，都鋒利無比，一般人遭遇到這五把劍就有性命之憂，於是後世把各種危及生命的風險稱為「三長兩短」。

4 勒索錢財的作法為什麼叫作「敲竹槓」？

在現實生活中，人們常把那些尋找藉口或者利用某種機會向別人敲詐勒索的行為稱作「敲竹槓」。這一俗語的來源，主要有以下幾種說法。

第一種說法是四川山道崎嶇，路很不好走，所以李白說：「蜀道難，難於上青天。」當地的有錢人上山燒香拜佛，往往乘坐一種用竹竿做成的滑竿轎子。走到半山腰的時候，抬轎子的人經常會敲擊滑竿，暗示坐轎子的加工錢，否則就不往前抬了。這時坐轎者一般只好乖乖地給轎夫加些錢，聽其勒索了事。

還有一說：鴉片戰爭前，外國商船紛紛向中國輸入鴉片，牟取暴利，毒害中國人的健康。愛國官吏林則徐向清政府提出禁煙，並在廣州海面派出官船巡邏，查禁鴉片。一次，有一艘走私船被官船截住，負責的官員抽著旱煙上了商船，監督手下人搜查。他無意之中在船篙上磕了兩下煙袋鍋，這個動作把走私商人嚇得臉色發白。原來他們正是打通船篙，把鴉片隱藏在內的。走私商人以為官員發現了秘密，就強作笑臉，趁別人不注意的時候把錢塞進官員的手中。這個貪官心領神會，就放走了走私船。以後，這位官員每次上船檢查，都有意大敲竹槓。於是「敲竹槓」的說法就傳開了。

第三種說法是：清朝末年，市場上小額的買賣常以銅錢作為單位，店家接錢後便丟在用竹槓做成的錢筒裡，晚上結帳時再倒出來，謂之「盤錢」，又稱之為「盤點」。當時上海有家店鋪，老闆很不老實，遇上陌生顧客進門，總是隨意抬高價格。每當夥計接待這樣的客戶時，店主就從旁將竹槓敲一下，示意他抬價勒索。

三種來源的說法各有一定的道理，但第三種似乎更可信一些。

延伸知識 北京方言「碰瓷」是什麼意思？

「碰瓷」是北京方言，泛指一些投機取巧、敲詐勒索的行為。「碰瓷」的由來也有典故，一種說法是這樣的：清末有一夥人為了詐人錢財，專門抱著瓷器去路邊撞馬車。與馬車發生碰撞後，這夥人就故意把瓷器摔壞，一窩蜂圍住車主要求賠償。說那瓷器是他祖先傳下來的古董，值多少多少銀子，於是車主就被狠狠宰了一頓，付出白花花的銀子，要不然他就甭想脫身而去。瓷器碰馬車，就叫「碰瓷」。

還有一種說法，認為「碰瓷」原是古玩業的一句行話，意指個別不法之徒在攤位上擺賣古董時，常常別有用心地把易碎裂的瓷器往路中央擺放，專等路人不小心碰壞，他們便可以藉機訛詐。被「碰瓷」者氣受了，錢花了，還得抱回一堆碎瓷。

5

「做一天和尚撞一天鐘」為什麼變成「混日子」的代稱？

「做一天和尚撞一天鐘」，通常有混日子、消磨時光的貶義。生活中，有人遇事敷衍，得過且過，過一天算一天，湊合著混日子，就會被別人戲稱為撞鐘的和尚。那麼，這一用語有無出處呢？

原來，出家人確有固定分工，寺廟裡就有專司撞鐘之事的和尚。「做一天和尚撞一天鐘」的鐘，指的是寺廟的晨昏鐘。據佛家講，人生共有一百零八種煩惱，所以按以前的寺規，就是在早晨和黃昏各敲一百零八下的鐘，以消除人生的煩惱，稱為晨昏鐘。

任何工作都有一套章法，佛門也不例外。拿撞鐘來說，也存在一套嚴格的定規。撞鐘前，和尚必須默誦佛經，誦畢方能執椎撞鐘。在撞鐘時要撞出輕重分明，緩急有致的節奏。鐘聲還要抑揚頓挫，傳之既遠且又迴蕩不息。晨昏兩次鐘，緊七下，緩八下，平平二十下，是為一通。如是者三，名為三通，共擊一百零五下，然後再撞三下，前後總共撞鐘一百零八下。做一個合格的撞鐘和尚殊為不易，故被挑選上的弟子不僅要手腳俐落，頭腦靈活，責任心強，而且還要精通經文，方可稱職。

「姑蘇城外寒山寺」的鐘聲之所以著名，既非它的鐘聲特別響亮，也非「夜半鐘聲到客船」之故，而是因為它必須在二十分鐘之內敲完一百零八下，而且最後一下敲在十二點整，差一秒不行，過一秒也不行。如此分秒不差的撞鐘功夫，實在令人嘆服。據說敲完鐘的和尚每回都有「猶如卸下千斤擔」的感覺。

照理說，「做一天和尚撞一天鐘」實在不是一件輕鬆簡單的事情。無奈俗人不解其中味，他們從旁觀之，覺得和尚撞鐘真是稀鬆平常，既不用動腦子，又不必費力氣，到時辰就撞它幾下，不是很容易地混過一天了嗎？這種偏頗的看法，在民眾間傳揚開去，於是撞鐘的和尚被視為混飯吃的和尚，俗人自嘲撞鐘也就成了混日子的代稱。如《金瓶梅詞話》第二十六回：「常言道，做了一天和尚撞了一天鐘，往後貞節輪不到你身上了。」

天目山開山老殿有一幅胡適所寫的對聯：「有幾分證據說幾分話，做一天和尚撞一天鐘。」胡適這幅對聯把這句老話和他服膺的杜威實驗主義哲學放在一起，顯然是深諳撞鐘道理的明白人，這也算是為和尚們多年蒙受的冤案平反了。

延伸知識——不好好做事、有意拖延的人，為什麼說他在「磨洋工」？

在生活中，如果有人辦事態度消極，有意拖延，別人就會很不滿意地責備他說：「你在

『磨洋工』呀！」從這裡我們知道，「磨洋工」這個詞是貶義詞，一般指工作時偷懶，消極怠工。其實，最初「磨洋工」並不包含磨蹭、怠工的意思，而是建築中的一道工序。中國傳統房屋施工十分考究，要求用「磨磚對縫」來保證質量上的完美。其中有所謂「磨工」，就是對磚牆的表面進行打磨，使之平整、光滑的一種功夫，相當於現在的勾縫和打磨石類的修整工夫。

一九一七年至一九二一年，美國用清政府的庚子賠款在北京興建協和醫院與協和醫學院。工程耗資五百萬美元，占地二十二公頃，建築品質要求很高。外觀上採取中國傳統的磨磚對縫，琉璃瓦頂。由於這項工程是由外國人出資、設計、監工的洋房，處處帶有個「洋」字，故被中國工人稱之為「做洋工」。協和醫院有主樓十四座，又是高層建築，「磨工」工序十分浩繁，參加建築工程的許多工人就把這一工序稱為「磨洋工」。現在這種工序很少見了，但是「磨洋工」這個詞語卻保留了下來。

至於後來消極怠工的意思，也許是出於對西方帝國主義者侵略中國行徑的不滿表現，隨著時間演變，最後改變了原來的含義，歷史上這種訛傳的例子還有很多。「磨洋工」一詞的今義，已與「磨工」無關。磨，只是「磨蹭」、「拖延」之意。洋工，即一般的「工夫」的意思了。

6 做事不認真為什麼叫作「馬虎」？

日常生活中，人們喜歡用「馬虎」來形容某些人辦事草率或粗心大意。從字面上，無論如何也看不出這兩個字與不認真之間有什麼必然關聯。如果從兩種動物的屬性來看，它們也相差甚遠，一個是人類早已馴養成功的家畜，一個是野生兇猛的獸中之王。人若不小心落入虎口，就會被它吃掉，連馬也不能倖免。為什麼這兩種性情截然不同的動物會搭配在一起，成為一個有特定含義的詞語「馬虎」呢？

相傳，宋代時京城有一個畫家，作畫往往隨心所欲，令人搞不清他畫的究竟是什麼。他非常喜歡畫虎。一次，他剛畫成一隻虎頭，有位朋友登門來拜訪，想請他畫一幅馬。這位畫家大筆一揮，非常隨便地在虎頭之下添上了馬的身軀。朋友見他如此不認真，便質問他說：「你畫的到底是馬，還是虎呢？」沒想到這位仁兄隨口回答道：「管它是什麼呢，馬馬虎虎吧！」朋友見他這種態度，一氣之下便拂袖而去。

別人不要，畫家就把自己這幅「得意之作」掛到牆上。他的大兒子看見後很奇怪，用手指著畫問他：「爸爸，那上面畫的是什麼啊？」畫家漫不經心地回答：「是虎。」後來二兒子也好奇地問他，畫家又隨口支吾著說：「是馬。」

不久，大兒子外出打獵，碰上一匹馬，卻以為是虎，搭上箭，一箭就將馬射死了。馬主人要他賠償，害得畫家不得不原價賠償，好讓人家再買一匹馬。後來二兒子出門，路上遇到一隻老虎，以為是馬，想去騎乘，結果被虎一張嘴就吃掉了。畫家聞訊，悲痛萬分，就把〈馬虎圖〉燒了，還寫了一首詩自責：「馬虎圖，馬虎圖，似馬又似虎，長子依圖射死馬，次子依圖餵了虎。草堂焚毀馬虎圖，奉勸諸君莫學吾。」於是這位畫家得到了一個「馬虎先生」的外號。這個悲劇故事的教訓實在太深刻了，從此，「馬虎」這個詞就流傳開了。

延伸知識 在中國，有些人被稱為「馬大哈」，這種說法和一種「大馬哈魚」有關係嗎？

在中國東北被稱為「大馬哈魚」的魚，是一種在淡水中產卵孵化，在海水裡生長，再洄游到淡水裡產卵的冷水魚類，是世界名貴魚類之一。又叫「三文魚」，即「鮭魚」（salmon）的一種。沿黑龍江、烏蘇里江一帶定居的赫哲人，把這種每到白露前後，便大批到來的鮭魚稱為「達烏依瑪哈」（dao imaha），後經演變，就叫作「大馬哈魚」。大馬哈魚的「大」不是大小的「大」，而是譯音。因此，只有「大馬哈魚」而沒有「小馬哈魚」。

而「馬大哈」則常用來指個性馬馬虎虎、嘻嘻哈哈，擺出一副無所謂的樣子、辦事草率、經常出錯、丟三落四之人。「馬大哈」雖然字形上與「大馬哈」近似，但前者是一個新詞，純屬現代人的發明。是在一九五〇年代，由天津的相聲藝人創造的趣語。

相聲段子名叫「買猴子」，故事說一位幹部以不負責任、馬虎草率出名，他的大名就叫「馬大哈」。他寫了個公告，本來要通知「到（天津）東北角，買猴牌肥皂五十箱」，可是飛筆疾書，竟錯寫成「到東北買猴兒五十隻」了。

而馬大哈的上司們也是同樣馬虎草率的官僚，內容看也不看便揮筆批准。馬大哈的同事和下屬又習慣於盲從，問也不問紛紛出差執行任務，結果鬧出了令人捧腹不已的大堆笑話。比如：他們為了去採購猴子，跑遍了大半個中國。各地接洽者雖然驚奇於天津採購員的離奇「購貨單」，卻仍到處幫他們捉拿猴子交貨。猴子從四面八方運回後，群猴出籠之際，又大鬧了百貨公司，趣聞笑話，接連不斷。

後來「馬大哈」一詞便在中國流行起來，用來形容有些天生馬虎之輩，辦什麼事都馬馬虎虎，丟三落四，而且懶於認真檢討自己，常哈哈一笑了之。

7 受了別人的欺騙為什麼叫作「上當」？

人們常把受騙叫作「上當」，其實「上當」的原意是到當鋪去典當東西。該詞的出現，和一段趣聞有關。

清朝光緒年間，清河地方有一個經營當鋪的王姓大戶人家，經過幾代人的努力後，家大業大，生意異常興隆。生活一富裕，各房的族人開始懶於經營了，就把資金存入當鋪做了股東。他們靠股金分紅過日子，把日常的典當業務全都交給一個名叫壽苧的年輕人來主持。而壽苧是個酷愛讀書，喜歡校刻書籍的文人，對生意並不精通，因此處理典當營業事務非常隨便。

王氏族人見有機可乘，就不約而同地從自己家中拿了一些無用的東西到當鋪來典當。他們個個都將物品估定高價，要夥計如數付給。夥計不敢得罪股東老闆，壽苧也心不在焉，不加阻攔。這樣下去，前來敲詐的族人愈來愈多，不到幾個月，當鋪的資本就被詐騙得所剩無幾了，壽苧只好向其他商號借貸。日子一久，一家資金充足的當鋪就破產倒閉了。當時的人見此情景，就編了一句謔言：「清河裡，自上當。」嘲笑清河王家的人去自家當鋪典質東西（自上當）。由於王氏家族自家詐騙了自家，使得當鋪破產，因此後來就把被欺騙、使事情敗壞的事，叫作「上當」了。

延伸知識　什麼是「騙馬」？

「騙馬」是一種具有深刻內涵的歷史文化現象。它源於騎術，與古代軍事結合，並發展成為一種最基本的雜技藝術「馬戲」。騎馬者在騎馬奔馳的過程中，手攀鞍轡或抓住鬃毛，騰身上馬，或上下反覆，不斷騰躍，均謂之「騙馬」。

《新唐書．百官志一》：「凡反逆相坐，沒其家配官曹，長役為官奴婢，每歲孟春上其籍，仲冬送於都官，條其生息而按比之。樂工、獸醫、騙馬、調馬、群頭、栽接之人皆取焉。」其中提到的「騙馬」就是普通的「騎馬」之義。

到了元代，「騙馬」開始有了誆騙的意思，如《西廂記》第三本第三折：「又想去跳龍門，學騙馬。」王季思校注：「俗注謂哄婦人為騙馬，不知何據。」又有張燕瑾新注：「『學騙馬』，這裡指不務正業、大材小用的意思。」

清代黃小配在《大馬扁》序言中稱此書「於馬扁界中，別開一新面目。」《二十年目睹之怪現狀》第八十回的標題是：「販丫頭學政蒙羞，遇馬扁富翁中計。」這裡的「馬扁」實際上是「騙」拆字後的一種說法，指騙子、騙人。這種用法也是在「騙馬」引申出誆騙之意的元代就有了，如秦簡夫《東堂老》第一折：「不養蠶桑不種田，全憑馬扁度流年。」

8

起嫉妒心的男女為什麼常被說成是在「吃醋」？

食醋是中國古代主要的酸味調料。除食用以外，「吃醋」還有豐富的延伸意義。清代人文康的章回小說《兒女英雄傳》中有這麼一段話：「切切莫被那賣甜醬、高醋的過逾賺了你的錢去，你受一個嫉妒的病兒，博一個『醋娘子』的美號。」看來作者的這段話是從生活中體會而來的。食醋是一種具有酸味的傳統調味品，可以引申為酸、酸味。酸又有痛苦義，所以人們又把吃醋與嫉妒連結起來以喻心酸。有時也稱醋意、醋勁兒。如《紅樓夢》第三十一回：「晴雯聽他（指襲人）說『我們』兩字，自然是他和寶玉了，不覺得又添了醋意……。」

吃醋的近義詞還有潑醋、撚酸吃醋和爭風吃醋。明末《清夜鐘》第二回有「石匠樊八……怕陳氏吃醋……又怕陳氏撚酸怪他。」人們又把愛流露出醋意的人稱為醋缸、醋甕、醋罐子、醋罈子或醋瓶子。有時還把沒來由的嫉妒稱為吃寡醋，如戲劇《百花亭》就有「我幾曾調他來，皆是他心上自愛上我，你吃這等寡醋做什麼？」

嫉妒和食醋是怎麼連在一起的呢？清代有人認為它源於一種成見。在某些南方地區，人們相信一戶人家不宜同時釀造兩缸醋，否則必有一缸會壞掉。同樣，在一個家庭中也應保持一夫一妻的常規，不要實行多妻制，否則妻妾之間難免產生嫉妒、衝突，使大家吃到「壞醋」。

還有一種「獅吼說」，其根據是《在閣知新錄》中寫道：「世以妒婦比獅子。」《續文獻通考》載：「『獅子日食醋、酪各一瓶』，吃醋之說本此。」明代李日華《紫桃軒又綴》云：「正德中，獅子房二號日食活羊一隻、白糖四兩、羊乳二瓶、醋二瓶……。」說明獅子確有食醋的習慣。那麼獅子食醋又與妒婦有什麼關係呢？原來蘇東坡有一首題為〈寄吳德仁兼簡陳季常〉的長詩，極為生動地記述了河東柳氏的兇悍以及陳季常聞獅子吼而茫然無措的窘況。後來人們便把「河東獅吼」作為妒妻悍婦的代稱，所以河東獅就與吃醋、嫉妒牽扯在一起了。這一說法是否確切，不得而知。不過關於「吃醋」一語的來源，流傳最廣的，還是唐太宗李世民勸房玄齡納妾一事。

據劉餗《隋唐嘉話》一書的記載：唐朝初年房玄齡因輔佐有功，李世民幾次想把美女賞賜給他，但都被婉言謝絕了。後來聽說是源於房家有妒妻，於是皇后親自出馬勸說，但同樣沒有效果。李世民生氣了，就安排人送去一壺酒，並傳話說：「朕意已決，要給房大人納妾。夫人若抗命不遵，這杯毒酒馬上就賜你一死。」然而生死面前，盧氏毫不畏懼，她寧可去死也不願丈夫納妾。只見她鎮定地接過「毒酒」，仰頭一飲而盡。結果她沒有喪命，原來壺中裝的是老陳醋。後來李世民自我解嘲地說：「朕尚怕見她，何況房玄齡呢！」不敢再提賞賜美女的事。於是「吃醋」的故事廣為流傳，由此可見，「吃醋」與「嫉妒」的關聯還可以追溯到唐代呢。

延伸知識 「一樹梨花壓海棠」怎麼會是老夫配少妻的意思？

社會上，年輕的女子嫁給年紀比她大很多的男人，習慣上就稱為「老牛吃嫩草」。嫩草配嫩草，老牛搭老牛，這本是通常的作法；但老夫配少妻，這就使人少見多怪，忍不住要做更多的聯想了。

據說北宋詞人張先在八十多歲時娶了一個十八歲的小妾，東坡調侃道：「十八新娘八十郎，蒼蒼白髮對紅妝。鴛鴦被裡成雙夜，一樹梨花壓海棠。」張先晚年納妾之事屬實，東坡曾作詩嘲笑，題曰〈張子野年八十五尚聞買妾述古令作詩〉：「錦裏先生自笑狂，莫欺九尺鬢眉蒼。詩人老去鶯鶯在，公子歸來燕燕忙。」用西廂記張生、崔鶯鶯故事戲之，這從《東坡集》中可以查到。但「一樹梨花壓海棠」卻是後人附會給蘇東坡的，實際上另有出處。

清初詩人劉廷璣有年春天到淮北巡視部屬，路過宿遷縣一葉姓民家時，見到「茅舍土階，花木參差，徑頗幽僻」，尤其發現「小園梨花最盛，紛紜如雪，其下海棠一株，紅豔絕倫。」此番情景，令他想起了一首關於老人納妾的絕句：「二八佳人七九郎，蕭蕭白髮伴紅妝。扶鳩

笑入鴛幃裡，一樹梨花壓海棠。」不禁為之啞然失笑。（《在園雜誌・卷一・宿遷葉姓查聲山聯》）

這裡，「海棠」、「梨花」借喻芳齡二八的紅粉佳人和蕭蕭白髮的老郎君，與傳聞的蘇詩意思頗相同，但應該還是近人由此化出。清代袁枚七十歲的時候寫詩〈不染鬚〉最後兩句云：「開窗只替海棠愁，一樹梨花將汝壓。」這兩句明顯套用的也是「一樹梨花壓海棠」。當年，歲數高過「七九郎」的張先（詩題「年八十五」），面對東坡詩還自我解嘲地酬和云：「愁似鰥魚知夜永，懶同蝴蝶為春忙。」曲為辯解，深得子瞻的激賞。因此，「一樹梨花壓海棠」後來就用以形容老夫少妻，也即「老牛吃嫩草」的委婉說法。

9

為什麼小氣的人被諷刺為「吝嗇」？

吝嗇，意為「小氣」。《三國志．魏書．曹洪傳》云：「初，洪家富而吝嗇。」又作「遴嗇」。關於這個詞的來歷，民間有一段趣聞：傳說很久以前，有兩位先生，一個叫吝先生，一個叫嗇先生。吝先生有一回到城裡辦事，在半路上碰到了嗇先生。兩人一路上有說有笑，談得十分投機，於是便結為朋友。分手時，他們相約中秋節到烏有山子虛亭飲酒賞月，定好了由吝先生攜酒，嗇先生備菜。但兩人都很小氣，不肯輕易花一分錢。中秋節到了，兩人如約來到子虛亭所在的烏有山，但見彼此都是一雙空手而來，他們大眼瞪小眼地互相對視了一會兒，忍不住哈哈大笑。兩人謙讓一番在亭子裡坐下之後，吝先生首先站起來打破僵局。只見他一隻手彎曲著佯做舉杯狀，另一隻手遙指高空，朗聲說道：「月光如水水如酒，請嗇先生開懷暢飲。」嗇先生也不甘示弱，隨即伸出兩個手指做筷子，指著荷塘說：「池中游魚魚是菜，請吝仁兄大飽口福。」兩人觥籌交錯，互敬互讓，好不高興。吝先生脖子一仰，嘴裡咂得滋滋作響，連聲稱道：「好酒，好酒，杜康也要遜色三分！」嗇先生也把手指送入口中，連聲稱道：「好菜，好菜，山珍海味也無與倫比！」過往的行人看到這兩個人如癡如呆的舉動，無不捧腹大笑。其中一位過客認識吝、嗇二人，便走上前打趣道：「今天兩位仁兄賞月，喝的是吝嗇酒，吃的是吝嗇菜，活著是吝嗇人，死了是吝嗇鬼。」從此，「吝嗇」一詞便逐漸傳揚開來，用於形容極其小氣的人。

延伸知識　什麼是「看錢奴」？

詞中的「看」，是看守，不讓人亂動錢財的意思。「看錢奴」就是守財奴，西方莫里哀喜劇《慳吝人》裡的阿巴貢、巴爾札克小說《小氣財奴葛蘭岱》中的葛蘭岱，以及果戈里小說《死魂靈》裡的普柳希金，都是著名的吝嗇鬼形象。

中國十大古典喜劇中也有一部《看錢奴》，作者是元代的鄭廷玉。這部雜劇描寫窮漢賈仁向東嶽大帝抱怨上天不公，貧富不均，結果神讓他意外獲得了鄰居周榮祖家偌大的財產。不過，擁有了財富的賈仁充其量只是為周家做了二十年的看錢奴。他以廉價收買周家孩子為義子，平日慳吝成性，臨死也捨不得讓義子把自己好好安葬。作品裡寫他立遺囑的場面顯得十分滑稽可笑，他吩咐義子把馬槽將就著作為自己的棺材，義子問馬槽太短了，人裝不下怎麼辦？他說乾脆用斧頭把自己砍成幾塊再放進去。不過，連斧頭他都不讓兒子花錢買，而是要他向別人去借。這種有錢捨不得花的人不是看錢奴，又是什麼呢？

到了明代，由「破慳道人（徐復祚）」所作的《一文錢》，又塑造了另一個看錢奴的典型：盧至。劇作中描寫盧員外財帛堆積如山，其富有程度滿城無人可及。不料他吝嗇至極，不捨得穿，不捨得吃，妻兒日日凍餒，日子過得不如乞兒。某日他拾到一文錢，在眾乞兒酒肉豪飲的刺激之下，決定將它放縱揮霍掉。結果卻是買了些許芝麻，一個人躲到一邊，獨自逐粒慢慢地品嘗，最後享用得心滿意足。作品對盧至的貪鄙慳吝形象，刻畫得入木三分。明末劇本集《四大癡》選錄此劇時，將其改名為《財癡》。

10

為什麼寡廉鮮恥的人被喚作「王八」？

過去，社會上一些寡廉鮮恥的人，往往獲得「王八」、「王八蛋」、「王八羔子」之類的罵名。其實，「王八」原來是實有其人的。據《新五代史．前蜀世家》的記載，「王八」是五代十國時的前蜀主王建的大名。王建，字光圖，許州舞陽人也。「隆眉廣顙，狀貌偉然」。因為年輕時是個無賴之徒，專門從事偷驢、宰牛、販賣私鹽的勾當，又加上王建在兄弟姊妹中排行第八，所以與他同鄉的人都叫他「賊王八」。金人元好問〈雜著〉詩：「泗水龍歸海縣空，朱三王八竟言功！」

再者，「王八」還可被視為「忘八」的諧音。《通俗編．品目》說：「《七修類稿》：『今詈人曰王八，或云忘八之訛。言忘孝、弟、忠、信、禮、義、廉、恥。』」「忘八」便是八項德行中缺最後一項，即無「恥」。

而在民間，「王八」更經常指一種動物，烏龜，尤其是丟臉的人。如明代郭勛編的《雍熙樂府》中有一首〈叨叨令兼折桂令〉，就將「龜兒」和「王八」連在一塊，用來指同一種人：「蝦兒腰，龜兒輩，玉連環繫不起香羅帶；脊兒高，絞兒細，綠茸毛生就的王八蓋。」

為何以「王八」代稱「烏龜」呢？據《史記・龜策列傳》載：「能得名龜者，財物歸之，家必大富至千萬。一曰北斗龜，二曰南辰龜，三曰五星龜，四曰八鳳龜，五曰二十八宿龜，六曰日月龜，七曰九洲龜，八曰王龜。」這篇由西漢史學家褚少孫增補的〈龜策列傳〉中，作者根據遠古時代三皇、五帝以「神龜」和著草卜筮的傳說，將「神龜」分為八種，第八種名為「王龜」。於是，後人便將這列在第八位的「王龜」簡稱為「王八」。久而久之，「王八」也就成了烏龜的別名。

烏龜、王八、無恥一旦連在一起，於是「烏龜」最後就與妓院扯上關係。指揮妓女應召陪客的假母習稱老鴇，她的丈夫就被稱為「烏龜」、「龜奴」。妓女日常和嫖客們打情罵俏，摟摟抱抱，而這個時候，老鴇的丈夫只能躲到一邊去。後來推而廣之，大家就把那些妻子紅杏出牆的丈夫，都稱為「烏龜」或「王八」了。

延伸知識　妻子紅杏出牆的人為何又被稱為「戴綠頭巾」、「戴綠帽子」呢？

「綠」在中國古代的顏色等級上最低。在唐代，官吏有袍，品級最低者即是「綠」色。六品、七品官著綠服，八品、九品官穿青服。白居易的〈懷微之〉有詩句曰：「分手各抛滄海畔，折腰俱老綠衫中。」形容仕途坎坷，人老首白仍屈身於低微的綠衫行列中，可以為證。也正因為「綠」為低賤之色，唐代李封在當延陵令時，「吏人有罪，不加杖罰，但令裹碧綠以辱之，隨所犯輕重以定日數。」

以「巾」而論，它的起源甚早。清代翟灝在《通俗編》卷十二裡指出，遠在春秋時代，「有貨妻女求食者，綠巾裹頭，以別貴賤。」直到東漢，它都是平民或賤民們的專屬冠飾。由「巾」而發展出類似的冠飾，如漢代的「幘」、唐代的「襆頭」等。唐代顏師古在注解《漢書．東方朔傳》中提到「綠幘」時，亦曰：「綠幘，賤人之服也。」

因此，東漢以前，士大夫階級所戴的乃是「冠」，而「巾」只能用於平民或賤民，當時的「綠頭巾」就已是娼妓之家的專屬冠飾。

元朝至元五年（一三三九）頒布的《元典章》，規定「娼妓穿著紫皂衫子，戴角冠兒。娼妓之家長並親屬男子裹青頭巾。」後來在此層意義上再經轉化，紅杏出牆的妻子，被比擬為娼妓，而她們的先生也就像「龜奴」、「王八」一樣，被戴上了綠帽子。

11 為什麼我們常說待人要懂得「禮貌」？

我們平時常常說到的「禮貌」，指的是人們在與他人交往過程中應當遵守禮儀和規範，包括交往、交際中應有的程序、方式、容貌、風度和言談等方面的具體要求。不同的國家、民族，不同的時代、社會對禮貌的要求是不盡相同的。在有的地方被認為禮貌的言行在另一個地方卻可能被認為不合適。不過，「禮貌」的最基本要求古今都是共通的，即待人誠懇、和善，謙恭而有分寸。「禮貌」不是「客套」，講究相互尊重、表裡如一。中國號稱禮義之邦，自古以來就非常重視禮貌。

在古代，「禮」指敬神，引申為恭敬。如《左傳．僖公二十六年》：「（重耳）及鄭，鄭文公亦不禮焉。」「貌」指容色和順。《論語．鄉黨》：「（孔子）見冕者與瞽者，雖褻必以貌。」「禮貌」即指對人恭敬、儀容和順，簡稱「禮」。

在古代社會，禮是典章制度、禮節儀式和道德行為規範的總稱。歷代統治階級及思想家，為鞏固、維護社會等級秩序，都賦予「禮」重要的倫理內容，「禮」也是立身為人的重要標準。孔子說：「不學禮，無以立。」要求人們對於有害於社會等級秩序的非禮之舉，不要看，不要聽，不要講，不要做，即「非禮勿視，非禮勿聽，非禮勿言，非禮勿動」。要人們按照禮的要求，嚴格地約束自己的言行。

管仲最早提出把禮作為最高道德準則。他把「禮義廉恥」定為「國之四維」，而「禮」列為四維之首。後來，管仲學派把禮看成一種等級秩序，對不同社會地位的人分別提出不同的禮貌（道德）要求：「為人君者，中正而無私；為人臣者，忠信而不黨；為人父者，慈惠以教；為人子者，孝悌以肅；為人兄者，寬裕以誨；為人弟者，比順以敬；為人夫者，敦蒙以固；為人妻者，勸勉以貞。」（《管子·五輔》）

禮（貌）因此成了中國文化中最根本的道德範疇。在幾千年的教化過程中，潛移默化地形成了把有禮貌作為待人接物重要原則的習慣，衡量一舉一動是否得當的標準常常就是「禮貌」。

「禮貌」是人類文明發展的結晶，反映了人與人之間相互尊重、友好合作的關係，有助於避免和減少一些不必要的個人衝突。倡導人們養成講「禮貌」的好習慣，也是當今建設和諧社會的一個前提和重要保證。

延伸知識　為什麼請客稱為「作東」？

《儒林外史》第十三回中有一段敘述，為了幫助朋友蘧公孫，「馬二先生作東，大盤大碗請差人吃著，商議此事（指捨財消災）。」這裡「作東」是請客的意思。「東」字除表示方位外，還可以作「主人」講。在《禮記．曲禮》記載：「主人就東階，客就西階，客若降等，則就主人之階。主人固辭，然後客復就西階。」從有關主客之間禮儀的規定中，可以看到「東」位就是代表主人。

《左傳．僖公三十年》記載了春秋時期秦國攻打鄭國，鄭文公以供應秦國後勤物資為由請求撤兵，他派燭之武對秦穆公說：如果秦不滅掉鄭國，而讓它成為東方道上的主人，秦國使者來來往往缺乏資財食用，就可以由鄭國來供應，這樣做對秦國有利無害。後來秦果然撤軍，「舍鄭以東道為主」。因鄭國在秦國東面，故稱東道國。後來「東道主」便成了一個固定的名詞，我們平常所說的「房東」、「股東」、「東家」、「作東」等，其實都是從「燭之武退秦師」故事中「東道主」一詞演變而來的。

12 「天倫之樂」指哪種快樂？

李白在〈春夜宴從弟桃李園序〉中說：「會桃李之芳園，序天倫之樂事。」提到了天倫之樂。什麼是天倫呢？《穀梁傳．隱公元年》說：「兄弟，天倫也。」兄先弟後，天然倫次，所以稱兄弟為天倫。後來也泛指父子、兄弟等親朋好友關係為天倫。在儒家思想中，仁、義、禮、智、信（五常）代表了社會道德的行為準則，是支撐社會發展的思想意識。儒家裡的「五倫」包括孝敬父母、友愛兄弟姐妹、夫婦循禮、對朋友忠誠寬容、同道相謀（君仁臣忠）。盡天倫之樂，指的應該是父母、兄弟、夫妻、朋友（君臣）之間按照儒家的道德標準和睦相處，感受其中的快樂。

這種快樂，主要來自分享。父母、兄弟姐妹、兒孫、晚輩、家族親友只有相互傾聽，真誠理解，分享親情、友情、愛情，才會有歡聚一堂，其樂融融的場景。共享天倫之樂是每個中國人所期盼的。天倫之樂是維繫親情的紐帶，是傳承情感的基石。無論時代如何變遷，天倫之樂都會因人的代代相承而永存。在新的時代中，它還昇華為一種新的目標，被賦予了家庭、社會、國家三重和諧的新使命。《辭源》解釋「天倫」的另一含義是「自然的道理」，如《莊子．刻意》說的「一之精通，合於天倫。」這種家庭、社會、國家和諧的同一快樂不正是合於「自然的道理」嗎？

延伸知識──「五福臨門」是指哪「五福」？

中國人總愛討個喜慶吉利。新春佳節來臨，親朋好友彼此問道賀致喜之際，經常愛把「五福臨門」、「三羊（陽）開泰」一類的吉祥話語掛在口頭嘴邊。但要問起「五福」的具體內容，可能多數人都會感到茫然。

「五福」的說法，源出於《尚書．洪範》：「五福，一曰壽，二曰富，三曰康寧，四曰攸好德，五曰考終命。」第一福是「長壽」，命不夭折而且福壽綿長；第二福是「富貴」，錢財富足而且地位尊貴；第三福是「康寧」，身體健康而且心靈安寧；第四福是「好德」，生性仁善而且寬厚寧靜；第五福是「善終」，生命即將結束時，無病無災，沒有牽掛和煩惱，安詳自在地離開人世。

生活中人們難免會遇到一些麻煩。例如，有的人雖然一生長壽卻大半輩子貧窮度日，有的人家財萬貫而健康狀況不佳，有的人雖然健康安閒卻不得長壽，有的人雖然善良樂施而最後卻不能善終。種種人生境遇，難以枚舉。只有「五福」全部臨門才是十全十美的，其餘的種種情況都是美中不足，有所缺陷。因此，「五福」的說法寄寓了人們對一種幸福完美人生的無限憧憬之情。

13 李清照玩的「打馬」是什麼遊戲？

「打馬」是宋代女詞人李清照在前人基礎上重新設計出來的一種擲骰行馬的遊戲。有人考證，「打馬」就是麻將的前身，是當時十分流行的一種博戲。李清照酷愛這種博戲，專門為之作賦，還用圖文並茂的方式對「打馬」的規則做了記錄。

據她的《打馬圖經》介紹，宋代博戲中的「采選、打馬，特為閨房雅戲」。打馬有一將十馬的關西馬和二十馬無將的依經馬，後者為她「獨愛，因取其賞罰互度，每事作數語，隨事附見，使兒輩圖之。」而前者與混合二者產生的宣和馬今已失傳。

根據《打馬圖經》的規定，參加遊戲者限制在五人以下，人多常出現本彩交錯，喧鬧嘈雜，不容易玩好。擲出本彩之後，各人執二十枚叫「馬」的棋子，形狀與今天象棋子差不多。輪流擲彩，都從起點「赤岸驛」向目標（終點）「尚乘局」進發。在和象棋盤完全一樣的棋盤上，每隔八步設置一「窩」，過「函谷關」窩時必須疊成十五馬開路才可通過。在終點前還設有五個「夾」和一個「塹」。誰的二十匹馬最先到「尚乘局」，誰就是贏家。進入或越過終點，有不同的獎賞。

「打馬」前進時，後面的馬追上前面敵方的馬而處於同一位置時，可以以多擊少，將對方的馬打下。如果敵方的馬進了「窩」，就不能打了。通過「函谷關」之後，馬少的一方不能超越馬多的一方，這就要求各方必須協調馬群以形成優勢，以免被對方的馬打下。被打下的馬，只有等到自己的馬重新上場完畢之後才能進入運行路線。

這種遊戲規則複雜，比較適合文人。「打馬」由於操作麻煩，如果手氣不佳，骰點不好，往往下完一盤棋要耗費不少時光，所以到元明之際，就逐漸失傳了，這是才子型遊戲的缺陷。

李清照自述「予性喜博，凡所謂博者皆耽之晝夜，每忘寢食。」通宵打馬博戲是李清照的一大愛好。「業精於勤」，對於她這樣的天才女子來說，在當時要找一個匹敵的「打馬」對手，恐怕真是太難了。今天即使把這種費時費事，技巧性很強的「打馬」整理出來，也是難得找到和她一樣的「閨房雅戲」專家。難怪她很自負地說：「使千萬世後，知命辭打馬，始自易安居士也。」

延伸知識——「打馬掉」和「看竹」是同一種遊戲嗎？

明朝萬曆年間，在吳中地區興起一種新的葉子戲「馬掉」。馬掉，又稱「馬掉腳」，俗作

「馬吊」。清人汪師韓曾說，打馬掉牌時，必須四人打，分成四壘，各自為戰，若缺一個就像馬失掉一足一樣不可行，所以名「馬掉腳」。馮夢龍的《馬吊腳例》、潘之恆的《葉子譜》就是關於「馬掉」的專著。

馬掉牌為長方形，其長、寬都比後代的紙牌略長一些。分十字、萬字、索子、文錢四門，共四十張。每人摸八張，剩下的八張牌放在中間。四人用骰子的點數推舉出相當於「莊家」的「主將」，其他三人則聯合起來與主將鬥。若主將贏，則繼續連任，輸則讓位於下家。

馬掉牌到清代演變成麻雀牌，後來與象牙製成的宣和牌相結合，又變為盛行至今的「麻將」。「麻」字可能是馬掉之「馬」字的音轉。「將」字是因為玩法規定一副牌中，兩張同樣的牌組成的對子叫「將」牌。二者合之，就有了「麻將」之稱。麻將牌最初為紙質，後來變為主要用木、骨、象牙等材料製作，逐漸風行各地了。

打麻將又叫「看竹」。同治三年（一八四六），陳魚門將麻將紙牌改為竹牌，形成流行的一百三十六張一副的麻將牌。另外，《世說新語．任誕》記王羲之的兒子王徽之愛竹，暫住他宅時也要讓人種竹，說：「何可一日無此君。」清代社會上盛行方城大戰後，麻將就得了個「竹林戲」的佳名，打麻將於是被每日陶醉其中不能自拔者呼為「看竹」。連慈禧太后都變成了「看竹」的常客，陪同她玩的多是親王、郡王的夫人（福晉）和皇族的小姐（格格）們。

14 「烏龍球」中的「烏龍」是什麼意思？

「烏龍球」源於英語的own goal一詞，意為「自進本方球門的球」，香港球迷根據這個詞的發音，將其稱為「烏龍球」。

烏龍球的成語說法是「自擺烏龍」，它源於廣東的一個民間傳說：久旱之時，人們祈求青龍降下甘露，以滋潤萬物，誰知青龍未至，烏龍現身，反而給人們帶來了災難。

「擺烏龍」引用到足球賽場上，指本方球員誤打誤撞，將球踢入自家球門，不僅不得分，反而失分，這與民間傳說的主旨十分吻合。大約在一九六〇、七〇年代，香港記者便在報導中以「烏龍球」來翻譯，從語言的角度來說，粵語「烏龍」有「搞錯、糊里糊塗」等意思，該詞發音與英語own goal相近。

世界足壇上烏龍球之最可以追溯到一九七七年一月三日，在主裁判宣布開場之後，劍橋聯隊球員克魯斯不假思索地一記大腳球回傳門將，正在作準備動作的門將猝不及防，眼睜睜地看著球滾進了自家的球門。此時此刻，整場比賽僅僅進行了四秒鐘。這記烏龍球好像增鮮的味精一樣讓球迷大飽眼福，然而對於一時不慎「搞錯」的球員來說，他們就得為自己的疏忽付出沉重的代價。

延伸知識 唐人熱衷的「擊鞠」、「打球」是何種球類運動？

馬球，史稱「擊鞠」、「擊球」或「打球」等，玩者騎在馬背上，以球杖擊球入球門。關於馬球的起源有不同的說法：一種觀點認為它來自波斯，古時稱為「波羅球」（即今英文名Polo）；另一種說法則認為馬球起源於吐蕃。三國時曹植的〈名都篇〉詩曰：「連騎擊鞠壤，巧捷推萬端。」說明至少在漢末馬球已經存在了。

馬球盛行於唐、宋、元三代，至清代始沒落。馬球中所用的球為木質，有拳頭大小，內中挖空，外描彩色。球杖稱「鞠杖」，是一個木質或藤質的數尺長柄，杖頭一端為彎月形，外裹一層獸皮。

打馬球，必須要有強壯的身體，機智勇敢，騎術精湛，同時還要有一匹好馬。即使在今天，這種運動也是所有運動當中最昂貴的一項，所以唐朝的馬球只在皇室內流行。據文獻記載，唐代的歷朝皇帝如中宗、玄宗、穆宗、敬宗、宣宗、僖宗、昭宗都是馬球運動的熱心參與者和提倡者。在飛馳的馬背上揮舞球杖，與騎兵在馬背上砍殺的動作有些類似，因此愛打馬球的唐玄宗登基之後，就把馬球引入軍隊中，規定從軍者需要練習馬球。《封氏聞見記》就有「打球乃軍州常戲」的說法。

在對外文化交流中，馬球也有重要的地位。當時唐王朝相鄰的渤海、高麗、日本等國都有與唐皇室進行馬球競技的活動。這些現象可以使人確信，唐朝時馬球已經是一種流行廣泛的運動，稱得上唐朝第一運動。韓愈給張建封的那首〈汴泗交流贈張仆射〉詩，生動描寫了馬球手精湛的球技和場上的熱烈氣氛：「側身轉臂著馬腹，霹靂應手神珠馳」、「百馬攢蹄近相映」、「歡聲四合壯士呼」。

最有趣的是喜歡擊球的唐僖宗以馬球選才的故事。西川節度使的位置空出來之後，宦官田令孜一下子向唐僖宗推薦了陳敬瑄、楊師立、牛勖、羅元杲等四個人，而此四人又全是田令孜的心腹。本來就有些呆傻的僖宗，一時不知道在四人中間選哪一個好，最後他想出一個好辦法，讓他們到球場上去打球，誰贏誰做節度使。結果陳敬瑄取得勝利，得到了西川節度使一職。

15 拔河是群眾喜愛的運動，它本是大家在拉扯繩索，為什麼卻叫作「拔河」？

拔河，是以人數相等的雙方對拉一根粗繩來較量力量強弱，是一種具有對抗性質的體育娛樂活動。這種活動在中國有悠久的歷史，到唐代達到最興盛的時期。這種競技何時定名為「拔河」？一般多認為始於唐代。而爭議較多的是為什麼叫作「拔河」？這個名稱有什麼特別的歷史意義呢？

有人認為它的名稱是對當年楚人水上教戰傳統的溯源，這方面有兩種解釋：一是判斷勝負使用的標誌為界旗充當的「河」，即「載立長旗，居中作程」，將繩索拉過河界，就是拔過了「河」；二是以繩索中心的標誌為「河」，勝者就是把「河」拔了過來。可見「拔河」是對競賽規則的描述。

第二種看法認為拔河之名或許受到項羽「力拔山兮氣蓋世」壯語的影響，以之形容拔河時的磅礴氣勢：「挽者千餘人，喧呼動地，觀者莫不震駭。」（《唐語林》）唐薛勝〈拔河賦〉：「超拔山兮力不竭，信大國之壯觀哉！」就是引項羽之語。

第三種看法認為「拔河」源於人們祈求豐年的一種儀式。唐玄宗〈觀拔河俗戲詩並序〉生動地描繪了拔河的情景，詩和序云：「俗傳此戲，必致豐年。故命兆軍，以求歲稔。壯徒桓賈勇，拔拒抵長河……。」《隋書．地理志》介紹荊襄地區拔河習俗時亦稱：「俗云以此厭勝，致豐穰。」從它一般在春季進行來看，直接目的是對雨水的祈求，故「拔河」的本義當是挽拔「天河」使之倒灌。古人舉行拔河時「喧呼動地，觀者莫不震駭」，目的就是展示以人力回天的巨大力量。武則天當朝時的大臣張說〈拔河〉詩云：「長繩繫日住，貫索挽長河。……春來百種戲，天意在宜秋。」大致點出了這一習俗及其命名的真諦。

延伸知識 拔河為什麼又叫「牽鉤」？

拔河運動古時稱「牽鉤」，亦稱「強鉤」或「拖鉤」。它起源於春秋戰國時期對水軍的軍事操訓活動。據《墨子．魯問》記載，魯班在楚國遊歷時，為楚國設計製造了一種在戰船上進行水戰的兵器，叫作「鉤強」（《太平御覽》作「鉤拒」），能在敵船敗退時鉤住敵船，使其不能逃脫；敵船前進時，又可用「鉤強」抵住對方，使其不得靠近。「牽鉤」的「牽」是拉的意思，鉤指鉤拒。這項運動的目的，就是用來訓練水軍戰士在作戰時鉤拉或強拒的能力，故稱之為「牽鉤」。

當時，楚國在訓練水軍時，用薄竹片劈成細條做成的篾繩代替長鉤。士兵被分成兩隊，各執篾繩的一端進行對拉。其後，這種鉤拉敵舟的戰術操練又從水上移到岸上，基本動作從「退則鉤之，進者強之」演變為單一的「鉤」，即「拖」、「牽」的技巧，進而演繹成一種民間競技項目。最初它僅在長江中下游楚國故地一帶流行，以後又傳到北方，並成為元宵節和清明節的娛樂活動。

唐朝時牽鉤已改名拔河。拔河的器材改為一條長四、五十丈長的麻繩，大繩中間立一面大旗為界。比賽時由人數相等的兩個隊各執繩的一端，雙方用力對拉，觀眾擂鼓助威，以把對方拉過旗界為勝，這與現代的拔河比賽方法已差不多。古代拔河形式上與今天不太一樣的地方是繩索上的花樣，今天拔河是單獨一條繩子，而古代所用的繩子是在一條大繩子兩頭分繫數百條小繩。所以，古代的拔河人數要比現代多很多，場面更大、更熱鬧，使得在長安欣賞比賽的外國人都嘆為觀止。

拔河在唐代深受各個階層喜愛，還出現了女子拔河。景龍二年（七〇八），唐中宗曾率領滿朝文武大臣在玄武門觀看宮女拔河比賽。次年，他又興致勃勃地讓幾百名宮女在玄武門外舉行拔河比賽，比賽結束後還恩准她們去遊宮市，結果幾百名宮女都趁機逃跑了。

16 喜歡跟人爭鬥較勁的人為什麼常被說成像好鬥的公雞呢？

在家畜當中，人們飼養的雞鴨狗牛等動物太多以後，因覓食、求偶引發的自然爭鬥，以公雞居多，所以好與別人爭鬥較勁的人常被比喻作「好鬥的公雞」。

鬥雞是中國非常古老的娛樂。相傳夏朝第七代皇帝少康年輕時就飼養鬥雞，迄今已經有四千多年的歷史了。《列子．黃帝篇》記載了紀渻子為周宣王養鬥雞，把自然好鬥的雞再加以人工培訓。經過四十天的訓練，望之有如木雞，別的雞不敢鬥它，說明古代早有將雞訓練有素的專職訓雞師。

從春秋戰國至盛唐時期，諸王、貴族、世家傾家蕩產飼養鬥雞，都市、鄉陌男女以養雞為事，民間尤以鬥雞為樂。那些王公貴族們不只要比較富貴、名望，還要比鬥雞，甚至於因為鬥雞而引發皇室糾紛，也是常有的事情。春秋末年，魯季平子與郈昭伯因鬥雞而得罪魯昭公，竟互相打起架來。唐高宗時期，親王、大臣們酷愛鬥雞活動。一次沛王與英王在群雞會戰中爭鬥猶酣，為了聲討英王的鬥雞，詩人王勃專門為沛王寫了一篇檄文，道：「兩雄不堪並立，一啄何敢自妄？……羽書捷至，驚聞鵝鴨之聲；血戰功成，快睹鷹鸇之逐。」當時王勃名列初唐四傑，鋒頭極健，而這篇檄文驚天地、泣鬼神，當即就把英王氣得要死。昔日的皇家兄弟幾乎因此反目成仇，不得不靠高宗居中調停才能了事。高宗一怒之下將檄文作者王勃罷官去職，貶為平民。

延伸知識 古人好以鬥蟋蟀為樂，為何蟋蟀、蛐蛐又叫「促織」？

鬥蟋蟀在各種鬥戲中興起較晚，但於東方文化之影響，卻最大、最普遍，以致古代有「蟋蟀宰相」（「蟲相」賈似道）、「蟋蟀皇帝」（宣德皇帝），而今又有蟋蟀協會、蟋蟀學家，成為古往今來，千百萬人所雅好的遊藝活動之一。

有人說魏晉時代，已有「促織」之稱（古詩十九首之七「明月皎夜光，促織鳴東壁」），又叫「趨織」。其得名，緣於它的鳴叫之聲。從訓詁的角度看，「促織」、「趨織」、「蛐蛐」，都是同音轉化而來的。促織的鳴叫聲似「蛐蛐」，民間又有「蛐蛐」之稱，這是毋庸置疑的。

《詩經．七月》云：「七月在野，八月在宇，九月在戶，十月蟋蟀入我床下。」又有諺語曰：「促織鳴，懶婦驚。」蟋蟀是避寒趨暖的昆蟲，秋涼後鑽進別人的床下，發出「蛐—蛐

──」的叫聲，就好像在提示：天氣冷了，女人應該趕快織布做衣，以預備過冬之需，不然北風吹，大雪飄，一家子大大小小穿什麼？所以有人說「促織」也是催促織布的意思。古人給蟋蟀如此取名，就跟將天上的兩顆星星命名為牽牛、織女一樣，寄寓了農業文明中以男耕女織為主的中國人，習慣按部就班的生活觀，他們一年的生活都按季節安排。婦女一聽到蟋蟀的叫聲，就應該知道秋日已到，把握時間紡織，趕製冬衣，以抵禦寒冷。這便是「促織」一名的由來了。

17 體育競賽中「冠軍」、「亞軍」、「季軍」的稱呼是怎麼來的？

大家都知道，在體育競賽活動中成績最佳者稱「冠軍」，第二名稱「亞軍」，第三名為「季軍」。這種稱呼是怎麼來的呢？

早在西元前二〇九年，當時楚國有一位反抗暴秦統治的大將宋義，作戰英勇，威風凜凜，秦兵屢屢敗於他的手下。由於他戰功赫赫，位居諸將之上，於是楚懷王封他為「上將軍」，楚軍諸將士稱他為「卿子冠軍」（見《史記・項羽本紀》）。裴駰《史記集解》引文穎的話說：「卿子，時人相褒尊之辭，猶言公子也。上將，故言冠軍。」這是歷史上第一個榮獲「冠軍」稱號的人。

到漢代，「冠軍」一詞繼續沿用。據《漢書・霍去病傳》記載，霍去病因戰功官拜驃騎將軍，封「冠軍侯」。漢代以後，戰功卓著的武將也都採用「冠軍」作為官銜。從魏晉迄南北朝各代，都設有「冠軍將軍」，唐朝有「冠軍大將軍」的官銜。一直到清朝，護衛帝王的鑾儀衛及旗手衛的首領，也稱為「冠軍使」。

亞軍的「亞」與古代「亞聖」、「亞父」諸稱中的「亞」同義。學者稱孔子為「至聖」，稱孟子為「亞聖」。《史記．項羽本紀》中有：「亞父南向坐，亞父者，范增也。」這是因為項羽很尊敬范增，把范增認作僅次於生父的長者。由於「亞」是「次一等」的意思，亞軍也就是低於冠軍的優勝者。

季軍，指名次低於冠軍、亞軍的優勝者，是指競賽的第三名。古時的排序，第三稱之為「季」，例如在舊曆中，春季的三個月分別叫孟春、仲春和季春。

現在，冠軍、亞軍、季軍等詞已廣泛見於體育競賽、娛樂文藝等活動中。

延伸知識——「勇冠三軍」說的是哪三軍？

提起「三軍」，現代人普遍會認為是指陸、海、空三軍。實際上，古代文化中「三軍」說法最早起源於春秋時期，與現代陸、海、空三軍在實質意義上相去甚遠。

春秋時，大國通常都設三軍，但各國稱謂有所區別，如晉國、齊國、魯國和吳國稱上軍、中軍、下軍；楚國稱左軍、中軍、右軍。三軍包括步、車、騎三種兵種。三軍各設將、佐等軍銜，而中軍將則是三軍統帥。隨著時代演進，上、中、下軍漸漸被前軍、中軍、後軍所代替。

唐宋以後，這樣的編制已成為軍隊的固定建制。這時三軍主要是擔任不同作戰任務的各種部隊。前軍是先鋒部隊；中軍是主將統率的部隊，也是主力；後軍主要擔任掩護和警戒任務。

在中國古代的軍隊中，最大的編制單位是軍。軍的編制，歷代沿襲，但人數多少不一。周代天子六軍，諸侯大國三軍，一軍為一萬二千五百人。漢代實行五人一伍，二伍為火，五火為隊，二隊為官，二官為曲，二曲為部，二部為校，二校為裨，二裨為軍的編制。今天，前軍、中軍、後軍的編制已完全消失，而被現代的陸、海、空三軍所替代。

18

體育競技比賽為什麼有「錦標賽」之稱？

體育競技比賽，大致有以下幾種主要形式：盃賽、聯賽、錦標賽。盃賽的冠軍當然要獲得最高等級的獎盃（一般為金盃），其他幾種比賽形式雖然不叫盃賽，但前三名獲得的獎品一般也是獎盃。不過在最初的「錦標賽」上，優勝者得到的獎品卻不是盃，而是貨真價實的「錦標」。

「錦標」一詞，最早使用於唐代，是當時最盛大的體育比賽（龍舟）競渡的取勝標誌。春秋戰國以後，競渡逐漸形成一項民間體育活動，每年都會舉辦划船競渡活動，時間不定。這一古老的活動大約在唐代開始，才統一在端午節舉行。不但民間組織參與，官方也大力提倡。一到端午日，官府就賜給競渡隊伍青綢緞，並為龍舟比賽設置了「錦標」，在終點豎立一竹竿，竿上纏錦掛彩，鮮豔奪目，時稱之為「錦標」，亦名「彩標」。競渡船隻首先奪取錦標者為勝，故這一競賽又稱為「奪標」。這樣一來，龍舟賽變成了一項緊張激烈、扣人心弦的遊戲比賽。宋代以後，奪標成為競渡的法定規則，一直沿用到明、清而不變。這種奪取「錦標」的比賽，就是現在體育賽事中「錦標賽」的由來。

唐代始設的「錦標」還和狀元有一段有趣的故事。五代時王定保《唐摭言》卷三記載：唐盧肇與同郡黃頗齊名，兩人一同趕考，因肇貧頗富，當地刺史只為黃頗餞行。第二年，盧肇考中狀元，衣錦還鄉。刺史率眾十里相迎，宴請盧肇觀看划船比賽。席間，盧肇即興賦詩道：「向道是龍君不信，果然銜得錦標歸。」詩中把自己狀元及第比作競渡的奪標，語意雙關。眾官讀罷，無不汗顏。因為這首詩，盧肇就獲得了「錦標狀元」的雅號。

延伸知識——「相撲」的起源

「相撲」是傳統的體育競賽項目之一，古稱「角抵」、「爭交」。據說最早起於古冀州的「蚩尤戲」。蚩尤「頭有角，與軒轅鬥，以角抵人。」（梁任昉《述異記》）因此「蚩尤戲」帶有以武力爭鬥的色彩不言而喻。

到了晉代，角抵有「相撲」的別稱，《太平御覽》曾引《晉書》說：「襄城太守責功曹劉子篤曰：『卿郡人不如潁川人相撲。』」唐代也流行相撲。到宋代，相撲發展到鼎盛，不但是宋代朝廷宴會上的表演節目，同時也是瓦子（城市裡的表演場所）中最受群眾歡迎的娛樂活動之一。宋人高承著的《事物紀原》卷九說：「角抵，今相撲也。」當時還有署名調露子的相撲專著《角力記》問世。《武林舊事》載，南宋時，臨安有相撲者的組織，叫「角抵社」，職業相撲手竟有五十多名。從《水滸傳》七十四回「燕青智撲擎天柱」的描寫可以窺見宋人相撲的盛況，裡面描寫的相撲是在泰安東嶽廟裡舉行，觀看者成千上萬，連屋脊上都坐滿了。

燕青和任原的相撲過程，使我們了解相撲有一套撲法、路數，像燕青的穿、躍、旋，任原的奔、轉、換即是。任原被摔敗，「利物」應歸燕青。據任原所述，它來自「四百座軍州，七千餘縣治」。如此眾多的州縣，名為「恭敬聖帝」奉上「利物」，實際是以豐厚物品獎勵相撲的優勝者。這反映出相撲已成為大眾喜愛的活動。

有趣的是當時還有女子相撲手上場角勝，知名的有賽關索、囂三娘、黑四姐等人。她們的裝束可能與男子差不多，肢體裸露，因此一些文人很看不慣。北宋時司馬光特地寫了〈論上元會婦人相撲狀〉提出反對意見，要求禁止「婦人裸戲於前」。不過由於這種表演合乎市民的口味，在南宋時仍然流行於瓦肆之中。

據《日本書記》載，日本的相撲是奈良時代（七一〇—七九四）從中國傳入的，兩者有許多相似之處：都有專門表演的戲台，有裁判站在旁邊，演員都要喝「神水」等，可以發現中國相撲帶給日本的影響。另外，日本歷史上第一次相撲競賽開始於垂仁天皇統治時期的第七年第七個月。因為這個傳說的緣故，每年七月成為日本全國舉辦相撲節的固定時間。

19 為什麼圍棋的棋子只有黑白兩色？

被人們比喻為黑白世界的圍棋，自古以來就是中國人喜愛的娛樂活動。其起源很早，在所有棋類中可以說是鼻祖，相傳在堯舜時代就發明了，至今已有四千多年的歷史。在當時，由於掠奪土地、爭奪人口的戰爭十分頻繁。而圍棋以圍地為目的，行棋過程中互相攻掠，兩者有許多相似的地方。因此圍棋成為貴族教育子弟軍事知識的方式，很快得到發展。

圍棋多為兩人對局，有對子局和讓子局之分。前者執黑子先行，後者上手執白子先行。開局後，雙方在棋盤的交叉點輪流下子，一步棋只准下一子，下子後不再移動位置。圍棋下法複雜多變，通常分布局、中盤、收官三階段。終局時將實有空位和子數相加計算，多者為勝，也有單記實有空位的。現今圍棋盤十九道棋局，大約形成於漢魏時期。

圍棋棋子只有黑、白兩色。中國體育博物館藏有唐代黑、白圓形圍棋子，淮安宋代楊公佐墓出土的五十枚圓形棋子也是黑、白兩色。棋子一般黑、白各一百五十枚，通常為圓形扁片，一面凸或兩面凸均可。黑、白棋子分別代表著陰、陽。陰陽最初的含義是指冷和熱，後來又具有抽象意義，可表示黑暗與光明，還代表男性和女性。棋子相交，千變萬化，又合「陰陽之道」。圍棋的圓形棋子代表天，方形棋盤代表地。古代「太極圖」的黑白相反對稱結構暗示宇宙陰陽的變化和自然永不休止的運動，「太極圖」這種上古的思維方式充分地展現在圍棋中。總之，小小一盤圍棋，把天地陰陽動靜變化等道理簡潔明白地包含在內。

延伸知識 圍棋的等級、別名

中國古代圍棋很早就有等級制度。晉代葛洪《抱朴子》說：「故善圍棋之無比者，則謂之『棋聖』」。棋聖是中國古代給棋藝家的最高榮譽。東漢初期桓譚所著的《新論》，將棋手分為上、中、下三等。漢末三國時期，圍棋更加蓬勃發展，高手不斷湧現，如嚴子卿、馬綏明等被稱為「棋聖」。《說郛》引魏邯鄲淳《藝經．棋品》說：「夫圍棋之品有九：一曰入神；二曰坐照；三曰具體；四曰通幽；五曰用智；六曰小巧；七曰鬥力；八曰若愚；九曰守拙。」

南北朝時南朝的統治者愛好圍棋，設立圍棋州邑，還有大中正、小中正的官職，成為實行圍棋九品制的管理機構。據《南史．柳惲傳》記載：「梁武帝好弈棋，使惲品定棋譜，登格者二百七十八人，第其優劣，為《棋品》三卷，惲為第二焉。」這是中國圍棋史上一次規模最大的評定棋藝的盛會。從唐代開始，推行「棋待詔」制，圍棋九品制遂不行。不過，這種制度後來流傳至日本，卻成為日本九段制的根據。圍棋有棋待詔，屬翰林院，官階同九品。棋待詔制，從唐初至南宋末，延續了五百餘年，及至元明時代才名存實亡。

從古文獻來看，圍棋最早被人稱為「弈」或「棋」。據說這是各地方言不同的緣故，北人稱「弈」，南人謂「棋」。後來，有人根據下棋時黑白雙方總是互相攻擊，互相包圍的特點，稱「下棋」是「圍棋」。漢代，圍棋已作為一個專有名詞出現。東晉高僧支道林與頗負棋名的謝安等人交好，他長期觀戰，見棋手交鋒時緘口不語，手起棋落，意在其中，於是稱圍棋為「手談」。稍後，王坦之把弈者正襟危坐、運神凝思時毫無喜怒哀樂表情的那副神態，比作是僧人參禪入定，故又稱圍棋為「坐隱」。

晉代志怪小說中有則故事，說一個叫王質的青年樵夫，入山砍柴，遇見仙者對弈，因在旁邊觀棋入迷，雖歲月流逝、斧柯朽爛猶不自知，待棋罷回到故居，方知同輩之人皆已經作古。由於這則故事流傳極廣，後人遂將「爛柯」戲作圍棋的別稱。唐代詩人張說曾云：「方若棋局，圓若棋子。」元稹〈酬段元丞與諸棋流會宿敝居見贈二十四韻〉詩有：「異日玄黃隊，今宵黑白棋。」所以後人亦用「方圓」、「黑白」泛指圍棋。弈者對壘，「三尺之局兮作戰場」，布陣列勢，宛若將帥在調動兵馬，然而棋子畢竟不是活物，所以竟有稱圍棋為「鬼陣」者。

20

失勢之後重新恢復地位，為什麼是東山再起，而不是「西山」、「南山」、「北山」再起？

西元三八三年，歷史上發生了一次著名的以少勝多的戰役「淝水之戰」。當時前秦皇帝符堅已經統一中國北方，企圖進一步消滅東晉。於是動員了全國的兵力，共計七十八萬大軍，號稱百萬雄師，分水陸兩路，向江南發動攻擊。

大敵當前，東晉的可用之兵只有八萬，力量非常懸殊，晉孝武帝和滿朝文武官員人心惶惶，而才器雋秀的謝安，這時卻隱居在會稽東山（今浙江上虞境內），「高謝人間，嘯詠山林」。直至他的好友、侍中王坦之去東山面請，痛陳社稷危艱，亟需良將謀臣匡扶，謝安才悚憂而起，應召出山。受命於危難之際的謝安，宵衣旰食，調兵遣將，不敢懈怠，最後成功地指揮淝水一戰並得到大勝，奠定他千古名相的不世功業，成為歷史上著名的政治家、軍事家。「東山再起」這一婦孺皆知的成語即由此而來，謝安因此也稱為「謝東山」。

如果當年他隱居的地點不是東山，後來流傳的成語或許就是「西山」、「南山」、「北山」之類的其他山「再起」了。

延伸知識──「加油」一詞的來歷

到加油站的「加油」兩字不但被拿來用在比賽場合當作鼓勵的口號，而且還能同時用在「棒球比賽，加油！」和「生病快好起來，加油！」這兩種截然不同的情況，為什麼「加油」這兩個字會產生這樣的變化呢？

這個在生活中常見的「加油」一詞，我們似乎忘記了它的原本來歷：在歷史上第一次拉力賽車（一八九五年六月），二十五輛各種型號的汽車參加了這次全程一一七五公里的角逐。當賽事進入白熱化階段時，觀眾的熱情異常高漲，他們焦急期待著新的冠軍產生。賽道上，領先跑在最前面的是義大利法拉利車隊的五號車。在離冠軍只有一步之遙的時候，五號車突然熄火，讓觀眾的心一下子懸在半空中。出事車上，被譽為「賽車之父」的恩佐．法拉利先生連忙問身邊的助手，賽車為什麼會突然熄火？助手結結巴巴地說：「大概是汽油消耗太多，沒……油了。」法拉利先生聽完後勃然大怒，他也語無倫次地大聲吼道：「你們……加……加油！」四周的觀眾一聽，以為這是法拉利先生對自己車手的一種鼓勵方式，於是也都跟著他大叫：

「加油、加油」。

後來，隨著體育運動愈來愈受到人們的喜愛、重視，為賽車手「加油」的這種獨特的鼓勵方式也逐漸沿用到其他比賽項目上。以「加油」一詞吶喊助威，便成為觀眾參與比賽，對選手進行鼓勵的方式。

21 「文房四寶」指哪四寶？

「文房四寶」之說起於南唐，《南唐書》云：「南唐時推李廷珪墨、澄心堂紙、諸葛氏筆、龍尾硯為文房四寶。」後來有人又稱宣紙、湖筆、徽墨、端硯為「文房四寶」。而今「文房四寶」的意義更擴大了，統稱用於書畫創作的任何筆墨紙硯。

筆墨紙硯是書寫的工具，是文人須臾不可離的。無論吟詩作文，還是揮毫作書畫，都離不開筆墨紙硯。歷來文人對筆墨紙硯精心選擇，一旦得到上品便極為珍視，秘而寶之。米芾有一方紫金研（硯），被蘇軾拿去把玩。由於對此硯非常喜歡，蘇軾囑咐其子待他死後要隨葬棺中。後來米芾不知用什麼辦法收回故物，還煞有介事地說：「傳世之物，豈可與清淨圓明、本來妙覺真常之性同去住哉！」可見他們對這方寶硯的珍愛。元朝書畫大家趙孟頫一邊磨墨，一邊賦詩，詩云：「古墨輕磨滿几香，硯池新浴燦生光。」正是由於筆墨紙硯對文人如此重要，不可或缺，因此才被戲稱為「文房四寶」。

韓愈的《毛穎傳》以擬人法將毛筆喻為中山人毛穎，「為人強記而便敏，自結繩之代，以及秦事，無不纂錄。」在文章中毛穎又別號「管城子」。「(毛)穎與絳人陳玄、弘農陶泓，及會稽褚先生友善，相推致，其出處必偕。」因此，筆墨紙硯又獲得另一種雅稱：「毛穎」、「管城子」指筆，「陳玄」指墨，「陶泓」指硯，「褚先生」指紙。這四「人」成為「文房四寶」的代稱，是一種幽默的說法。

延伸知識 為什麼臂擱又叫「竹夫人」?

筆墨紙硯是中國文人用於書畫創作的主要工具，但並非全部。文房其他諸寶也是他們經常要用到的，包括：筆筒與筆架、筆洗、筆船，墨架與墨盒、墨床，絹與綾、填紙，硯屏、硯匣，水盂、水滴、書鎮、壁尺、腕襯、臂擱、香爐、印章等。廣義上來說，凡是文房、書齋內所使用的，兼備實用性與藝術裝飾性的器具，都可以視為文房用具。

臂擱，曾經是古代文房中一件極具欣賞價值的文案用具，可是現在有很多人卻不知道它為何物，有什麼用途。臂擱的出現與古人的書寫用具和書寫方式有密切關係。過去，人們用的是毛筆，書寫格式自右向左，稍不留意，衣袖就會沾到字跡。於是，聰明的明代文人們發明了用來擱放手臂的文案用具—臂擱。除了能夠防止墨跡沾在衣袖之外，墊著臂擱書寫的時候，也會使腕部感到非常舒服，特別是抄寫小楷時。

臂擱的稱謂是從古代的藏書之所「秘閣」轉化而來。在紙張發明以前，帝王家所藏的圖書秘笈大都只是一些刻寫有文字的竹木片，而這種藏在秘閣中的竹木片後來也被代稱為「秘閣」，故明代用來枕臂的臂擱也沿用了「秘閣」一詞。烈日炎炎的夏日，文人墨客們在揮毫潑墨時，將竹質臂擱枕於臂下，一來可防止手臂上汗水弄濕紙張，二來由於竹子性涼，有祛暑功效，可得一時清爽，因而也有人把竹臂擱叫作「竹夫人」。當然，長短與鎮紙相近的臂擱，也可充當鎮紙，壓在上面，防止紙輕易被風掀起。

22 一個人才華枯竭為什麼常被說成是「江郎才盡」？

江郎，指南北朝時齊、梁時代的文學家江淹（四四四—五〇五），字文通。他在宋、齊、梁三朝都做過官。據《詩品》載：「初，淹罷宣城郡，遂宿冶亭，夢一美丈夫，自稱郭璞，謂淹曰：『我有筆在卿（您）處多年矣，可以見還。』淹探囊中，得五色筆以授之。爾後為詩，不復成語，故世傳江淹才盡。」這是一段文壇趣話。

事實上，江淹之所以「才盡」，從現在的角度來看，絕對不是因為夢中還筆給郭璞所致，而是中年以後官運亨通、忙於應酬。江淹幼年聰明過人，但是家裡很窮，窮則思變，在那個時代以科舉取士，窮人刻苦讀書考取功名便能夠改變命運。有道是：「朝為田舍郎，暮登天子堂」、「十年窗下無人問，一舉成名天下知」。這些成功的例子，使得不少讀書人對科舉趨之若鶩。

江淹也同樣發憤讀書，終於考取功名，踏上這條康莊大道。他雖在學業上有很大的成就，但仕途不順，充滿坎坷，還住過監獄，又被流放。憂憤出詩人，在這段艱難痛苦的歲月中，他寫出很多著名詩文，如〈恨賦〉、〈別賦〉等，文名遠播。後來他投奔權臣蕭道成，幫助蕭滅宋建齊。齊朝建立後，江淹時來運轉，先後做過御史中丞、侍中、秘書監。梁代齊後，又任金紫光祿大夫，封醴陵侯，可謂青雲直上，後來他耽於高官厚祿，忙於揖讓應酬，才思逐漸減退，漸漸寫不出像樣的作品，人們便稱他是「江郎才盡」。

一延伸知識一 「夢筆生花」生出的是什麼花？

「夢筆生花」，又有筆夢生花、筆底生花、妙筆生花、筆花入夢等說法。這個典故出自於《南史．紀少瑜傳》。紀少瑜是南朝有名的文士，他自幼專攻《六經》，善於談吐，對答如流，深受當時讀書人的欽佩，後來官至東京大學士。

相傳紀少瑜幼年時，才華並不出眾，但是他非常刻苦用功，他的誠心感動了天上的文神。有一天晚上他看書，看著看著就睡著了，夢見著名的文神送給他一支筆，並告訴他用這支筆能夠寫出漂亮的文章。紀少瑜夢醒之後，果然在枕邊發現一支非比尋常的毛筆。從此，紀少瑜的文章大有長進，終於成了一位著名的作家。這個故事的想像力豐富，神話色彩濃厚，然而真正讓紀少瑜成功的原因應是他的鍥而不捨、堅持不懈，最終厚積薄發，由量變而產生質變，使得自己的文筆大有進展。

「夢筆生花」也寫作「夢筆」，是用來表示才思日進的典故。張孝祥的〈鷓鴣天〉就用了這個典故：「憶昔彤庭望日華，匆匆枯筆夢生花。」所以夢筆生花，生出的是文采。

另外還有一種說法，認為歷史上真正擁有夢筆的主人是江淹，夢筆之處就是今日福建浦城西部的孤山。山中構築有寺、有觀、有書院。江淹到任後的一天，夜宿道觀修院。酣睡中竟有桂花暗香浮動，忽見晉代文學大師郭璞飄然而至，授之一支五色彩筆。因江淹一夢，浦城這座小山丘更名為夢筆山。江淹的夢筆之花，應是一叢丹桂。夢筆生花，是多少文人墨客心往神馳、孜孜以求的境界，其世間的參照物大約只有丹桂之花可比擬。丹桂花開，獨占三秋；花團錦簇，芬芳無限。浦城任上是江淹創作的顛峰。民風淳樸可造可歌，俯拾皆是畫，動輒能成詩，更有那揮之不去，形影不離的丹桂花香，每時每刻都能催生江郎的靈感。

23 為什麼請人刪改文章要客氣地說請「斧正」？

在文人的交往過程中，我們常發現有人拿出自己的習作請別人幫忙修改和提供意見，尤其是作者投稿文章的時候，一般要用「請斧正」之類的話。原來，「斧正」這一典故出自《莊子．徐無鬼》：「郢人堊（指白色粘土）慢其鼻端，若蠅翼，使匠石斲之，匠石運斤（指斧頭）成風，聽而斲（砍）之，盡堊而鼻不傷，郢人立不失容。宋元君聞之，召匠石曰：『嘗試為寡人為之。』匠石曰：『臣則嘗能斲之。雖然，臣之質死久矣。自夫子之死也，吾無以為質矣，吾無與言之矣。』」後來人們根據《莊子》的這個故事，引申出「斧正」一詞，意思是請別人來幫助自己刪削文章，如同楚國郢都的匠石削掉好友鼻尖上的白粉那樣。類似說法還有「郢正」、「郢削」、「斧削」等。這是對修改者表示尊敬的客氣語，稱讚修改者修改起文章來，像匠石對郢人用大斧削去白粉一樣，乾淨俐落，恰到好處，令人佩服其大刀闊斧、運斤如風。

古代的「正」、「政」二字又可通用，所以「斧正」也作「斧政」、「郢政」、「削正」。與此同義的常用詞還有「指正」、「惠正」、「雅正」、「請（指）教」。指教、請教多用於講話、言談中。

雅正、指正和斧正一樣，多見於文章字畫之中。南宋詞學中有「雅正」說，意為典雅方正，其重心在於「正」詞壇之不「正」。故「雅正」在表示請對方指教時，亦寓有恭維對方的賜教會使自己歸於雅正之意。「惠正」是把自己的詩文書畫送人時，表示請對方指教意思的敬辭。

延伸知識——「徒災梨棗」、「壽之梨棗」是什麼？

清代雍乾間的小說《駐春園小史》開宗明義說：「歷覽諸種傳奇，除醒世、覺世，總不外才子佳人……。《好逑傳》別具機杼，擺脫俗韻，如秦系偏師，亦能自樹赤幟。其他則皆平平無奇，徒災梨棗。降而《桃花影》、《燈月緣》風愈下矣。」《繡屏緣》作者在前言中也說：「然畫家每千篇一列，殊不足觀，徒災梨棗。」

古語還有「壽之梨棗」一說。紀曉嵐主編《四庫全書》時，乾隆召告天下進獻圖書，旨意中就有「壽之梨棗」一句，此句和開頭引的「梨棗」都是指梨木和棗木。孫詒讓《籀序》有言「復以竹帛梨棗，鈔刊屢易」。古人刻書多用梨木和棗木，後世便以梨棗為書版的代稱。「徒災梨棗」，就是白白地浪費書版；「壽之梨棗」，就是刊刻成書，流傳後世。

24

請人代筆寫文章為什麼叫作「捉刀代筆」？

「捉刀」一詞，源自《世說新語》中的「容止」門，裡面有這樣一則趣事：一次，北方的匈奴使臣要拜見魏王曹操，曹操不便於直接出面，就想出了一個矇騙來人的花招，他叫手下威武健壯的崔琰代表他接見使臣，自己則持刀站在床頭。接見完畢，曹操馬上命人去問匈奴使臣：「你覺得魏王怎麼樣呢？」匈奴使臣答道：「魏王雅望非常，然床頭捉刀人，此乃英雄也。」曹操見底細敗露，惱羞成怒，就派人追上使臣，把他殺了。後來，人們用「捉刀」比喻代人做事，又因為「刀筆」是寫文章的工具，此語又逐漸轉化為專指替人寫文章「代筆」了。

延伸知識❶ 刀筆吏

「捉刀代筆」的人也可以說是充當「刀筆吏」。中國文字發明很早，但書寫時使用的筆和紙卻出現較晚。春秋戰國以前，人們記事占卜都是用刀刻在龜甲或獸骨上，或是刻在竹簡或木片上。即使後來出現了毛筆，刀仍然有重要作用，如書寫有誤的時候，可以用刀（一種被稱為「削」的青銅利器）刮去錯處，重新再寫，因此「刀筆」成了一個固定的用語。

歷代的文職官吏也被稱作「刀筆吏」。另外，「刀筆吏」還是古人對訟師幕僚的特殊稱謂，意思是說他們深諳法規，文筆犀利，用筆如刀。經其操縱，往往大事化小，小事化無，有時又不惜無中生有，弄虛作假，所以「刀筆吏」的名聲不是很好。《史記．李將軍列傳》中李廣自剄之前說：「廣年六十餘矣，終不能復對刀筆之吏。」可以令人想見他們深文羅織，使許多案件乾坤陡轉的可怕之處。《水滸傳》中的宋江在鄆城縣做押司時自稱「刀筆小吏」，但又是四海英雄渴望結識的「及時雨」，這當然是其中的另類了。

延伸知識❷ 「紹興師爺」為什麼成為師爺的泛稱？

過去的刀筆吏，以紹興師爺最為老辣。能把輕罪說成重罪，也能把重罪說成輕罪；能把活罪說成死罪，也能把死罪說成活罪。清代官場有諺語云：「無紹不成衙。」說的是清代衙門中多紹興籍的幕友和書吏。紹興籍（指紹興府，下轄山陰、會稽、蕭山、諸暨、餘姚、上虞、嵊、新昌八縣）的幕友即著名的「紹興師爺」。稱「紹興師爺」者並非皆紹興籍，其他地方的人也有，但因以紹興籍為多，故常以「紹興師爺」作為師爺的泛稱。

《文明小史》曾說到紹興師爺在衙門中的情況：「原來那紹興府人有一種世襲的產業，叫作『作幕』。什麼叫作『作幕』？就是各省的那些衙門，無論大小，總有一位刑名老夫子，一位錢穀老夫子，……說也奇怪，那刑錢老夫子，沒有一個不是紹興人，因此他們結成個幫，要不是紹興人就站不住。」《文明小史》裡寫的師爺余豪是會稽人，《歧路燈》寫了兩個師爺——荀藥階與其表侄莫慎若，也是山陰人。幕友和書吏所以多紹興人，與紹興人文化素養高、苛細精明、善治案牘等特點有關，這些特點皆適宜作幕為胥。

紹興人所以不遠千里入都為胥，又與紹興人不戀鄉土的鄉風和當地人多地少的經濟狀況有關。著名的紹興籍師爺，有杭州府首席刑名師爺周省三，幕學專著《佐治藥言》的作者汪龍莊，另一部師爺名著《秋水軒尺牘》的作者許思湄，還有《雪鴻軒尺牘》的作者龔萼。從這些師爺身上可觀察到傳統官場文化中的特殊文人現象。

25

知識分子過去被戲稱為「老九」，為什麼他的排行不是「老大」、「小三」，而偏偏放在八下十上的位置上呢？

知識分子何以被稱為「老九」，這要追溯到十三世紀的元帝國時期。蒙古入主中國後，把帝國臣民分為四等：第一等是蒙古人；第二等是色目人；第三等是漢人；第四等是南人。又依職業的性質，把帝國臣民更細分為十級：一、官（政府官員）；二、吏（不能擢升為官員的政府雇員）；三、僧（佛教僧侶）；四、道（道教道士）；五、醫（醫生）；六、工（高級工程技術人員）；七、匠（低級手工技術人員）；八、娼（妓女）；九、儒（知識分子）；十、丐（乞丐）（鄭思肖《心史》）。一向在中國傳統社會最受尊敬的儒家知識分子，竟然被劃分到社會的最底層，比儒家所最卑視的娼妓都不如，僅只稍稍勝過乞丐。

延伸知識—中國的「士」

歐洲古代有騎士，日本有武士，而中國則有以知識分子為代表的士族階級。士的原意可能是原始社會末期與氏族首領和顯貴同一部落的武士，進入階級社會後，他們成為統治階級的一部分。春秋時期，各國之間征戰不休，隨著步卒作用的增加，車戰及武士的作用減小，士的地位也出現了或升或降的變化。到了戰國時代，爭霸和兼併戰爭更為劇烈，於是朝秦暮楚的遊說之士應運而生。他們奔走穿梭於各國之間，充當縱橫捭闔的說客，而這時各國統治者的養士之風也很盛行。

秦漢時期，士的內涵發生了進一步的變化。「士」稱為士大夫時，可以指軍隊中的將士、武官，也常是在中央政權和州郡縣任職的文職官吏的泛稱。稱為士人時，則一般指具有較高文化素養、從事精神文化活動的知識分子。魏晉時期，凡九品以上官吏及得到中正品第者，皆為士，否則為庶民。士人中，又出現憑藉父祖官爵得以入仕居官的家族，是為士族。隋唐以後，士族逐漸退出歷史舞台，但「士」作為一個特定階層的觀念仍然保留下來。宋以後，「士」或「士人」一詞逐漸成為一般讀書人的泛稱，不再特別指九品以上官吏。

26 為什麼以諷刺滑稽方式表達的詩被人們叫作「打油詩」？

「打油詩」源自何時呢？

唐朝時南陽有一讀書人，姓張，名打油（也有稱他為賣油郎），此人不僅很會吟詩作賦，而且特別喜歡民間文藝，常將他蒐集到的豐富俗語俚曲，運用到自己的詩詞創作中，寫出了不少通俗、風趣的作品。有一年冬天，張打油出遊經過某縣衙，一時興起，便進去參觀，並在剛剛落成的潔白牆壁上寫了一首詩，內容十分趣味：「六出紛紛降九霄，恰如玉女下瓊瑤。有朝一日天晴了，使掃帚的使掃帚，使鍬的使鍬。」衙役報上來後，縣太爺大怒，命緝拿塗鴉者。衙役們經明查暗訪，確定是張打油所為，於是不容分說，一條鎖鏈把他拘到縣衙。在公堂上，縣太爺厲聲責問張打油為何在縣衙亂畫，張打油從容答道：「我張打油，但知吟詩作文，從不胡寫亂畫。」縣太爺聽了，便以當時南陽城被叛軍圍困，守將請求朝廷發兵解救為題，叫張打油寫詩。張打油稍加思索便隨口吟出：「天兵百萬下南陽，也無救兵也無糧。有朝一日城破了，哭爹的哭爹，哭娘的哭娘。」縣太爺一聽，忍不住大笑起來，將張打油無罪釋放。有此波折，張打油之名傳遍四方。久而久之，人們便把內容淺顯明瞭、字句詼諧風趣、敘事鮮明生動的詩作稱為「打油詩」了。

另有《升庵外集》為證：「唐人張打油〈雪〉詩云：『江上一籠統，井上黑窟窿；黃狗身上白，白狗身上腫。』故謂詩之俚俗者曰打油詩。」

延伸知識——「打詩鐘」是一種什麼遊戲？

詩鐘是一種文人遊戲，大概是嘉慶、道光年間在福州興起的，林則徐是最早的此中高手，其《雪鴻堂初集》中記有他的詩鐘作品。玩法是設一銅盤，上懸一線掛銅錢，橫置一炷香火，俟其燒到線斷，銅錢墜落銅盤上，發出響聲如擊鐘，故曰「詩鐘」。晚清以來，文人集會作詩鐘之風盛行，張之洞、陳寶琛、陳三立、汪笑儂等都是個中好手。

詩鐘，從形式上看為七言偶句（個別的有五字對），故也稱「十四字詩」。它很像從律詩中截取一聯，但有其特殊要求，主要分為「嵌字」、「分詠」兩類。數名文人集會做此遊戲，先各自在一小紙條中寫一個字，然後數人所寫的字條，揉成紙團，隨意抓上兩個，打開看這兩個字，再約定用此二字嵌在第幾字成一副七言聯，嵌第幾字就叫「幾唱」，時間限在銅盤響聲為止。如有名的詩鐘「天、我」五唱，當時船政大臣沈葆楨在鐘聲未響即成一聯「海到無邊天作岸，山登絕頂我為峰」，「天」和「我」都在第五字。

分詠格亦稱分韻格，又叫雕玉雙聯、分曹偶句，較為生僻。分詠格詩鐘之制題，有詠兩物者，有詠一人一物者，也有詠一事一物者。詩鐘雖然只有十四個字，但不可小視，倘無淵博的文史知識和文字功力，是斷然不能寫出來的。

詩鐘活動的組織稱「吟社」，民國初年翻譯外國小說蜚聲文壇的林紓，因筆名為冷紅生，發起的詩鐘社就叫「冷紅吟局」。每回聚會後要取錄「打詩鐘」的「狀元」、「榜眼」、「探花」、「傳臚」各一人，排次序高低。一般是錄取後即當眾宣唱，唱到誰的作品即自己報名，所以打詩鐘也稱「唱詩」。

27 胡編亂造為什麼被稱作「杜撰」？

一般字典對「杜撰」的解釋是：毫無事實根據而憑空捏造、虛構。語本宋人王琳《野客叢書・杜撰》：「杜默為詩，多不合律。故言事不合格者為杜撰。」原來歷陽人杜默喜歡作詩，但對詩的韻律一知半解，往往鬧出許多笑話。有一次，其師石介和歐陽修在開封為再次名落孫山的杜默餞行，席間杜默作答謝詩道：「一片靈台掛明月，萬丈詞焰飛長虹；乞取一杓鳳池水，活取久旱泥蟠龍。」詩句還算豪放，但鄰座一考生卻說此詩重覆用了「取」字，犯詩家忌諱，應改。但沒有真才實學的杜默不肯虛心向別人學習，說那是墨守陳規，而詩貴在意境，絕不能以辭害意。所以他雖然愛好寫詩，卻從來沒有寫出過一首像樣的詩。不僅不講究形式，從內容上看也都是無病呻吟。看過他詩作的人都覺得味同嚼蠟，非常倒胃口。於是很多人便在背地裡議論、嘲諷他的詩，人們每逢看到不像樣的詩文，就脫口而出：「這是杜默所撰。」後來這句話逐漸簡化為「杜撰」。本義是嘲笑「杜撰」之作，都是文辭不通的東西。隨著時代轉變，「杜撰」一詞逐漸引申為沒有根據地胡編亂造的意思了。

明代馮夢龍的《古今譚概》及清代褚人獲的《堅瓠集》解釋「杜撰」的來歷，說是唐五代杜光庭的事。杜光庭精於儒、道典籍，在四川做道士時，為了闡揚道教，曾編撰過《靈異記》、《神仙感遇記》、《道門科範大全集》等不少著作。其《道藏》五千餘卷，只有《道德經》二卷為真，其餘都是杜光庭所編撰。因此，後世對於沒有事實根據而胡湊的著作，就叫作「杜撰」。

而岳飛幕僚沈作哲《寓簡》一書則另有說法：西漢臨淄人田何師從光羽受《易》學，得孔門真傳後，廣收弟子，傳授今文《周易》。他從臨淄遷居杜陵後，又取號杜田生。而當時人們認為秦「焚書坑儒」之後，《易》學已失傳，就嘲笑杜田生所講授的《易》學是無所本而編撰的「白撰」，也稱之「杜圓」，即杜信口雌黃、自圓其說。這是「杜撰」的另一個由來。

延伸知識——「小說」是道聽途說、不登大雅之堂的虛構之詞嗎？

「小說」這一名稱最早來自《莊子．外物篇》中的一句：「飾小說以干縣令（縣同懸，高也，縣令即美譽），其於大達亦遠矣！」這裡提到的「小說」是指爭辯中用的詞語，是與「大達」相對而言的。大達，指博大精深的道理或學說；小說，則指瑣屑的言語，是不能與大達相提並論的小道。《論語．子張》中子夏的「雖小道，必有可觀者焉；致遠恐泥，是以君子不為也。」說的是和「小說」同義的「小道」，都屬於貶義詞。清代《人間樂》序亦稱之為「小言」、「小說之言」。

漢代的班固，在《漢書．藝文志》裡，把小說列為獨立的一家，並說：「小說家者流，街頭巷語，道聽途說者之所造也。」由於「小說家」修飾小說意在博得高名和美譽（「干縣令」），因此自會將「街頭巷語」著意潤色，以達「可觀」、動人的效果。但在加工潤飾之下，也必然會張皇其詞，將道聽途說的事越傳越神，越傳越玄，子夏因之有「致遠恐泥」、「君子不為」之見。

按照儒家的這種見地，小說又獲得「稗官野史」之稱，就是認為它即使紀事記言，也和秉筆直書的正史相去頗遠，因為它摻入了虛飾、編造的成分。由此小說一直被人視為不登大雅之堂的作品。直到《紅樓夢》產生，在第一回中「石頭兄」還在極力辯護自己如何「追蹤躡跡」，期望攀附紀實的史書，以求區別於一般的小說和傳奇。

追溯「小說」原意，確有鄙視、把它視為虛構之詞的味道。小說文體真正獨立，是在唐傳奇產生以後。與六朝的「筆記小說」相比，唐人小說篇幅加長，故事完整，情節委婉曲折，刻畫人物性格細緻鮮明。從這個時候開始，作為一種文學形式的小說，大致上已經成熟了。宋代繼唐人傳奇之後，又產生了成熟的白話小說，稱為話本小說。這是根據說話的底本加工而刊刻出來的讀物。說話藝術可分講史、說經等幾家，「最畏小說人，蓋小說者，能講一朝一代故事，頃刻間捏合。」這時的「小說」又名「銀字兒」，包括煙粉、靈怪、傳奇等不同題材的故事。

到明代，號稱「四大奇書」的《三國》、《水滸傳》、《西遊》、《金瓶梅》相繼問世，「小說」盛極一時，遂當仁不讓地坐上了文壇的第一把交椅。接下來小說又全盛於清，於是「明清小說」一躍成為這兩朝的文學代表。不登大雅之堂的虛構小說主宰中國兩個朝代的文壇，恐怕是最早的小說命名者所始料不及的。

28 為什麼要在信封的下款處寫上「××緘」的字樣？

古人在書信上有「緘」、「封」的習慣。《說文解字》解釋「緘」義：「緘，束篋也。」緘是捆箱子（篋）用的繩子。「解篋緘」（《漢書》語）則是解開捆箱子的繩子。「緘」由捆而加封，和古代官方的公文書信制度有關。

東漢以前沒有紙張，公文書信多寫在一片木片或竹簡上，叫作「笥」或「版」，許多版牘捆紮在一起叫作「函」（即所謂「信函」）。用繩子捆好後，繩的打結處往往再加一塊泥，然後在泥上蓋印章，以防被拆，這叫「封泥」。用繩子捆叫「緘」，用泥蓋印叫「封」，解開繩子（看公文信）就是叫「開緘」了。「緘」和「封」的目的都是為了保守「笥」中的秘密。現在人們在信封的落款處寫上「××緘」的字樣，就是某某人親自將信封起來的意思。

延伸知識｜過去書信為什麼又叫「尺牘」？

書信，古代只稱為「書」，與此相關的詞語有「書劄」、「書簡」、「手書」等。書信又叫「尺牘」，尺牘之名起於西漢，那時用一尺之長的木牘寫書信，故有此名。

古人的信件實際上長什麼樣子呢？過去並不十分清楚。一九七九年在湖北雲夢睡虎地秦墓出土了兩件家信，一件是黑夫和驚合寫，一件是驚獨作。信內講到他們駐軍在淮陽一帶的情景。這種木牘形式的家書是第一次發現，顯得十分珍貴。書牘長二三．一公分，合當時一尺，所以書信也稱「尺牘」。

尺牘包括公私信劄書疏，屬於「應用文」，後來也逐漸受到人們的重視，講究辭令優美，變成一種「詞有專工」的文學形式。《昭明文選》便將「書」作為一類，收集了二十多封書信。魏晉是書家輩出的時代，許多書家都擅長尺牘之學，所以尺牘之跡，因書法見重於世的情況愈來愈普遍，書家寫的尺牘更有收藏價值。中國歷代書法瑰寶中保存至今的書法名帖多是尺牘手劄，而最負盛名的尺牘是王羲之的書法真跡。

29

文章荒謬不通暢常被批為「狗屁不通」，為什麼是狗屁而不是豬屁、馬屁、牛屁呢？

「狗屁不通」常用來指責別人說話沒有條理或文章極不通順，是種毫不客氣、不留情面的說法，帶有明顯的貶義。是「狗皮不通」的諧音，出處為清石玉昆《三俠五義》第三十五回：「柳老賴婚狼心推測，馮生聯句狗皮不通。」

由於狗的表皮沒有汗腺分布，在炎熱的夏天，狗只能借助舌頭及呼吸來散發體內的燥熱。「狗皮不通」，就是指狗的這個特點。由於「皮」與「屁」諧音，屁是體內新陳代謝產生的氣體分泌物，內含有毒物質，味道難聞，因此被當作污濁之物，對於文理不通的詩文或不明事理的人，用屁來貶斥，意思更為鮮明具體。

另外在口語中，沒有道理的話被形容成是「放屁」；同時把某人用狗來比擬是最刻薄的辱罵方式，例如「狗東西」或「狗奴才」。後來的人們心領神會、將錯就錯，最後便約定俗成地將「狗皮不通」變成了「狗屁不通」。

延伸知識　為什麼人們喜歡在別人面前說自家的孩子是「犬子」、「豚兒」？

古時候的人喜歡在別人面前說自家的孩子是「犬子」、「豚兒」（犬即狗，豚即豬），這一自謙，表示孩子愚笨、呆傻，另一方面也與那時的人對自然現象以及生老病死沒有科學知識有關。遇到一些奇特或無法解釋、存在困惑的事情常常不自覺聯想到鬼神，如一些有才華或絕頂聰明的人英年早逝，往往被人們認為是被請到天上做神仙去了，小孩生病夭折則被認為是被小鬼捉到地獄去了。

由於害怕天才或有天份的孩子會遭鬼神嫉妒而養不大，中國人便形成給小孩起賤名的習慣，如司馬相如小時候就曾被父親喚作「犬子」。他們認為名字叫得愈不好聽，鬼神就愈不在意，孩子就越好養。曾經，「小狗子」、「大毛」、「罔市」、「罔腰」等都是大家耳熟能詳的小名。如今隨著教育普及和文化的提升，人們給小孩取名字少了很多顧忌，而只將望子成龍的心情寓含其中，以前那種取賤名的現象愈來愈少，近乎絕跡了。

30 我們現在聽的各種樂曲，為什麼統稱為「音樂」呢？

古語中「音」和「樂」本是有不同含義的兩個字。「音」和「言」的含義相同。在甲骨文中，「言」字下面是口，上面是一支豎立的古代簫管。用嘴吹簫管而發音，就是「言」的本義。這表示遠古時期，人們吹奏樂器發出的聲音、人的歌聲與說話的聲音，還沒有明確的區分。後來，「言」才專指言語，以別於「音」。而周代已將金、石、絲、竹、匏、土、革、木等樂器統稱為「八音」（《周禮・春官》）。

「樂」字在甲骨文中，上面是絲（弦），下面是木，也就是琴瑟類撥彈樂器的象形。後來《樂記》中說，將不同的音組成旋律進行唱奏，同時手持盾牌、斧頭、野雞毛、牛尾跳舞，就叫「樂」。可見這時的「樂」是一種包括歌唱、樂器、舞蹈、詩歌的綜合藝術。因為「樂」能給人以快樂的感受，所以又轉義指「喜樂（悅）」。

當「音」和「樂」詞意逐漸趨於接近時，於是這兩個字便開始連用在一起了。在《呂氏春秋・大樂》中，已有「音樂之所由來者遠矣」的說法。古代的「音樂」一詞今天之所以廣泛運用，是因為日本首先用

「音樂」一詞來翻譯英文的 Music，後來中國也沿用這個譯法，用來稱呼「音樂」這種用有組織的樂音來表達人們思想感情、反映現實生活的藝術了。

延伸知識 「歌」與「曲」有何不同？

大概在唐朝以前，「歌曲」兩字有不同的含義。不用伴奏的清唱稱之為「曲」，加上伴奏稱之為「歌」。

「歌」這個字的起源可能比較晚，在商代甲骨文中還沒有見到這個字。《說文繫傳》：「歌者，長引其聲以誦之也。」「歌」字的右旁是打哈欠的形象。因為唱歌要張嘴，所以用欠字為義符。跪著的人形正反映了古代樂工的身分。中國各地都有富有特色的民歌，如楚歌、吳歌、燕趙悲歌等。在山川湖泊等不同地點，會有山歌、漁歌、插秧歌等之別。按題材又有彈歌、戰歌、情歌、婚歌等不同種類。

「曲」字原是一種彎曲而可以盛放物品的器皿的名稱，轉義引申為歌曲，是表示歌聲宛轉曲折的意思。遠古的原始宗教歌曲，旋律多半比較簡單平直。後來旋律有了變化發展，特別是一些民歌中出現了比較宛轉動聽的旋律，這類民歌即被比作「曲」，如〈西洲曲〉、〈塞上曲〉等。

先秦有「王者采詩」之風。周天子為了解民情，遣行人搖動木鐸，農閒之際巡行四方，在田野鄉村採集民歌民曲，如《詩經》中的國風，就有不少是來自黃河、長江流域的歌曲創作。《墨子・公孟》說：「頌詩三百，弦詩三百，歌詩三百，舞詩三百。」意謂《詩》三百餘篇，均可誦詠、用樂器演奏、歌唱、伴舞。《史記・孔子世家》也說：「三百五篇，孔子皆弦歌之，以求合韶、武、雅、頌之音。」《詩經》裡的詩，就其原來性質而言，是歌曲的歌詞（即「詩歌」）。《詩經》三百零五篇，小雅中另有六篇「笙詩」，有目無辭，不計在內。這種「笙詩」可能是歌詞在流傳過程中遺失了（《詩經通論》），或者本來就是笙人所奏的無辭歌曲。

31 「四面楚歌」中的「楚歌」指的是哪裡的歌？

成語「四面楚歌」比喻陷入四面受敵、孤立無援的境地，出處見司馬遷《史記．項羽本紀》。讓項羽鬥志全無的「楚歌」到底指的是哪裡的歌呢？《史記》記載：「項籍者，下相人也，字羽。初起時，年二十四。其季父項梁，梁父即楚將項燕，為秦將王翦所戮者也。項氏世世為楚將，封於項，故姓項氏。」一下相位於今江蘇宿遷，這段話清楚指出項羽在下相長大後才隨叔父項梁遷居吳中（今江蘇蘇州）。

接下來的關鍵問題是項羽在哪裡揭竿而起，即他的根據地在哪裡？這能夠為確定楚歌所代表的地域提供有力的證據。《史記．項羽本紀》載：「遂舉吳中兵，使人收下縣，得精兵八千人。」這說明項羽是在吳中起兵，八千江東子弟兵，是他在吳中所收的嫡系部隊。那麼吳中又是如何變為楚地的呢？

說來話長，歷史上楚地的範圍並非一成不變，而是隨著戰事的進行不斷變化。西元前二七八年，秦將白起攻破郢都，楚國被迫遷都到陳（今河南淮陽），又遷都巨陽（今安徽太和縣東），西元前二四一年遷都壽春（今安徽壽縣），西元前二二三年秦兵攻破壽春，楚國滅亡。由於戰事不利，楚國的國都不斷東遷，楚人隨之進入江淮下游地區，長江、淮河下游也開始被稱為「楚地」。同時，歷史也記載，項羽帶領八千江東子弟兵，破釜沉舟擊敗秦將章邯，一鼓作氣，一路高歌前進滅掉秦國。接著他與劉邦逐鹿中原，前後大小七十餘戰，但從未到達過伏牛山以南的荊楚地區。由此可以推斷，楚歌非兩湖民歌，應是長江、淮河下游地區的民歌。

延伸知識 象棋棋盤上的「楚河漢界」是怎麼產生的？

象棋棋盤上有「楚河漢界」，這是怎麼產生的？「楚河漢界」指的是河南滎陽黃河南岸廣武山上的鴻溝。溝口寬約八百公尺，深達二百公尺，是古代的一處軍事要地。西漢初年楚漢相爭時，漢高祖劉邦和西楚霸王項羽僅在滎陽一帶就爆發了「大戰七十，小戰四十」，久戰不下，勞民傷財，於是項羽與劉邦和談達成協定，「以西為漢，以東為楚」，鴻溝便成了楚、漢的邊界。那麼象棋這種遊戲裡為何又要劃分「楚河漢界」呢？

象棋的歷史悠久，象棋的發展歷史可以追溯到先秦時代的「博戲」，那時它又被稱為「象戲」、「桔中戲」。戰國末期，每方六枚棋子的「六博」象棋開始盛行。唐代象棋在此基礎上有了一些變化，但只有「將、馬、車、卒」四個兵種，棋盤由黑白相間的六十四個方格組成，和西洋棋類似。到了宋代，象棋遊戲逐漸趨於完善與定型，因為火藥的發明，棋子中順理成章地增加了威力巨大的「炮」，還增加了「士」和「象」。

明代時，為了區別象棋的兩方，人們將一方的「將」改為「帥」，這時的象棋便和現在的象棋一樣了。由於楚漢相爭的慘烈，四面楚歌的聲名遠播、家喻戶曉，為了營造兵戎相見、你來我往的緊張氣氛，人們便把「楚河漢界」移植到棋盤上。從古人留下的象棋文物和文字圖譜中，都可以看到：兩軍立營，相持對壘，中隔「楚河漢界」，色分黑紅，戰局中「鬥智不鬥力」，通力擒敵方之「將（帥）」等，都在模擬楚漢相爭的情境。

32

人們常說「對牛彈琴」，但彈琴的人到底是誰呢？

成語「對牛彈琴」比喻對不懂道理的人談論高深的道理，白費口舌。這一成語的出處見漢牟融〈理惑論〉：「昔公明儀為牛彈清角之操，伏食如故，非牛不聞，不合其耳矣。轉為蚊虻之聲，孤犢之鳴，即掉尾奮耳，蹀躞而聽。」（載於南朝梁僧佑《弘明集》）說的是戰國時代，有一個名叫公明儀的音樂家，是個音樂全才，既能作曲又能演奏，尤其是七弦琴彈得非常好，加上曲調優美動聽，很多人都喜歡聽他彈琴，因此很受人敬重。由於癡迷於音樂，他不但在室內彈琴，遇上好天氣，還喜歡帶著琴到郊外彈奏。有一年春暖花開時節，他來到郊外，看見一頭黃牛正在草地上低頭吃草。公明儀一時興起，在戶外擺上琴，撥動琴弦，為這頭牛彈起了自己引以為傲的樂曲「清角之操」，但老黃牛卻無動於衷，仍然低頭一個勁地吃草。

公明儀心想可能是這首曲子太高雅了，於是換了個曲調，彈起了小曲。老黃牛仍然毫無反應，繼續悠閒地吃草。公明儀使出渾身解數，不斷變換曲調，老黃牛仍然不為所動，只是偶爾甩甩尾巴，驅趕著牛虻，照樣低頭悠閒地吃草。公明儀覺得有傷面子，變得十分沮喪。旁邊的人勸他說：「您不要生氣了！不是您彈的曲子不好聽，是您彈的曲子不對牛的耳朵啊！」公明儀如夢方醒，嘆口氣，悵然而歸。

後來人們根據這個故事，引申出「對牛彈琴」這句成語，比喻對不懂道理的人講道理，也用來譏笑說話不看對象的人。

延伸知識 「鄭衛之聲」、「靡靡之音」是形容什麼樣的音樂？

春秋時期，在民間誕生了一種新的通俗音樂，叫「鄭衛之音」（又稱「今樂」、「新聲」、「新樂」）。「鄭衛之音」是周代鄭國和衛國的音樂，由於鄭國和衛國居住著商朝的遺民，所以「鄭衛之音」中保留了濃厚的商族音樂風格。「鄭衛之音」輕鬆愉快，表現出昂揚向上的精神，是一種熱烈奔放、生動活潑的民間音樂，從民間傳到宮廷，連國君也愛聽。

但統治階級擔心活躍的思想和行為可能引發社會動亂，《樂記・樂本篇》中說：「鄭衛之音，亂世之音也。」孔子也哀嘆：「惡鄭聲之亂雅樂也。」都將它視為洪水猛獸。自己雖在偷偷地聽，卻在公開場合上給予蔑視、貶低。

「靡靡之音」出處見《韓非子・十過》：「此師延之所作，與紂為靡靡之樂也。」《史記·殷本紀》：「北裡之舞，靡靡之樂。」「靡靡」是柔弱、萎靡不振之意，「靡靡之音」指軟綿綿、萎靡不振的音樂，以及俚俗趣味、反映腐朽頹廢情調的樂曲。被列入靡靡之音的音樂自然也得不到上層統治者的讚揚，它們的命運往往就是被打入冷宮。但由於個人評判標準不同以及眾口難調，難免有些藝術性很高的作品也被歸類為靡靡之音，造成冤假錯案。

33

為什麼稱知心朋友為「知音」？

這其中有一個流傳至今、感人肺腑的故事。據《列子．湯問》記載：「伯牙善鼓琴，鍾子期善聽。」春秋時期楚國著名樂師俞伯牙在晉國做官，有一年，他因公順江而下來到龜山腳下的漢陽江口，因天色已晚，只好將船停在岸邊。吃完晚飯後俞伯牙習慣地從琴囊中拿出七弦琴，調好琴弦彈了起來。這時，周圍萬籟俱靜，他彈奏的琴聲傳得很遠。伯牙正如癡如醉地彈著，忽然聽到岸邊的樹叢中有響動，馬上派手下人去查明情況，原來是一個砍柴的樵夫在偷聽。伯牙好奇地問：「這麼晚了，你為什麼不回家，卻躲在這裡偷聽我彈琴？」樵夫誠懇地說：「我砍完柴回家路過此處，聽到七弦琴聲，不知不覺便順著琴聲來到這裡。」伯牙有些不以為然，心想：「做官多年，我彈的琴連有音樂素養的官員都聽不懂，你一個砍柴的樵夫又如何聽得懂呢？」他決定考考這個樵夫，於是對樵夫說：「既然你會聽琴，那麼我再彈一首曲子，看你能不能聽出我想表達的是什麼？」樵夫說：「好，請彈吧！」伯牙彈了一首描寫泰山的曲子，樵夫屏聲靜氣、全神貫注地聽完整首樂曲，略一沉思，動情地說：「彈得真妙啊！聽你的琴聲，我的眼前就好像有一座高山巍然聳立一樣。」伯牙感到很吃驚，一個普通的砍柴人竟能聽懂自己的琴聲？為了進一步確定真偽，他又彈了一首描寫流水的樂曲。剛彈完，樵夫激動地說：「你的琴聲由潺潺小溪到浩浩蕩蕩的江海，就像滔滔的流水一樣。」伯牙便完全相信樵夫是懂琴之人。

惺惺相惜之下，兩人結為好朋友，並約定第二年的這一天再在此處相會。第二年，伯牙興沖沖地如期趕到，可是卻沒有等到鍾子期。詢問附近住戶，才知道他前幾天患病死了。彷彿晴天霹靂，伯牙喪魂失魄、踉踉蹌蹌地來到鍾子期的墳前，放聲大哭，悲痛欲絕，並當場摔碎七弦琴，扯斷琴弦，「伯牙謂世再無知音」，從此不再彈琴。

後來人們便把俞伯牙、鍾子期的心意相通、深厚情誼稱為知音，並用來指知心朋友。為了紀念他們，當地人還在伯牙摔琴的地方建造了琴台。

延伸知識──「高山流水遇知音」故事的地點在哪裡？

俞伯牙、鍾子期彈琴相知的故事也稱為「高山流水遇知音」，這個故事的發生地點在湖北武漢漢陽的古琴台。古琴台，又名伯牙台。古琴台東對龜山，北臨月湖，湖景相映，景色秀麗，幽靜宜人，加上文化背景深厚，成為武漢的著名音樂文化古蹟，並與黃鶴樓、晴川閣並稱武漢三大名勝。

根據《警世通言》中「俞伯牙摔琴謝知音」的描述，古琴台應在馬鞍山下不遠的水邊，碎琴山應是馬鞍山江邊鍾子期墳台的山地。梁簡文帝蕭綱寫有〈琴台〉一詩：「蕪階殘昔徑，復想鳴琴遊。音容萬春罷，高明千載留。」可見琴台在南北朝就已有之，至今至少存在了一千四百年之久。

大約在明代萬曆（一五七三—一六二〇）時期，明人阮漢聞〈碎琴山〉的詩也寫道：「沙遊樹合擁青岑，云是伯牙碎琴處。」古琴台在清代多次重建重修，規模相當氣派。汪中的〈漢上琴台之銘〉，不僅描繪了建築之精美，還描繪了四周的環境：「層軒累榭，迥出雲表。土多平曠，林木翳然；水至清淺，魚藻交映。可以棲遲，可以眺望，可以冶遊。」清末民初古琴台又被連年戰火摧殘，化為瓦礫。現在的古琴台約為五十年前所重新整修。

34 中國的肖像畫為什麼又叫作「寫真」？

明代以來傳入中國的西方繪畫，主要是天主教或基督教題材的人物畫，在傳統中國畫中，肖像畫又被稱為「寫真」，所以中國畫家裡最早採用西方畫法（主要是畫人物）的一派就被稱為「寫真派」。寫真派是中國最早以畫派分野的一個繪畫群體之一，代表人物是明末生於福建莆田的畫家曾鯨（一五六八—一六五〇）。

很多人誤以為「寫真」一詞是從日文而來，但事實上中國的繪畫裡早就存在此一名詞。中國傳統繪畫題材分類，從大範圍可分為人物、山水、花鳥三大類，肖像畫屬於人物畫中的一個分類，它既與人物畫有很多共通性，也具備自身獨特的個性。肖像畫在中國有特定的稱謂，如寫真、寫貌、寫像、寫照、寫生、傳神、追影、影像、容像、儀像、小像、衣冠像、頂相、像人、雲身、接白、代圖等，這些都是肖像畫的傳統稱謂，現在一般統稱為肖像畫。

從上述的肖像畫稱謂中可以看出，傳統畫家不僅重視外貌上的似與真，也重視精神上的似與真。杜甫〈丹青引贈曹將軍霸〉詩：「將軍善畫蓋有神，偶逢佳士亦寫真。」而真正將肖像畫的概念固定為「寫真」的是元代畫家王繹（約一三三三－？）。在他那篇僅有二百餘字的曠世傑作〈寫像秘訣〉中，畫家闡明了有關寫真畫的具體創作法，即畫人物肖像，不僅要求畫家認真地觀察描繪對象的外部特徵，更重要的是必須充分熟悉描繪對象的性格，捕捉住具有本質意義的「真性情」。從此使「寫真」的概念得以固定下來，成為肖像畫的另一種說法。

延伸知識──「傳神寫照，正在阿堵中」指的是什麼？

南朝宋劉義慶《世說新語．巧藝》記載：「顧長康（愷之）畫人，或數年不點目睛。人問其故，顧曰：『四體妍媸（美醜），本無關於妙處，傳神寫照，正在阿堵（這個）中。』」圖繪人物，當求其能表達出神情意態，故稱「傳神」。南宋陳造《論寫神》也指出，畫人物肖像不能僅滿足於外部的形似，失之於「木偶」化，而是需力求「氣旺神完」。在許多文章裡，人們注意到：「所難者非形似，乃神似也。」元代畫家王繹針對歷來人物畫作品「肖而不妙」的缺欠，提出了寫出人物「真性情」的主張，也就是傳統繪畫所關注的「神似」，從而使人物肖像獲得最關鍵的實質。

根據這些著名文人的理論，肖像畫和其他繪畫的類型一樣，重點是抓住描繪對象的基本要素。因此「阿堵」指的就是這個基本要素，有時稱作「神」或是「理」、「心」、「道」。在為人物畫像時，這個要素就是描繪對象的內涵、氣蘊。外形表現上的不足，便成為次要問題。

譬如在與流行莊嚴呆板形象的漢朝相對的魏晉時代，肖像畫一反漢朝的形式主義觀念，人們重視的是熠熠生輝的個性，是人物獨具的精神氣質，儘管出現了關於構圖和表現的新技巧，卻沒有觸及形似問題。緊接在南北朝時期，隨佛教從西域傳來的羅漢像風靡一時，這些畫像也是「氣」重於「形」，以致人物的外形總是漫畫式的。這類畫像以極端的作法說明畫家們連容貌的基本相似都不顧了，但因為能掌握其神韻，而能讓觀畫者一看就能會心。有許多趣聞軼事談到由於畫像傳神，畫上的人物便活了起來，走出畫中來到人間。

35 古人最早使用的計算工具是什麼？

人類最早使用的計算工具是與生俱來的工具，便是自己的手指和腳趾。為了能進行較複雜的計算，並將計算結果記錄與保存，又先後發明了石子、繩結、算籌、算盤、計算器等計算用工具。其中算籌是早期影響和流傳最廣泛的計算工具，它的發明與應用，使中國古代數學的發展領先世界。

算籌又稱為籌、策、算子等，是中國古代用來記數、列式、進行各種演算的一種工具。它出現的時間在先秦書籍中沒有記載，到《漢書．律曆志》中才有詳細的描述：「用竹，徑一分，長六寸，二百七十一枚而成六觚，為一握。」從史書的記載和考古資料推測，算籌最晚出現在春秋晚期戰國初年（西元前七二二—前二二一年）。它多用竹子製作，也有用木頭、獸骨、象牙、金屬鉛等材料製成。迄今為止，我們見到的年代最久遠的古代算籌，是湖南長沙左家公山的戰國木槨墓出土的竹算籌。該算籌出土時，放在一個竹笥內，籌的形狀如同小棍。相傳秦始皇身邊常帶著一個精緻的算袋，有一次遊歷東海時遇上狂風大浪，不小心將算袋掉進水裡。那算袋變成一條怪模怪樣的魚，一個個的算籌變成了長長的觸角，四處揮舞。人們把這種魚叫作算袋魚，即現在的烏賊。

在算籌記數法中，算籌布算時的排列有嚴格的規定。《夏侯陽算經》中記載：「一縱十橫，百立千僵，千十相望，萬百相當。滿位以上，五在上方，六不積算，五不單張。」即以縱式和橫式兩種排列方式來表示單位數目，其中「一、二、三、四、五」均分別以縱橫方式排列相應數目的算籌來表示，「六、七、八、九」則以上面的算籌再加下面相應的算籌來表示。用算籌表示多位數時，個位用縱式，十位用橫式，百位又用縱式，千位再用橫式，萬位又用縱式……。這樣從右到左，縱橫相間，依次類推，遇零則空出一位，於是就可以表示出任意大的自然數。這種算籌記數法和現代通行的十進位記數法完全一致。

算籌不僅能進行正、負整數與分數的四則運算、數字的平方運算，而且還包含著各種特定的演算。使用算籌運算稱為籌算。在古算書中詳細闡述了乘法和除法的布算過程。用算籌運算時有一套歌訣，這套歌訣和現代電腦軟體有很多相似之處。

到了唐代，商業貿易發達，需要運算速度更加快捷的計算用工具。人們開始用一粒粒的算珠代替一根根的算籌，並用一根竹籤將它們穿起來。經過七百多年的探索，輕巧靈便的算盤逐漸取代了算籌。

籌是古人最早使用的算具，而善計者可以不用算具求得結果。成語「運籌帷幄」源自《史記・高祖本紀》：「夫運籌策帷幄之中，決勝於千里之外，吾不如子房。」意思是軍事指揮將領在室內對戰爭的全局進行周密的策劃，其中的「籌」已引申為謀劃、計謀之意。

延伸知識—孔門六藝裡有沒有數學？

說到孔門的六藝，往往會有爭議。有人說「六藝」是指禮、樂、射、御、書、數，有人說是《詩》、《書》、《禮》、《樂》、《易》、《春秋》。《史記·孔子世家》說：「孔子以詩、書、禮、樂教，弟子蓋三千焉，身通六藝者七十有二人，如顏濁鄒之徒。」朱彝尊《經義考》云：「孔門自子夏兼通六藝而外，若子木之受《易》，子開之習《書》，子輿之述《孝經》……。」大致說來，孔子之前和孔子的時代，講「六藝」是講古代教育的老六藝，但以禮為主。把《詩》、《書》、《禮》、《樂》、《易》、《春秋》稱為「六藝」，應當是孔子去世以後的事情了，可名曰六經新六藝。

「六藝」是古代儒家要求學生掌握的六種基本才能。《周禮·保氏》說：「養國子以道，乃教之六藝：一曰五禮，二曰六樂，三曰五射，四曰五御，五曰六書，六曰九數。」禮，禮節，即今德育。樂，指音樂。射，是射箭技術，用以鍛鍊體格，修養品格。御，駕馭馬車的技術。書，即書法，屬於文學。數，演算法，即今數學。

作為「六藝」之一的「數」，當時已開始形成一個學科，其中細目有九個，稱為九數。九數包括哪些內容，《周禮》沒有記載，但根據東漢末經學家們的注解，九數包括方田、粟米、衰分、少廣、商功、均輸、方程、贏不足、勾股等，這些細目與東漢時編著的《九章算術》的要目相差無幾。

九數的「方田」是講述分數的四則運算和平面圖形計算田畝面積的方法。「粟米」講糧食交換的簡單比例計算。「衰分」講比例分配的演算法。「少廣」講已知面積、體積，求其一邊長和徑長的問題，即開平方和開立方的演算法。「商功」講土石工程中各種體積的演算法。「均輸」講比例和比較複雜的算術四則應用題，以合理攤派賦稅的問題。「盈不足」講盈虧類問題解法（雙設法）。「方程」講多元一次聯立方程組的解法和正負數的計算。「勾股」講畢氏定理的應用和簡單的測量問題的解法。

與利瑪竇合譯第一部西方數學著作《幾何原本》的明代學者徐光啟十分強調「術數」與「周孔之教」的關係：「我中夏自黃帝命部委員隸首作算，以佐容成，至周大備。周公用之，列於學官以取士，實與賢能而官使之。孔門弟子身通六藝者，謂之『升堂入室』。使數學可廢，則周孔之教舛矣。」（《徐光啟集》卷二「刻同文算指序」）他主張用「術數」和「六藝」之學來與三代之經溝通，有意識地將本來只有工具性質的數學，提升到與作為形而上學的道德性命之學相提並論的重要地位，這對於中國思想的發展是巨大的貢獻。

36 「菱花」是什麼花？

「菱花」原指菱角的花。菱角是生長在南方湖泊塘堰中的一種水生植物，開鮮豔的黃色小花，果實長在水下，有彎彎的角，因此俗稱菱角。它的果實味道清脆香甜，廣受人們喜愛。在古代一些詩詞中「菱花」卻多借指鏡子。唐駱賓王〈王昭君〉詩：「古鏡菱花暗，愁眉柳葉顰。」《牡丹亭・驚夢》寫杜麗娘遊園前梳妝：「沒揣菱花，偷人半面。」古代以銅為鏡，映日則發光影如菱花，因名「菱花鏡」。庾信〈鏡賦〉：「照日則壁上菱生。」《善齋吉金錄》有唐菱花鏡拓本，形圓，花紋作獸形，旁有五言詩一首，首句云：「照日菱花出。」即出於庾賦。銅鏡因此有「菱鏡」、「菱花」之稱。

除了映日反光的緣由外，「菱花」之稱也跟形狀相關。唐代以前銅鏡，外形多圓形，少數為方形。唐宋時期各種花式鏡流行，其中形制為菱花外形的銅鏡一般稱菱花鏡。人都有愛美之心，尤其是女人，「菱花鏡」這種美麗、古樸典雅的物品自然得到女人特別是像王昭君、貂蟬、楊貴妃這樣的紅粉佳人的喜愛，晨昏相伴，對鏡貼花黃、理紅妝，頓時相得益彰、相映生輝。

由於青銅鏡做工考究，價格昂貴，因此剛開始只有王公大臣、巨商富戶能擁有，除了它的原有功用外，還是表現高貴身分和地位的象徵。後來流行開來，也只是進入了一些殷實、小康人家，無法進入尋常百姓家。近代的玻璃鍍銀鏡發明後，由於價廉物美，逐漸被普通民眾所接受和喜愛，無論客廳、浴室，都會掛上一面鏡子，既方便整理儀容、梳妝打扮，又有裝飾的作用。

延伸知識——古人為什麼用銅做鏡子？

銅鏡在青銅器文化裡獨成體系，是一種妝奩器和工藝器，戰國時期逐漸出現在貴族的生活裡，漢唐時期開始流行，到宋元時漸漸衰落。我們今天普遍使用的玻璃鍍銀鏡，大約是在明清時期才逐漸流行的。

我們從文獻史籍中可以發現，在古代「鏡」與「鑑」常常是混為一談的，故有鏡鑑之稱。《莊子．德充符》說：「仲尼曰：『人莫鑑於流水，而鑑於止水。』」《廣雅》云：「鑑謂之鏡。」這說明古人用盆裝水以鑑容顏，普通人用陶器盛水，貴族用銅器盛水。銅器反光作用好，如果打磨得很潔淨，就是沒有水也可以照見容貌。發現這一現象後，聰明的人就讓銅匠將銅器錘打成扁平狀，這就是銅鏡的雛形。

唐太宗李世民作為一代明君，統治期間曾創造了「貞觀之治」的豐功偉業，關於他治國平天下的故事很多，他有一段流傳至今的名言：「以銅為鑑，可以正衣冠；以古為鑑，可以知興替；以人為鑑，可以明得失。」談到了用銅器當鑑（鏡子），可以整理服裝儀容。

銅鏡背面有花紋，背中心有鏡鈕，就是盛水銅器扁平化的遺痕。原來盛水銅器的花紋是在表面的，扁平化後則變成背面了，器足的根蒂就演變成了鏡鈕。這種具體的演變模式可以這樣描述：止水↓鑑盆中靜水↓無水光鑑↓光面銅片↓銅片背面加鈕↓素背鏡↓素地加彩繪↓加鑄圖紋↓加鑄字銘。但不同時代的銅鏡的風格也有所不同，其中以漢唐時期的藝術成就最高。從用盆裝水照容發展到以銅鑄鏡，一方面是由於生產力的發展，另一方面也與人們生活需求的增長和審美能力的提升有關。

37

形容金錢的魔力時常說「有錢能使鬼推磨」，為什麼是推磨而不是去推車呢？

在商品社會裡，錢（貨幣）是人人生活都離不開的東西，因此，我們雖然不能說金錢是萬能的，但沒有錢是萬萬不能的。「一文錢難倒英雄漢」，《說唐》中秦瓊賣馬的故事就是明證。秦瓊慷慨豪爽、任俠好義、武藝高強，但在落難時貧病交加、饑寒交迫，為了生存，先是典押了行走江湖、行俠仗義的兵器——金裝鐧，接著又被逼無奈，忍痛捨棄自己心愛坐騎，幸遇朋友相助才擺脫困境。「有錢能使鬼推磨」這一俗語，正是在這種意義上用誇張的手法把金錢的「魔力」表現得恰如其分。

由於這一俗語由來已久，因此在民間流傳很廣。《古今小說．臨安里錢婆留發跡》這樣寫道：「此時鍾明、鍾亮拼卻私財，上下使用，緝捕使臣都得了賄賂，又將白銀二百兩，央使臣轉送縣尉，教他閣（擱）起這宗公事……正是『官無三日緊』，又道是『有錢能使鬼推磨』。」

據考證「有錢能使鬼推磨」這一俗語，出自南朝宋劉義慶的《幽明錄．新鬼》，他杜撰了這樣一段故事：有一個新到地獄的鬼，瘦弱不堪；在地獄中他遇到一個肥肥胖胖、精神十足的鬼，很是羨慕，於是就問他怎麼變得這樣富態的。那個鬼告訴他，只要到人間作祟鬧事，人們一害怕，就會供奉東西給他吃。瘦鬼覺得這還不容易，於是高高興興來到人間。但他不講方法和策略，沒有先調查好，就冒冒失失闖入一戶人家。見到廚房中有一口磨，搶步上前就推了起來。不巧的是這家人很窮，自己都缺吃少穿，又哪裡有食物供奉給他呢？主人聽到響動，快步來到廚房查看，卻空無一人，只見磨在不停地轉動。他感嘆道：「天都可憐我太窮，派鬼來幫我推磨了。」結果不難預料，瘦鬼磨了半天，不僅沒撈到半點吃的，還累得半死。這個故事，說的是瘦鬼莽撞冒失，但他的原意是「作怪覓食」。但從另一個角度來看，就是只要給予一定的利益，也就可以驅使鬼為人推磨了。因此，後來人們就把「錢能通神」這句話通俗化，成為「有錢能使鬼推磨」了。因為有這樣一個有趣的來歷，所以就有「有錢能使鬼推磨」的說法了。

延伸知識　銅錢與金、銀等錢幣之間是怎麼進行兌換的？

銅錢是古代銅質輔幣，圓形，中有方孔，為歷代所通用，但形制不一。清代末年逐漸停止流通，被紙幣替代。如今，根據存世量、品相等情況交易的銅錢價格懸殊很大，從一、二元一枚到上萬元一枚不等。

在一些古裝劇中，常常有用銀子買東西的情節，實際上純屬虛構。清朝以前，普通百姓日常使用的貨幣，其實只有銅錢（制錢）一種。這是什麼原因呢？因為中國銀礦數量少，產量有限，造成成品銀的稀有而昂貴，普通百姓辛勞一年，也積攢不了多少銀子。那時只有在富商間的大額商業交易中，才會用到銀子作為支付方式。另外使用銀子消費找零也十分不便，如果沒有提前預約，逕自拿著一錠銀子去雜貨鋪買東西，店主可能會因為無法找零而束手無策、大感頭痛的。

直到清朝嘉慶年間，隨著對外貿易的逐漸頻繁，拉丁美洲出產的白銀大量流入中國，中國的白銀價格才大幅降低了。也就是從這個時期開始，普通百姓才逐漸有了使用和擁有白銀（銀元）的機會。但對多數人來說，一塊銀元（約合七錢多銀子）仍是很少用到的「大額貨幣」。

黃金的珍貴和稀有性，使得它的流通就更少了，只是作為財富的象徵被少數上層人士及有錢人占有。北京故宮博物院就陳列有皇帝御用的金臉盆、金飯碗，皇后佩戴的金手鐲、金鳳釵等黃金製品，極盡奢華之能事。

那麼銅錢和金、銀等貨幣之間是怎麼進行兌換的呢？一般來說，一枚普通的銅錢（制錢）就是一文錢。用白銀購買商品，要根據當時的銀、銅間的比價換算成銅錢。這種比價隨銀、銅產量（供應量）的變化而不斷調整，就像現在的外匯價格一樣，是常常變動的，一般在一比一〇〇〇至一比二〇〇〇間變化。正常情況下，一兩白銀大約可兌換到一千至一千五百文銅錢。根據以下描述：「金銀的比價從一六〇〇年前後的一比八上漲到中期和末期的一比十，到十八世紀末則翻了一倍，達到一比二十。」我們可以知道一兩黃金大約可以兌換八至十一兩白銀。古時通常說的一貫錢或一吊錢就是一千文。因此粗略估算一下的話，金、銀和銅錢的兌換比例可以用下列等式表示：一兩黃金＝十兩白銀＝一萬文銅錢＝十貫（吊）銅錢。

延伸知識｜古代的一兩銀子值現在多少錢？

在唐太宗貞觀年間，一斗米只賣五文錢。通常一兩銀子折一千文銅錢（又稱一貫），就可以買二百斗米，十斗為一石，即是二十石。唐代的一石約為五十九公斤，以今天一般米價二十元一公斤計算，一兩銀子相當於二三六〇〇元。唐玄宗開元年間通貨膨脹，米價漲到十文一斗，也就是一兩銀子大約等於四七二〇〇元。一兩銀子到明朝中期價值三千至四千元，至清朝中晚期由於大量外國銀兩湧入中國，其貨幣價值下降到不足明朝的三分之一，即一兩銀子約相當於一千元左右。

38

正月十五大家吃的湯圓為什麼叫「元宵」呢？

元宵又名湯圓、圓子，還有麵繭、粉果、元寶、湯餅、圓不落角等別稱，直至明永樂年間才被定名為「元宵」。元宵節吃湯圓，是各地的共同風俗。

這種食品相傳出現在宋代，詞人姜白石在一首〈詠元宵〉詩中寫道：「貴客鉤簾看御街，市中珍品一時來。」這「市中珍品」即指湯圓，它用各種果餌做餡，外面用糯米麵團成圓球狀，煮熟後吃起來又香又甜，非常可口，因而深受廣大百姓喜愛。由於這種糯米球煮在鍋裡時沉時浮，所以最早人們就叫它「浮圓子」。宋人周必大曾寫過一首〈元宵煮浮圓子〉詩：「今夕是何夕，團圓事事同。湯官巡舊味，灶婢詫新功。星燦烏雲裡，珠浮濁水中。歲時編雜詠，附此說家風。」因湯圓最初是專在元宵節上市供應的小吃，久而久之，人們為了便於記憶，便直接呼它為「元宵」了。

延伸知識——為什麼元宵節要張燈結綵？

明人唐寅〈元宵〉詠道：「有燈無月不娛人，有月無燈不算春。春到人間人似玉，燈燒月下月如銀。」元宵之夜，大街小巷張燈結綵，人們賞燈，猜燈謎，吃元宵，成為世代相沿的習俗。因此，元宵節也叫「燈節」、「燈夕」。為什麼元宵節要張燈呢？民間有幾種有趣的傳說。

相傳漢武帝時宮中有一位宮女，名叫「元宵」，她長年幽居宮中，因思念父母，終日以淚洗面。個性既善良又風趣的大臣東方朔決心幫助她，於是對漢武帝謊稱：火神奉玉帝之命於正月十五火燒長安，要逃過劫難，唯一的辦法是讓元宵姑娘在正月十五這天做很多火神愛吃的湯圓，並由全體臣民張燈供奉，武帝准奏。到了那一天，元宵的妹妹領著父母來長安看燈，當她看見寫有「元宵」字樣的大宮燈時，高叫「元宵姐」，元宵聞聲尋來與家人團聚了。從此元宵節張燈的習俗一直流傳下來。

也有人認為元宵張燈起源於漢朝，據說是漢文帝時為紀念「平呂」而設。漢惠帝劉盈死後，呂后篡權，呂氏宗族把持朝政。周勃、陳平等人在呂后死後，剷除呂氏勢力，擁立劉恆為漢文帝。因為平息諸呂的日子是正月十五日，此後每年正月十五日便定為與民同樂日，晚上京城裡家家張燈結綵，以示慶祝。

還有一種說法，稱張燈是一種媚神的手段。在道教信仰中有三尊神祇，分別稱為天官、地官和水官。正月十五這天，天官給人賜福，稱「上元」；七月十五這天，地官給人消災，稱「中元」；十月十五這天，水官給人赦罪，稱「下元」。天官喜歡娛樂，地官喜歡熱鬧，水官喜歡燈火，所以人們在元宵夜大張燈彩、結群遊觀，而且舉行猜謎、拔河、踏歌等各種娛樂活動，可以同時取悅「三官」。

佛教徒則認為張燈與東漢明帝時佛教傳入東土有關。據《僧史略》載，釋迦牟尼示現神變、降服群魔是在西方十二月三十日，即東土正月十五日。為了紀念佛祖神變，提倡佛教的明帝便下令在元宵節，不論士族庶民，一律掛燈，以表示對佛教的尊敬和虔誠。如此，元宵張燈，既是宗教儀式，又成民間習俗。隨著「火樹銀花不夜天」娛樂性質的增強，元宵燈節的宗教色彩於是逐漸淡化。

39 過年為什麼要吃餃子？

每年春節，許多地方的人都愛吃一種麵製包餡食品「餃子」，並逐漸形成了一句名諺：「好吃不過餃子。」由於餃子有團圓、美滿、和諧的內涵，於是受到了大家的喜愛。如今，不僅是過年，就是平時人們也愛吃餃子。包餃子時，一家人剁餡的剁餡，擀麵皮的擀麵皮，包餃子的包餃子，各顯其能、配合默契，氣氛既輕鬆又融洽，不知不覺中，關係拉近了，其樂融融。那麼，為什麼過年要吃餃子呢？除了「更歲」、「吉利」之外，還有一段有趣的傳聞。

餃子原名「嬌耳」，相傳是中國醫聖張仲景首先發明的。張仲景從長沙太守任上告老還鄉後，在南陽白河岸邊，看見很多窮苦百姓忍饑受寒，耳朵都凍爛了。當時傷寒流行，病死的人很多。他心裡非常難受，決心救治他們。他仿照在長沙的辦法，叫弟子在南陽東關的一塊空地上搭起醫棚，架起大鍋，在冬至那天開張，向窮人施藥治傷。

張仲景的藥名叫「祛寒嬌耳湯」，其作法是用羊肉、辣椒和一些祛寒藥材在鍋裡熬煮，煮好後再把這些東西撈出來切碎，用麵皮包成耳朵狀的「嬌耳」，下鍋煮熟後分給乞藥的病人。每人兩個嬌耳，一碗湯。人們吃下祛寒湯後渾身發熱，血液通暢，兩耳變暖。老百姓從冬至吃到除夕，抵禦了傷寒，治好了凍耳。

張仲景開棚施藥一直持續到大年三十。大年初一，人們慶祝新年，也慶祝爛耳康復，就仿嬌耳的樣子做過年的食物，並在初一早上吃。人們稱這種食物為「餃耳」、「餃子」，以紀念張仲景施藥治人的義舉。後來，這種活動慢慢演變成了吃餃子的習俗。

延伸知識 餃子的近親「餛飩」、「肉燕」

餃子在漫長的發展過程中，名目繁多，古時有「牢丸」、「扁食」、「餃餌」、「粉角」、「水餃」等名稱。唐代稱餃子為「湯中牢丸」；宋代叫「角子」；元代稱為「時羅角兒」；明末稱為「粉角」；清朝稱為「扁食」。中國北方和南方對餃子的稱謂也不盡相同，北方人叫「餃子」，南方不少地區卻稱之為「餛飩」。山西介休人把素餡餃子稱為「煮餃」，而把肉餡餃子稱為「扁食」。北方的回民和部分漢人也稱餃子為「扁食」。由於地域的差異，逐漸形成南北兩大餃子派系。南派以蒸餃居多，講究造型。北派以水餃、湯餃居多，味濃、油潤。

餛飩與餃子是近親，也是中國的傳統食品，它源於中國北方。西漢揚雄所作《方言》中提到「餅謂之飩」，餛飩是餅的一種，差別為其中夾內餡，經蒸煮後食用。若以湯水煮熟，則稱「湯餅」。古代中國人認為這是一種密封的包子，沒有七竅，所以稱為「渾沌」。後來由於它是麵食，依據中國造字的規則，人們將它的偏旁改為食字旁，才開始稱為「餛飩」。在那時候，餛飩與水餃並無區別。北齊顏之推說：「今之餛飩，形如偃月，天下之通食也。」所說偃月形的餛飩就是餃子。餛飩傳到南方後有了一些改變，逐漸發揚光大。從唐朝起，正式區分了餛飩與水餃的稱呼。

肉燕皮也與餃子有些類似，它是一種包餡食物，是福州著名的傳統食品，已有數百年歷史。相傳，早在明朝嘉靖年間，福建浦城縣有位告老還鄉的御史，為求清淨居住在山區。剛開始飽吃山珍，但時間一長就想換個口味。他提出這個要求後，他家的廚師馬上行動起來，絞盡腦汁開發新的菜色和食物，其中有一種食物是把豬腿的瘦肉用木棒打成肉泥，摻上適量的番薯粉，擀成紙片般薄，再切成三寸見方的小塊，包上肉餡，做成扁食，煮熟配湯吃。御史吃在嘴裡只覺滑嫩清脆，醇香沁人，連聲叫好。他如獲至寶地連忙讓人請來廚師詢問這是什麼點心。廚師因為這種食物外形像飛燕於是順口回答說叫「扁肉燕」。這種食物流傳出去後，又被一些廚師改良，將扁肉燕與鴨蛋共煮。因為福州話裡鴨蛋與「壓亂」、「壓浪」諧音，寓意「太平」，因此它又有「太平燕」的叫法。福州人逢年過節，婚喪喜慶，親友聚別，必吃「太平燕」，取其「太平」、「平安」之吉利意思，故有「無燕不成宴，無燕不成年」的說法。肉燕也因此成為饋贈佳品，被福州人及海外鄉親所鍾愛。

40 人們為什麼把一些喜歡吃的小零食叫作「點心」？

清顧張思的《土風錄》卷六「點心」條下云：「小食曰點心，見吳曾《漫錄》。」《唐書》記載：唐鄭傪為江淮留後，家人備夫人晨饌，夫人謂其弟曰：「治妝未畢，我未及餐，爾且可點心。」同書又引周暉《北轅錄》云：「洗漱冠飾畢，點心已至。」後文說明點心為饅頭、餛飩、包子等。由此可知點心古時亦指晨饌。在我們的現實生活中，吃早飯一般又叫作吃「早點」，顯然還保留著「點心」與早晨的飲食有關的意義。

「點心」在北方、南方有不同叫法。北方的點心有唐宋遺制，稱為「官禮茶食」。據《土風錄》云：「乾點心曰茶食，見宇文懋《昭金志》：『婿先期拜門，以酒饌往，酒三行，進大軟脂小軟脂，如中國寒具，又進蜜糕，人各一盤，曰茶食。』」南方的點心歷史不長，約興起於明朝中葉，有「嘉湖細點」。從文獻上看來，點心與茶食兩者原有區別，性質也不同，但是後來混同在一起了。

關於「點心」這一名稱的由來，有一種說法：相傳東晉時期有一大將軍（一說是南宋初的梁紅玉），見到戰士們日夜血戰沙場，英勇殺敵，屢建戰功，甚為感動，隨即傳令烘製民間喜愛的美味糕餅，派人送往前線，慰勞將士，以表「點點心意」。從那以後，人們便將各種美味糕餅統稱為「點心」，並且一直沿用至今。

現在我們所說的「點心」雖以糕餅為主，但已不侷限於此，一些隨意的小零食也包括在這個範圍內了。

延伸知識｜天津著名包子為什麼取「狗不理」這樣的名字？

清咸豐年間，河北武清縣楊村（現天津市武清區）有個名叫高貴友的年輕人，其父四十得子，由於期望他能像小狗一樣好養活，故取了乳名「狗子」。高貴友十四歲到天津學藝，在南運河邊上的劉家蒸吃鋪裡做小夥計，練就一手好活。三年出師後，他精通了做包子的各種手藝，於是就自立門戶，開了一家專營包子的小吃鋪「德聚號」。

由於高貴友手藝好，製作的包子色香味美，加上做事又十分認真，料多實在，引得附近村里的人都慕名而來，生意十分興隆。由於來吃包子的人愈來愈多，高貴友忙得不可開交。後來高貴友想出了一個新的簡單辦法，顧客們想買包子，他要求先把零錢放進碗內，然後他按價給相應的包子。這樣雖然加快了賣包子的速度，但是卻造成顧客們吃完包子離店時，高貴友還忙得跟顧客說不到一句話。於是街坊鄰里們都取笑他說：「『狗子』賣包子，不理人」、「狗仔賣包子，一概不理睬」。後來，好事者乾脆把他的包子店改名「狗不理」，把他製作的包子叫作「狗不理包子」，而高貴友對此也一笑置之，並不介意。此名一經傳開，便一直沿襲至今，而原店鋪的名字反而漸漸被人們淡忘了。

「狗不理包子」以其味道鮮美而名揚中外，其備受歡迎的關鍵在於用料精細，製作講究。在作工上，它有明確的標準，每個包子褶花疏密一致，如白菊花形，都是十五個褶。剛出爐的包子，大小整齊，色白麵柔，咬一口，油水汪汪，香而不膩，所以一直深得大眾青睞。據說袁世凱在天津編練新軍時，曾把「狗不理」包子作為貢品進獻給慈禧太后。慈禧太后品嘗後大悅，道：「山中走獸雲中雁，陸地牛羊海底鮮，不及狗不理香矣，食之長壽也。」創始於一八五八年的「狗不理」包子如今還有了諧音的英文名 Go Believe。

41

為什麼說「香菇」是從「香姑」變來的？

香菇，是一種營養豐富的野生菌類，無論炒菜燉湯都美味可口，是宴席上的珍品。以前，野生香菇由於產量有限、價格昂貴，供應官府、富戶尚且不夠，因此普通老百姓根本無緣享受。如今，隨著大規模的人工栽培，香菇已經成了價廉物美的菜品，走入了千家萬戶，普通老百姓也能夠大飽口福了。說起「香菇」之所以叫「香菇」，還有一個十分動人的故事呢。

很久以前，巫山腳下住著一對純樸善良的夫妻，結婚幾十年都沒有一兒半女。一直到六十歲時，才生了一個女兒，且一出生就天賦異稟、不同凡響，開口就能叫爹、娘。老年得嬌女，讓老夫妻倆大喜過望，他們搜腸刮肚、苦思冥想地為她取了個名字叫香姑。香姑長到十三歲時，父母先後去世了，由於沒有經濟來源，她的生活頓時艱難起來。村子裡有個財主早就垂涎於香姑的美貌，見此機會便假惺惺地派人上門對香姑噓寒問暖，心裡卻打著霸占她的如意算盤。香姑年紀雖小，但早就看穿了財主的用心，她怒斥並趕走了財主派來的人。財主看見用軟的不行，就親自帶領家丁上門搶人。

鄉親們聽說後都替香姑擔心，但香姑這時候氣定神閒，她請鄉親們放心，說自己是天上的仙女，被派下凡來侍候兩位老人，現在這件事情已經圓滿完成，自己也該回去了。說著她拍手一招，天上馬上飛過來一隻五彩錦雞，落到香姑的身旁，她騎上錦雞飛到了空中。這時壞財主剛好趕到，看到煮熟的鴨子要飛了，急忙命人用箭向香姑射去。只見香姑不慌不忙，從空中拋下一把小白子，將射出的箭倒撞了回來。惡有惡報，財主被箭射死了。那些小白子落地後都慢慢變成了菌菇。鄉親們按香姑的吩咐，把這些菌菇摘來煮菜，味道極為鮮美。為了紀念香姑，人們便把這種菌菇叫作「香菇」了。

延伸知識──「香港」的名字是怎麼來的？

關於香港地名的由來，有好幾種不同的說法。一說是來自「香江」，故址在今薄扶林附近。早年島上有一溪水自山間流出入海，水質香甜可口，為附近居民與過往船隻供應了飲用的淡水，人們稱它為「香江」。而香江入海沖積成的小港灣，也就被稱為「香港」。

二說是來自「香姑」。據說香姑是一個海盜頭目的妻子，丈夫死後，她率領人馬繼續盤踞香港島。香港，就是「香姑的港口」的意思。

三說香港的得名與香料有關。明朝萬曆年間以前，香港一帶隸屬南粵東莞縣。從明朝開始，香港島南部的一個小港灣（石排灣，即今日的香港仔），因轉運沙田、大埔一帶出產的「莞香」而出名，被人們稱為「香港」。香料在這個港口集中，然後轉運到中國各地、南洋以至阿拉伯國家。

以上各種說法中，「香港」與「香料轉運有關」一說是比較合理、有根據的說法。大致上可以確定「香港」這個地名起於明代，最初是指島上的一個小港灣、小村落，後來才擴大為對整個島嶼（香港島）的稱呼。

42

為什麼人們把杭州菜館做的紅燒肉叫作「東坡肉」？

「東坡肉」是杭州名菜，它是由豬肉燉煮而成，一般是一塊約二寸許的方正形豬肉，一半為肥肉，一半為瘦肉，入口肥而不膩，帶有酒香，十分美味，流行於江浙一帶。製作方法是：將五花肉切成大塊，用蔥薑墊鍋底，加上酒、糖、醬油，用水在文火上慢燜即可。「東坡肉」色、香、味俱佳，深受人們喜愛。這道名菜和宋代大文人蘇東坡有沒有關係呢？

據說「東坡肉」是蘇東坡靈感一閃、無心插柳創作出來的菜。相傳他在杭州刺史任上完成疏通西湖、修築蘇堤這一利國利民工程後，老百姓歡天喜地、奔相走告，一致認為蘇東坡為地方上做了一件大事。聽說他喜歡吃紅燒肉，到了春節，老百姓不約而同地送豬肉給他，表達擁戴和感激之情。蘇東坡十分感動，再三推辭，但百姓的盛情難卻，於是收下了豬肉，但如何處理這麼多的豬肉？他決定與百姓有福共享。於是就讓家人把肉切成方塊，採用他拿手的烹調方法，連酒一起，按照參與疏浚西湖工作的名冊分送到每家每戶。他的家人在燒煮豬肉時，把「連酒一起送」誤會成「連酒一起燒」，結果燒煮出來的紅燒肉，更加香酥味美，食者大飽口福，盛讚送來的肉燒法特別可口好吃。眾口稱讚之下，一傳十、十傳百，人們紛紛上門向蘇東坡學燒「東坡肉」。後來演變成農曆除夕夜，民間家家戶戶都製作東坡肉，用來表示對他的懷念之情。

另外，在湖北也有東坡肉的相關傳說。相傳「東坡肉」是蘇東坡這個瀟灑的美食家被貶於黃州時，在貧困的生活中不忘創造享受美食的機會，仿照前人的作法改良，將燒豬肉加酒做成紅燒肉小火慢煨而成。有〈豬肉頌〉為證：「淨洗鍋，少著水，柴頭罨煙焰不起。待它自熟莫催它，火候足時它自美。黃州好豬肉，價賤如泥土。貴人不肯吃，貧人不解煮。早晨起來打兩碗，飽得自家君莫管。」依此記載，此菜在黃州發明，後傳至南宋首都杭州，發揚光大，遂成杭州名菜。

延伸知識——「西施舌」是一道什麼菜餚？

西施和前面提到的東坡肉發明者有緣。蘇東坡在杭州為官時，一首詩就把西湖變成了西子湖（〈飲湖上初晴後雨〉有「欲把西湖比西子，淡妝濃抹總相宜」的美喻）。西施是春秋戰國時期越國的美女，也是中國古代四大美人之一，協助越王勾踐成功復國，有關她的佳話在民間流傳的很多。

在中國烹飪史上與這位美女相關的傳說也有不少，福建名菜「炒西施舌」就是其中一例。「西施舌」是福建長樂的特產「海蚌」的別稱，海蚌屬瓣鰓軟體動物，雙殼貝類，《本草從新》說它補陰，益精，潤臟腑，止煩渴。關於它的來歷有一個淒美動人的故事。據傳，春秋戰國時期，越王勾踐被吳王夫差打敗後，知恥後勇、臥薪嘗膽、勵精圖治，加上巧用美人計，一舉滅掉了吳國。作為傑出貢獻者的西施本應得到褒獎，但王后總覺得自己比不上西施的美貌，害怕勾踐迷戀西施，重蹈吳王夫差覆轍，為此她耿耿於懷。為永絕後患，她偷偷地叫人騙出西施，在西施身上綁上大石頭，然後將她沉入大海。自古紅顏多薄命，一代美女就此香消玉殞。

後來沿海的泥沙中出現了一種類似人舌的海蚌，大家就附會說這就是西施的舌頭，所以稱它為「西施舌」。福建地區很早就有人取用它製作美味菜餚。因西施舌生長在鹹淡水交會處，肉質鮮嫩爽口，色、味俱全，十分受人歡迎，成為當地的美味佳餚。西施舌無論是煎、炒、拌、燉，其清甜鮮美的味道，都令人難以忘懷。清人周亮工在《閩小記》中記載說：「畫家有能品、極品、神品，閩中西施舌當列神品。」

一九三〇年代名作家郁達夫在福建的時候，也稱讚長樂「西施舌」是閩菜中最佳的一種神品。他把西施舌稱為「蚌肉」，說當時「正是蚌肉上市的時候，所有紅燒、白煮，（他）吃盡了幾百個蚌肉，總算也是此生的豪舉。」郁達夫盡情享受「神品」美餚，令後人豔羨不已。

43

人們喜食的饅頭又叫饅首，跟「頭」、「首」有關係嗎？

饅頭是中國北方人的主食，許多人對這種食物十分喜愛，覺得既經濟又實惠，幾塊饅頭、一碗稀飯、一碟鹹菜，很簡單、很隨意，吃起來既清淡又舒服養胃，不僅是早餐，就是晚餐也常常如此，一天不吃饅頭都覺得有所欠缺、很不舒服。那麼，饅頭的名稱是怎麼來的，為什麼叫饅頭呢？

中國人吃饅頭的歷史，至少可追溯到戰國時期。《事物紺珠》記載「秦昭王作蒸餅」。蕭子顯在《齊書》中記載，朝廷規定太廟祭祀時用「麵起餅」，即「入酵麵中，令鬆鬆然也」。「麵起餅」可以被看作是中國最早的饅頭。

但人們最津津樂道的饅頭的來歷卻出自《三國演義》。諸葛亮平蠻回到瀘水，忽然陰雲布合，狂風驟起，兵不能渡，回報孔明。孔明問孟獲，獲曰：「瀘水原有猖神為禍，用七七四十九顆人頭並黑牛、白羊祭之，自然風平浪靜，境內豐熟。」孔明曰：「我今班師，安可妄殺？吾自有主意。」遂命行廚宰殺牛馬，和麵為劑，塑成人頭，眉目皆具，內以牛羊肉代之，為言「饅頭」奠瀘水，岸上孔明祭之。祭罷，雲收霧卷，波浪平息，軍獲渡焉。後明人郎瑛《七修類稿》記：「饅頭本名蠻頭，蠻地以人頭祭神，諸葛之征孟獲，命以麵包肉為人頭以祭，謂之『蠻頭』，今訛而為饅頭也。」

從諸葛亮用饅頭代替人頭祭瀘水之後，饅頭就開始成為宴會祭享的陳設之用。晉束皙〈餅賦〉：「三春之初，陰陽交至，於時宴享，則饅頭宜設。」說的是三春之初，用饅頭進行祭拜，祈禱一年風調雨順。那時饅頭都是有肉餡的，而且個頭很大。

唐代以後，饅頭的形狀變小，有稱作「玉柱」、「灌漿」的，《彙苑詳注》：「玉柱、灌漿，皆饅頭之別稱也。」饅頭的地位也不斷攀升，不但名字叫得好聽，而且被列為酒宴上的點心行列。宋代時饅頭已經成為大學生經常食用的點心，所以《武林舊事》中稱「羊肉饅頭」、「大學饅頭」。

饅頭成為食用點心後，開始講究外形美觀，不再是人頭形狀。因為其中有餡，於是又稱作「包子」。宋《燕翼詒謀錄》記載：「仁宗誕日，賜群臣包子。」包子後注曰：「即饅頭別名。」

不管有餡無餡，饅頭一直是重要的供品。《居家必用事類全集》中，記載著多種樣式的饅頭，並附用處：「平坐小饅頭（生餡）、撚尖饅頭（生餡）、臥饅頭（生餡，春前供）、捺花饅頭（熟餡）、壽帶龜（熟餡，壽筵供）、龜蓮饅頭（熟餡，壽筵供）、春（熟餡，春前供）、荷花饅頭（熟餡，夏供）、葵花饅頭（喜筵，夏供）、毯漏饅頭（臥饅頭口用脫子印）。」

至清代，饅頭的稱呼發生了變化。北方把沒有餡的稱為饅頭，有餡的稱為包子，而南方則把有餡的稱為饅頭，無餡者也有叫作「大包子」的。《清稗類鈔》辨饅頭：「饅頭，一曰饅首，屑麵醱酵，蒸熟隆起成圓形者。無餡，食時必以餚佐之。」「南方之所謂饅頭者，亦屑麵醱酵蒸熟，隆起成圓形，然實為包子。包子者，宋已有之。《鶴林玉露》曰：有士人於京師買一妾，自言是蔡大師府包子廚中人。一日，令其作包子，辭以不能，曰：『妾乃包子廚中縷蔥絲者也。』蓋其中亦有餡，為各種肉，為菜，為果，味亦鹹甜各異，唯以之為點心，不視為常餐之飯。」但《清稗類鈔》又把有甜餡者稱「饅頭」。「山藥饅頭者，以山藥十兩去皮，粳米粉二合，白糖十兩，同入擂盆研和。以水濕手，捏成饅頭之坯，內包以豆沙或棗泥之餡，乃以水濕清潔之布，平鋪蒸籠，置饅頭於上而蒸之。至饅頭無粘氣時，則已熟透，即可食。」

直到現在，饅頭都沒有一個統一的叫法。在北方，對沒有餡的饅頭，有稱作「饃」、「捲子」，也有稱作「包子」的。在南方，對有餡的饅頭，也有稱作「麵兜子」、「湯包」的。但是不管是有餡的還是無餡的饅頭，其實都與諸葛亮當初創造出來的饅頭相去甚遠了。

延伸知識——《水滸傳》說武大郎每日做炊餅賣，他賣的是餅還是饅頭？

在《水滸傳》中武大郎是個小販，自產自銷，賣的食品叫作炊餅。他的炊餅怎麼做，書中沒有說明，但是武松出差前對哥哥叮囑：「哥哥，假如你每日賣十扇籠炊餅，你從明日為始只做五扇籠出去賣！」從這段敘述中我們能夠略知一二，它說明炊餅是用蒸籠蒸出來的，所以又叫「蒸餅」、「籠餅」。古代麵食通稱為餅，炊餅既然是蒸製而成的麵食，就可能是像今天的饅頭、發糕之類的食品。

據宋人顧文薦《負喧雜錄》中考證：炊餅因蒸製而成，宋叫蒸餅，即今之饅頭。到宋仁宗時，因宋仁宗叫趙禎，這「禎」與「蒸」諧音，為了避諱，宋人就把「蒸餅」改叫「炊餅」了。那蒸餅又是什麼呢？《辭源》解釋：「即饅頭，亦曰籠餅。」炊餅原來就是饅頭。蒸餅起源很早，《晉書·何曾傳》說何曾「性奢豪」，「蒸餅上不坼作十字不食」，裂開十字花紋的蒸餅就是「開花饅頭」。

《水滸傳》也提到饅頭，如孫二娘店裡赫赫有名的「人肉饅頭」，顯然更像今天的包子，是有餡的。《三遂平妖傳》故事也發生在北宋，第九回寫任遷賣炊餅、燒餅、饅頭、酸餡糕等，左瘸師買了個炊餅說：「我娘八十歲，如何吃得炊餅？換個饅頭與我。」拿到饅頭，聽說「一色精肉在裡面」，又道：「我娘吃長素，如何吃得？換一個沙餡與我。」然後又嫌沙餡吃不飽，仍然要換回炊餅。在書中任遷的炊餅一個賣七文，價格很便宜，算得上是價廉物美了。

44

過年時長輩為什麼要給晚輩「壓歲錢」？

春節是中華民族的傳統節日，已經有幾千年的歷史了。每年一進入臘月，節日的氣氛就一天比一天濃。尤其是天真爛漫的孩子們，更是懷著急切的心情盼望著新年的到來。「大人賽種田，小孩盼過年」，就是最好的寫照。春節這個一年當中最受重視、內容也最豐富的節日，彷彿就是在他們的盼望之中一步步走來的。因為在這個節日裡，他們會有新衣服穿，會有好東西吃，會有一些精彩節目看，還能夠盡情地放些鞭炮，通宵不睡覺也不會受到家長的責怪。最重要的是，每一個孩子都會在除夕之夜或大年初一，收到父母和其他長輩們贈與的數量不等的「壓歲錢」。

西方人過的聖誕節與我們的春節最為接近，稍有不同的是它的日期固定，為每年的十二月二十五日，前後只有兩天。聖誕節的前一天叫作聖誕平安夜，聖誕夜到來之際，由聖誕老人為孩子們送去一份份精美的禮物，與我們的壓歲錢有異曲同工之妙，真是不謀而合。

那麼給壓歲錢這種習俗是怎麼來的呢？據古書記載唐玄宗時宮廷裡就出現了送「洗兒錢」的習慣和

「散錢」的風俗。當時的宮內，嬪妃們常在元旦玩丟錢猜正反的遊戲，眾王公大臣抓住這個機會不斷地送錢給嬪妃和內侍以討好他們。安祿山請為楊貴妃養子，玄宗專門賜給「洗兒錢」，既表示恭喜，也看作是長輩給新生兒鎮邪去魔的護身符。這個風俗後來從宮廷傳出，在民間也流行起來。到了宋元時期，「洗兒錢」被「壓勝錢」所代替。每年除夕之夜，長者把特製的無法流通的壓勝錢用紅紙包好，悄悄塞在熟睡的兒孫枕下，第二天給他們一個意外的驚喜。這是原有的送「洗兒錢」的風俗和春日（元旦）散錢的風俗相混合，並移至春節而產生的。到了清代，民間將這一風俗改稱給「壓歲錢」。

延伸知識 為什麼元月叫「正月」？

中國民間現在仍然沿用的農曆所劃分的十二個月中，有三個月份是有別稱的，即第一個月稱「正月」，第十一個月稱「冬月」，第十二個月稱「臘月」。後兩個月的稱謂與天氣有關，但第一個月稱作「正月」卻是與曆法的制定有關。

西漢《爾雅．釋天》中說：「夏曰歲，商曰禮，周曰年。」說明各個朝代過年的時間不同。夏朝以正月初一為一年的開始，商朝則以十二月初一為一年的開始，周朝以十一月初一為一年的開始，秦朝則以十月初一為一年的開始。到了西漢太初元年（西元前一〇四），漢武帝又恢復了「夏曆」（即現在的農曆），確定以正月初一為歲首。正月初一這一天又叫「元旦」，「元」者，始也，「旦」者，晨也。「元旦」也就是一年之中的第一天早晨。

由於上面所述古代各朝每年的起始月並不統一，比較混亂，以至於每個朝代都必須改正一次月份次序，從而改後的第一個月便叫「正月」了，意為改正。還有一種說法：這幾代王朝之所以頻繁更改月份的次序，是由於在這些朝代的統治者看來，既然他們做了首腦，居了正位，一年十二個月的次序，也得跟著他們「正」過來。據說「正」月所以讀作「ㄓㄥ」（征）月是因為秦始皇為避諱其名「政」而強行命令的。約定俗成、代代相傳，因而今天我們仍將「正」月讀作「ㄓㄥ」月。

45 新年登門的乞丐為什麼和財神有關呢？

曾幾何時，乞丐們開始扮演「送財神」的角色。在成都，正月初二為財神日。是日，乞丐面塗黃銅粉末，頭戴黑紙烏帽，扮作財神，沿街求乞。而廣州乞丐們每年到了除夕，便把事先準備好的大紅紙印上「發財」、「財神」、「一見大喜」、「開門大吉」、「迎接財神」等幾個字，在半夜分頭貼在商鋪、民宅門上，當大年初一早晨，他們就沿戶討利市。福建的泉州，乞丐在年關時節還有「搖錢樹」的民俗表演。他們常三兩成群，提著帶葉的樹枝，上用紅線結四、五串銅錢，搖之則響，挨戶去搖。每到一戶，主人照例當場送上錢幣酬謝，不會吝惜兩、三枚銅錢的。不論何地的乞丐，都會在新年扮演財神的角色。這種習俗究竟是怎麼形成的呢？

一說，新年財神登門的習俗，產生於神靈以異相造訪人間的傳說，此說法在漢末已經在民間形成，《列仙傳》中載有神仙化身為乞丐在人間周遊的故事。這些傳說中以異相來訪的神靈具有「財神」的性質（化身為「乞丐」的神）。在清代《葛仙翁全傳》敘述的佳話中，湖廣孝感縣賣豆腐的廉老漢因對乞丐裝扮的葛洪加以厚待而獲賜觲兒，富貴至極。不過，這種解釋也還存在一些疑問：民間傳說中神靈來訪時間並不固定，而新年財神登門習俗為什麼集中在新舊年轉換之際呢？

進一步解釋之，在時間生命的流程中，年節處於新舊轉換的位置，本質上是神的死亡與再生，並意味著神重新創造世界的過程。作為新舊過渡轉換時刻的年節習俗，其重要的特徵就是與日常生活的有序相對，表現為無序與價值的顛倒。古人將這種狀態稱為「混沌」或「亂歲」。財神以與自己平日的富有相反的面貌出現，就是年節期間價值顛倒的反映。這時乞丐所代表的是方死方生、處於轉換狀態的財神，他們的來臨代表舊世界結束和新世界開始的過渡期尚未完成。主人對之施捨的目的，不僅旨在改變這種「異相」財神的價值顛倒狀態，也是透過主觀努力促成年節順利過渡與轉換的有效方式。

趁年關例行的乞錢習俗，在宋代已開先例，宋孟元老《東京夢華錄》卷十所載「打夜胡」即是，只不過有的地方是送財神，有的地方是裝神弄鬼，存在名目差別而已。人們透過布施方式買通乞丐，實現娛神與自娛的目的，使乞丐充當了溝通凡人與鬼神之間連結的角色。它已成為一般大眾都能接受的習俗。按照春節一切都要求吉利好兆頭的習慣，明知乞丐是裝「假財神」捧「假元寶」，但此時此刻，誰願將「財神」拒之門外？於是主人總是恭恭敬敬地奉上預先用紅紙封好的紅包，以謝「財神」的惠顧，縱然「財神」連袂而至，主人也不以為多，反以多財多喜而歡欣。

乞丐最初是一群匿名的夥眾，他們的乞討大多是個人行為，發展到後來，才出現了丐幫這一個分工合作的組織。從具體的歷史發展來看，丐幫的形成大致在兩宋時期。當時發達的商品經濟，繁榮興旺、豐富多彩的城市經濟生活，以及在諸多因素交互作用下，各種社團、群體的大量出現，為丐幫這一社會組織的產生提供了土壤。

在當時的城市中，尤其是通都大邑中，作為丐幫首領的幫主——「團頭」之名即已出現，宋元話本及稗官小說中多見「團頭」一名，最典型的就是《喻世明言》第二十七卷中「金玉奴棒打薄情郎」的記載。文中考上進士後負心的才子莫稽，發跡前所娶佳人金玉奴，其父是南宋初杭州城中一位世襲了七代的丐幫幫主「團頭金老大」。他管轄全杭州城的乞丐，收他們的例錢，照料各個乞丐的生活，儼然族長、宗老一般。其家境之殷實，雖不一定是城中首富，也算富埒王侯了。

清末民初之際，丐幫組織更趨發達，幾乎每一地區，尤其是通都大邑，都有乞丐組織。如北京的丐幫有「藍杆子」、「黄杆子」兩支。周德鈞所著《乞丐的歷史》一書將丐幫分為三類：一類是自發組織的，以普通型乞丐為主要成員的丐幫，此類可名為「典型的丐幫」。第二類是由官方組織，或者官方間接參與組織的丐幫，這類組織以殘疾型乞丐和普通型乞丐為主要成員。它源於歷史上的官辦救濟組織，如「卑田院」、「養病坊」、「福田院」、「養濟院」之類。清末民初之際，各地均有此類丐幫組織，如東北地區的「乞丐處」、「花子房」，泉州的「進賢院」，湖南的「養濟院」、「棲流院」等均屬此。第三類丐幫組織叫「社團型丐幫」。主要形成於清代，它的成員多是一些因生計無著暫時淪為乞丐的農民、小手工業者、城鎮貧民等，他們不是職業乞丐，組織方式類似於會黨，帶有明顯的政治性，其行為不限於乞討求生，往往有明確的政治訴求，也時常與官方發生衝突。

丐幫既然是一種類似行業的社會群體，少不了也得弄個祖師來裝點門面，並且這個祖師還要是個像樣的人物，使人感覺到丐幫雖然是一群花子者流，倒還不是沒有來歷的。如此這般，丐幫的祖師也就「製作」出來了。如同丐幫門派紛雜一般，丐幫的祖師向來也歧說不一，大致有范丹（冉）、竇老、朱元璋、武老二（武松）、秦瓊、伍子胥諸位。其中得到大多數乞丐認可並尊奉的是范丹。

范丹（一一二—一八五），陳留外黃人，字史雲。傳說孔子周遊列國途中，困於陳蔡，在斷炊乏糧的緊急關頭，曾命弟子顏回向當地的乞丐頭兒范丹借糧，雖只給了一布袋糧食，但師徒邊走邊吃，卻食之不竭。這樣看，他的來頭著實不小，連儒家祖師都向他乞過食，所以丐幫弟子都樂得供奉范氏為祖師爺。

46

為什麼底本叫作「藍本」？

「藍本」原是古籍版本的一種形式。明清時期，書籍在雕版初成以後，刊刻人一般先用紅色或藍色印刷若干部，以供校對之用，相當於現代出版印刷中的「校樣」，定稿本再用墨印（稱「墨本」）。《書林清話》卷八載：「其一色藍印者，如黃記《墨子》十五卷，……此疑初印樣本，取便校正，非以藍印為通行本也。」

由於藍印本是一部書雕版之後最早的印本，因此就有「初印藍本」之稱。後來作為「著作所根據的底本」意義上的「藍本」一詞，就是從「初印藍本」引申出來的。清初王士禎《居易錄》云：「今方修《一統志》，似當以舊《通志》為藍本。」這裡出現的「藍本」一詞，其含義已經不是印刷上的專用名詞術語，而是引申為底本的意思了。

延伸知識——「黃頁」是什麼書？

「黃頁」是從英文yellow page翻譯過來的，它最早起源於北美洲。一八八〇年，世界上第一本黃頁電話號碼簿在美國問世。這種按企業性質和產品類別編排的工商電話號碼簿，相當於一個城市或地區的工商企業的戶口名簿。國際慣例用黃色紙張印製，故稱黃頁。經過了一百多年的發展，在美國和歐美地區也是非常大的產業了，在美國可以達到一百四十至一百五十億的產值。

47 中藥治病為什麼要「如法炮製」？

清代李汝珍《鏡花緣》第九十八回敘述討伐武則天的軍隊：「即如法炮製，果然把陣破了。」日常生活中「如法炮製」也是人們常掛在嘴上的成語，形容照著現成的樣子做，這種說法源自中藥製作，為什麼中藥需要「如法炮製」呢？

炮製，古代稱為炮炙、修治、修事等，是藥物在應用前或製成各種劑型以前必要的加工處理過程，包括對原藥材進行一般修治整理和部分藥材的特殊處理。一般來講，按照不同的藥性和治療要求，應有多種炮製方法。炮製是否得當，直接關係到藥效，而少數毒性和烈性藥物的合理炮製，更是確保用藥安全的重要措施。

藥物性味都是其自身所固有的，並且各有所偏，在治病的同時也給身體帶來不利影響，如太寒則傷陽，太熱則傷陰，太苦則傷胃，太辛則耗氣等。而「炮製」可以損其有餘，扶其不足，趨利避害。如大黃一藥，性味苦寒，具有清熱瀉火、利膽退黃的作用，生用則氣味重濁，苦寒沉降，泄熱攻下峻烈；若酒潤炒乾，其力稍緩，並藉酒引藥上行，可清上焦之熱；而炒炭後，寒性銳減，偏於平和，並有良好的止血功效。一味大黃的不同炮製方法，可以顯示出多種功用。故有「醋製歸肝經，蜜製歸脾經，鹽製歸腎經」之說。

總之，中藥透過不同方法和不同的輔料炮製後，可以明顯提高療效。中國藥物炮製法的應用與發展，已有很悠久的歷史。現代的炮製方法在古代的基礎上有很大的改進，大致可分為五大類型：一、修製：一種最簡單的炮製方法。包括揀、摘、揉、擦、磨、刷、刮、鎊、刨、剁、切、搗、敲、碾、簸、籮、篩、劈、鋸、紮、榨等項目。二、水製：將藥材用水洗、浸泡等方法加以處理。三、火製：凡將藥材直接或間接（或加入其他輔料）放置火上加熱處理的方法。四、水火共製：將藥物透過水、火共同加熱，以改變性能，同時也有矯味作用的製法。五、其他製法：常用的有製霜（如巴豆霜）、醱酵（如六神曲）、發芽（如穀芽）等。

延伸知識—中藥的取名之法

中藥的來源廣泛，品種繁多，其名稱也較複雜，但命名也有一定的規律可循，概括起來有以下幾種：

一、以故事傳說命名。如收澀止血藥「禹餘糧」，相傳是上古大禹治水棄於江邊和山崗上的餘糧變化而來的。活血通經藥「劉寄奴」與宋武帝劉裕射傷大蛇後發現的草藥相關。其他如「徐長卿」、「何首烏」、「杜仲」、「牽牛子」等名，都有一個美麗的傳說。

二、按產地命名。如四川產的川烏、川芎、川貝母、川楝子、川牛膝等，東北產的北細辛、北口芪、關防風、關木通、遼五味等，浙江產的杭白芍、杭菊花等，江蘇產的蘇薄荷、蘇藿香等，河南懷慶府（今新鄉地區）產的懷生地、懷牛膝、懷山藥、懷菊花等。一般以主產區來命名，多為當地土產的藥材。從國外進口的則多冠以胡、番等名，如胡椒、胡麻仁、胡桃仁、胡黃連、番木鼈、番瀉葉、西洋參、高麗參等。

三、因形狀得名。有些中藥，奇形怪狀，與其他藥物差別很大，於是古人就透過形態來命名中藥。如「白頭翁」，酷似人之白髮。「胡王使者」，則因其長毛與古代西北地區少數民族所蓄髮型相似。其他如「牛膝」、「烏頭」、「瓦松」等，也皆因形得名。

四、按藥用部分命名。植物藥中的葛根、蘆根、板藍根，桑枝、桂枝、紫蘇梗，枇杷葉、桑葉、艾葉，芫花、金銀花、菊花，車前子、杏仁、菟絲子，陳皮、五加皮，分別以根、莖枝、葉、花、種子、皮等部位入藥。以動物、蟲類的器官、組織入藥的有鹿茸、鹿角、熊膽汁、豬膽汁、海狗腎、黃狗腎、雞內金、地鼈蟲、蛇蟲、僵蟲、全蟲等。以礦石入藥而得名的如朱砂、赭石、滑石、陽起石、花蕊石、海浮石等。中藥裡大多數以其入藥部位作為命名的依據。

此外，以藥物特有氣味命名（如酸棗仁、甘草、苦參、細辛），以藥物的顏色命名（如紅花、黄連、青黛、白朮、黑豆、紫草），以藥物功效命名（如防風、澤瀉、益母草、遠志），以藥物生長特點命名（如半夏、夏枯草、忍冬藤、萬年青、冬蟲夏草），按譯音命名（如訶黎勒、曼陀羅）等，也都是中藥取名的常用方法。

48 醫生所開藥方中的「藥」與「方」有無區別？

平常人們說「去找醫生開個藥方」，但這「藥方」究竟是「藥」，還是「方」，卻不容易說清楚。對於藥與方的問題，近代著名中醫任應秋先生曾說：「方之與藥，是難以區分而必須區分的。」有人說開單味藥物的為「藥」，配製組合讓藥形成君臣佐使的為「方」，但是獨味而成方的也不少見，所以他認為泛知藥效的一般功用的醫生，無論其開出多少，只能謂之「藥」。而高明地針對病情開藥，哪怕只有一味藥，皆可稱之為「方」。因此，醫生在下筆開藥方的時候，即使病人不知要索取的是方是藥，但醫生卻應對症施藥，做到有理有法，有藥有方。脈學專家張樹才先生有首詩說得好：「世間有藥沒有方，祖先因病才創藏。死方活路為辯證，中華瑰寶放光芒。」

延伸知識 方劑是怎麼組成的?「七方」、「十劑」是什麼方，什麼劑呢?

所謂方劑，通常都是指複方而言。方劑的組成一般有主、輔、佐、使四個部分。一、主藥：就是治療主病、主症，是主要治療作用的藥物。二、輔藥：是輔助主藥治療主病、主症，以加強主藥療效的藥物。三、佐藥：即對主藥有制約作用或協助主藥治療兼症的藥物。四、使藥：一般是指「引經藥」，或調和諸藥的藥物。以上四個部分，也可簡括為主藥和輔助藥兩個部分。組合簡單的方劑，除了主藥之外，不一定全都具備其他三部分。如「芍藥甘草湯」只有主藥及輔藥，「左金丸」只有主藥（黃連）及佐藥（吳茱萸）。在應用時，可根據病情靈活使用，還可在常用成方的基礎上創製新的方劑。

中國醫學方劑分類，歷來推崇「七方」、「十劑」之說。「七方」最早見於《素問．至真要大論》，即大、小、緩、急、奇、偶、複。至金代成無己《傷寒明理論》才明確提出「七方」之名。大方，味多量重力猛，一次服完，適用於邪氣強盛，病有兼症，如大承氣湯。小方，味少量輕，多次內服，能治上焦病，適宜邪氣輕淺，病無兼症，如蔥豉湯。緩方，藥味多，氣味薄，緩緩攻逐邪氣，或以緩和藥治本，適用於慢性虛弱病症，如四君子湯。急方，氣味雄厚，藥性強烈，蕩滌作用較速，是治療急病重症的方劑，如回陽救逆的四逆湯。此外，方劑的藥味合於單數的叫作奇方，用於治療病因單純的病症；合於雙數的則稱偶方，用於治療病因相對複雜的症，故需要用兩種以上主藥。所謂複方，是指兩方或數方結合使用，適用於複雜的病情或久治不癒的慢性病。大、小、緩、急、奇、偶、複七方，表示七種不同治病組方的法則，堪稱論病遣方之準繩。

「十劑」據明代李時珍《本草綱目》記載，出自北齊徐之才的《藥對》，也有人認為出自唐代陳藏器的《本草拾遺》，但兩書均已佚失，無從查考。據《證類本草》、《本草綱目》、《醫述》等書記載，「十劑」為宣、通、補、泄、輕、重、滑、澀、燥、濕十種，至宋趙佶《聖濟經》才正式定為「十劑」。以方劑的功用而言，岐伯夫子曰：「宣可去壅」（抑鬱症宜用宣劑治療），「通可去滯」，「補可去弱」，「泄可去閉」，「輕可去實」，「重可去怯」，「滑可去著」，「澀可去脫」，「燥可去濕」，「濕可去枯」（氣、血、髒、腑、內、外、久、近等燥症以濕劑通治為佳）。後人在此十劑的基礎上，又有增損變化，如元代的王好古說：「寒可去熱，大黃、芒硝之屬是也。熱可去寒，附子、官桂之屬是也。」明代繆仲淳又在十劑內增升、降二劑（《本草新編．十劑論》）。清代汪昂《醫方集解》最詳，分為二十二門。

除了「十劑」、「七方」外，中醫方劑中常見的稱謂還有驗方、經方、時方、秘方等。驗方是指臨床反覆使用而有效的方劑。驗方中也包括部分單方和秘方。單方是指單味藥或簡單藥味組成的方劑。秘方是指有效而不外傳的方劑（包括部分私家方和師傳方），古稱「禁方」。

時方指宋元以後所通用的方劑。經方是古代方書裡方劑的統稱，包括張仲景的《傷寒雜病論》中的方劑和《傷寒論》以前的經方，如《五十二病方》、《漢書．藝文志》中所載的經方十一家等，又稱經典方。

49

中國古代有醫療機構嗎？

供奉於內廷的醫師或醫療機構，中國自古已有，但其職官設置及其體制，各朝之間互有異同。周官有醫師上士、下士，掌醫之政令。秦置太醫令。西漢時太常、少府都有太醫令，屬太常者為百官治病，屬少府者為宮廷治病。東漢、曹魏沿置。隋唐設太醫署，其主管官員為太醫署令。宋有醫官院，金代始改名太醫院，其長官為提點。從金至清，太醫院作為全國性醫政兼醫療的中樞機構延續了七百多年。

太醫院的職責是「掌醫之政令，率其屬以供醫事」，歸內務府直接管轄。明清時期的太醫院已有相當規模。明代太醫院設置大方脈、傷寒、婦人、小方脈等十三科。清代的太醫院分科，順治年間為十一科，至同治年間只剩下五科。清太醫院為五品衙門，醫務人員都有相應的職位。太醫院的院長叫院使，為正五品官，副院長叫左、右院判，官居六品。御醫十至十五人，官居八品。另有吏目十至三十人，醫士二十至四十人，醫員三十人，統稱官士。還有製藥人員若干。清廷御醫多來自江蘇、浙江一帶。這是因為溫病學等重大的醫學創造與發明多產生在經濟文化比較發達的江南之故。

太醫院的人事制度，在通常情況下，是嚴格按照品級等第，一步步升遷調動的。院使員缺，由左院判升補；左院判員缺，由右院判轉補；右院判員缺，由御醫升補；御醫員缺，由吏目升補；吏目員缺，由醫士升補；醫士員缺，由醫生升補。醫官的題授大致上是除院使、院判外，自御醫以下遇有缺出，該院堂官首先在內直醫官中選拔提名，申遞禮部轉咨吏部任命，如內直醫官補完，才可從外直應升各官中選拔，並按俸開列申送。呈報前，有的還需經過考試。

光緒年間的太醫院院使張仲元，是中國歷史上最後一位太醫院院長。光緒四年至光緒二十一年（一八七八—一八九五），張仲元曾多次為光緒帝和慈禧太后診病，是這一時期太醫院最重要、最有名的御醫。張仲元，字午樵，他有抱負，敢於作為。宣統元年，張仲元上疏皇帝，請求變通太醫院舊制，提高太醫院的地位。清廷採納了張仲元的建議，將太醫院各級醫官品級提升一級，從而使御醫的各種待遇有所改善。西醫、西藥廣泛傳入中國後，張仲元向慈禧、光緒提出了一整套培養中西醫通用人才的辦法，成為中國中西醫結合醫學教育的創始人之一。

延伸知識 從〈清明上河圖〉看到的宋朝醫學情況

〈清明上河圖〉繪有兩個兒科診所，一個骨科診所，還有一間藥鋪，為北宋醫學發展的成就留下了珍貴而生動的記錄。

在一幅畫中，作者選取了兩個兒科診所，說明當時兒科已發展到很高的水準。畫上的兒科診所，一間在門前掛的挑子上大書「專治小兒科」字樣，另一間豎著一塊「小兒科」的招牌，堂內坐著一位醫生，旁邊凳上有一人正牽著小孩請醫生診治，另有幾位病人在候診，站在門前向內觀望。

在骨科診所處，門前有一塊「專門接骨」的牌匾。圖中標有「趙太遠家」的藥鋪，從門前立著的高大招牌「治酒所傷真方集香丸」、「大理中丸醫腸胃冷」，可知是專門診治酒食所傷之脾胃病和專營此類藥物的專科診所。賣藥處用櫃檯把買藥人和賣藥人隔開，與現代中藥店的形式已很相似。

上述診所的出現，說明當時醫業分科已十分精細。宋太醫局專設兒科，稱「小方脈」，湧現出一批著名的兒科專家和兒科著作。外科、傷科此前統稱為「金創折瘍」，到宋代，外科、傷科才有分科，出現了專攻骨傷科的醫生。骨科、兒科等已自成體系。據《東京夢華錄》記載，當時的官、私、生、熟藥鋪、香藥鋪，遍及汴京城內，呈現一派生機勃勃的景象。像這種公共衛生、健康事業的發展情況，都可從〈清明上河圖〉中窺其一斑。

50

古代為產婦接生的「產婆」為什麼又叫「穩婆」？

穩婆，屬江湖「三姑六婆」之列，是古時以替產婦接生為業的人，因時因地有「穩婆」、「產婆」、「收生婆」、「接生婆」及「老娘婆」等多種稱呼。在民間，南方多稱之為「老娘」，北方多稱之為「姥姥」。從事這個行業的，她們一般在自家門口懸有招牌，上書「快馬輕車，某氏收生」，或「祖傳某奶收生在此」的字樣。穩婆作為一種專門的職業，最初形成於東漢，到唐宋時期已非常盛行。

「穩婆」的稱謂，始見於蔣一葵所著《長安客話》，後來，「穩婆」這一詞便成為收生婆的通稱。為什麼把收生婆叫作穩婆呢？舊時，女人在家生育需要有人助產，這一行是不可缺少的。人們常把婦女生產分娩，比作「下地獄」、「過鬼門關」等，碰到難產、橫生、倒產，則母子都難保。一家人的希望，有可能在一瞬間變為泡影。過去，由於科學不發達，衛生條件不佳，喜事變喪事的情況時有發生。真是兩命維繫，生死攸關。如果接生婆有經驗，臨危不亂，處變不驚，或可憑著一雙手應對諸如傷產、凍產、盤腸產等險狀，使嬰兒安穩降生，母子平安。收生婆非精良妙手、菩薩心腸，怎能承此重任？所以她們被稱為

「穩婆」，寓有希望其穩保母子平安的意思。

生兒育女是生命繁衍、傳宗接代的大事。無論是帝王之家還是平民百姓，對此都極其重視。孕婦尚未分娩，親戚便送來彩盆，盛滿繡製彩衣、生棗栗果。分娩之前，穩婆也被早早地請來。雖說穩婆的技術不一定能解決生產時遇到的各種難題，可能也會枉送小生命，但在當時的條件下，她們接生助產，迎接無數的幼小生命，功績是不可否認的。從事穩婆這一行的多是中年婦女，而且是世代相傳的手藝。只是家家都把這種手藝傳給兒媳，而不傳給女兒。因為她們認為女兒出嫁後便是別人家的人，技術也會隨之傳給異姓外家。

延伸知識—海外華人居住的地方為什麼習慣稱為「唐人街」？

唐人街最早叫「大唐街」。一六七三年，納蘭性德《淥水亭雜識》：「日本，唐時始有人往彼，而居留者謂之『大唐街』，今且長十里矣。」一八七二年，志剛《初使泰西記》載：「金山為各國貿易總匯之區，中國廣東人來此貿易者，不下數萬。行店房宇，悉租自洋人。因而外國人呼之為『唐人街』。建立會館六處。」現在海外很多地方，唐人街已經成了中華文化區的代名詞。無論商業還是娛樂，以及各種文化設施，都展現了東方色彩。李歐梵有一篇關於唐人街的隨筆，題目就叫〈美國的「中國城」〉（一九七五），文章說：「唐人街是老華僑的溫床，新華僑的聚會所，也是美國人眼裡的小中國。」

資料顯示，大概在唐宋以後，海外華人便開始被稱為「唐人」，中國式的服裝也稱為「唐裝」。按照過去的解釋，都認為大唐強盛，聲名遠播，故旅居海外的華僑、華人往往稱自己是「唐人」，他們聚居的地方便稱為「唐人街」。若從歷史的角度來看，便會發現其中還有更深刻的含義。傳統認為，唐堯三代是中國最早的太平盛世，歷史上最早的明君堯帝，就稱為「唐堯」，據文字解釋：「堯稱唐者，蕩蕩道德至大之貌。」（《玉篇》）中國的百姓，向來喜歡太平，厭惡動亂，認為自己的國家是一個「蕩蕩」廣博的國家。因此，海外的華人，都喜歡把唐虞之世的「唐」字，作為理想的國家的象徵，把自己稱為唐人，他們聚居的地方也就叫作「唐人街」。然而英語裡沒有「唐人街」的說法，而稱為Chinatown，直譯是「中國城」。

51

「愛屋及烏」是什麼意思？

中國自古流傳一種迷信習俗，以為烏鴉是不祥之鳥，牠落到誰家的屋上，誰家就要遭遇不幸。《詩經．小雅．正月》就有「瞻烏爰止，於誰之家」，可見古人多厭惡烏鴉，而絕少有人愛牠的。為何又有所謂「愛屋及烏」呢？原來這句成語來自劉向《說苑．貴法》、伏勝《尚書大傳．大戰》等有關記載。當初周武王攻克朝歌之後，對於怎麼處置商朝遺留下來的舊臣，心裡沒有把握，就找姜太公等人商議「太公對曰：『臣聞愛其人者，兼愛屋上之烏；憎其人者，惡其餘胥。』」意思是說：如果愛那個人，就連帶喜愛他房屋上面的烏鴉，即便認為牠不祥，也不以為意。如果憎恨那個人，就連他最低下的僕從家吏也會連帶著憎恨。這句成語，一向被人們用作推愛的比喻。因為深愛某人，從而連帶喜愛他的親屬朋友等人或其他東西，就叫作「愛屋及烏」，或稱這樣的推愛為「屋烏之愛」。

日本與中國的風俗不同，在人臨死時有烏鴉在附近的現象，被解釋為作為超度亡者的烏鴉，在一旁看守死者，防止他的靈魂變成在人間徘徊行惡的怨靈，以致無法成佛。比較有代表性的八咫鴉，也就是三足烏鴉，是從中國傳到日本的圖像，後來成為武人賀茂建角身的化身。八咫鴉是有三隻腳，頸項上掛著八咫勾玉的神鳥，受天照大神派遣到人間，解救了因為迷路被困在熊野山中的神武天皇東征軍，到現在熊野的那智神社依舊供奉著它。日本的烏鴉確實受到尊敬得多，那是因為烏鴉不僅是國寶，也是日本神的象徵。日本足球隊的隊徽是一隻黑鳥，並不是和德國隊一樣的老鷹，而是烏鴉。

延伸知識｜為何說「問世間情為何物」這句名言源於兩隻大雁的生死情？

金章宗太和五年（一二〇五），十六歲的元好問赴并州（今山西太原）應試途中，遇見一個捕雁的人對他說：「今天抓到一隻雁後，馬上把牠殺了。不料牠已經脫網的同伴在旁邊悲鳴，不想飛走，竟然從空中自投於地，摔死了。」

元好問被大雁殉情的故事深深感動，就從捕雁者手上買下兩隻雁，將牠們合葬在汾水旁，墳上堆石作為標記，號曰雁丘。同行的人大多賦詩為贊，他也作了〈雁丘詞〉。後來由於當時的舊作不協音律，他又把它改寫為〈摸魚兒〉：「問世間、情為何物，直教人生死相許？天南地北雙飛客，老翅幾回寒暑。歡樂趣，離別苦，就中更有癡兒女。君應有語，渺萬里層雲，千山暮雪，只影向誰去？橫汾路，寂寞當年簫鼓，荒煙依舊平楚。招魂楚些何嗟及，山鬼暗啼風雨。天也妒，未信與，鶯兒燕子俱黃土。千秋萬古，為留待騷人，狂歌痛飲，來訪雁丘處。」

52

心裡高興、愉快，可以稱為「歡喜」，「歡喜」的本義是什麼呢？

「歡喜」本是佛教名詞，梵語為pramudita，音譯波牟提陀，即接於順情之境而感身心喜悅。亦指眾生聽聞佛陀說法或諸佛名號，而心生歡悅，乃至信受奉行。修行歷程中，有各種不同層次的歡喜。其中，修證至初地之果位，乃真正之歡喜，故初地菩薩稱為歡喜地菩薩。據天親《十地經論》卷二載，歡喜地菩薩之歡喜，乃指心喜、體喜、根喜，其歡喜有九種：忉敬信歡喜，物愛念歡喜，犴慶悅歡喜，犺調柔歡喜，玎踴躍歡喜，用堪受歡喜，乩不壞他意歡喜，屳不惱眾生歡喜，网不嗔恨歡喜。若依日本淨土教的主張，則歡喜特指由於佛陀之救度，或由於決定往生淨土，而產生的由衷喜悅，故常用「信心歡喜」、「踴躍歡喜」來形容。如果因現世的信心堅固而得入於不退位的欣悅，則稱為「慶喜」。

佛教各派均有佛像，但歡喜佛唯密宗所有，只有藏傳佛教寺廟中才有供奉。這種佛像一般作男女二人立姿裸身相抱之形。相傳崇尚婆羅門教的國王毗那夜迦殘忍成性，殺戮佛教徒，釋迦牟尼派觀世音化為美女和毗那夜迦交媾，醉於女色的毗那夜迦終為美女所征服而皈依佛教，成為佛壇上眾金剛的主尊。

除了象徵鎮壓征服以外，歡喜佛的雙像擁抱，男性代表方法，女性代表智慧，兩者合一，即所謂方法與智慧雙成的意思。「歡喜佛」還象徵男女雙修，這種說法來源於古印度原始宗教中的性力崇拜，認為男女雙修，可以快速得道。陰陽相合而道成。修證所得，即為快樂。不過這快樂乃是信念的現象，並非男女的淫樂。歡喜佛供奉在密宗是一種修煉的調心工具和培植佛性的機緣。調心要令信所緣，對著歡喜佛觀形鑑視，漸漸習以為常，多見少怪，欲念之心自然消除。

現在提到「歡喜」，多半用於「滿心歡喜」、「皆大歡喜」等詞，它原本的宗教意義已淡化得鮮為人知了。

延伸知識——「囍」字的由來

民間習俗在結婚時常會貼上大紅的雙喜字「囍」，據說貼紅雙「囍」字的習俗與北宋的王安石有關。王安石二十多歲時從撫州臨川赴宋都汴京趕考，途經馬家鎮時，暫住客店歇息。次日他在街上行走，偶見馬員外家門口懸掛的走馬燈上寫著一句上聯：「走馬燈，燈馬走，燈熄馬停步。」王安石看罷沉吟半晌，心中叫好，但一時也沒有想出下聯，便暗自把它記了下來。事有湊巧，王安石到京城應考時，因第一個交卷而受到主考官的賞識，傳他面試。主考官指著一飛虎旗道：「飛虎旗，旗虎飛，旗卷虎藏身。」要他對出下聯，王安石馬上想到馬員外家看到的上聯，便以此為對。考官見他才思如此敏捷，讚嘆不已。

回程路過馬家鎮時，聽說馬員外以走馬燈上的上聯為題，懸賞徵求下聯，王安石便立刻趕去，用主考官的考題應對。馬員外一見下聯，滿心歡喜，得知王安石尚未婚配，便要將女兒許配給他。王安石打聽到馬員外的女兒才貌雙全，就答應了這門婚事。王安石和馬小姐完婚的大喜之日，恰逢官差來報：「恭喜王大人高中了！明日請赴瓊林宴。」王安石喜上加喜，當即提筆在大紅紙上寫下一個大「囍」字貼在門上，並口吟一聯道：「巧對聯成雙喜歌，馬燈飛虎結絲羅。」從此，「囍」字便作為新婚之喜的象徵，一直流傳至今。

王安石是古文大家，他認為古人造字，定非無義，因此作《字說》加以解釋，如「鯢」字，從魚從兒，合是魚子，四馬曰「駟」，天蟲為「蠶」。所以將「囍」字附會為王安石所作，並非全是無根的杜撰之辭。

53 現在企業界有成就的人士，常被大家稱讚為「強人」，若是女性，則奉送一個「女強人」之稱，那麼過去強人指的是什麼人呢？

現在的「強」字，語義是有本事、本領高強，在人群之中出類拔萃，成就非凡，而它的反義詞就是平凡，沒什麼成就。但是古代「強人」的意義卻不是現在這樣的褒義。事實上，明清的章回小說一般都是把強人當作強盜，舉《水滸傳》第六回為證：「他猜這個撮鳥是個剪徑的強人，正在此間等買賣。」《辭海》對這一例的解釋是：「猶強盜。」

「強人」一詞最初的詞義是中性的。《宋史．兵志四》載：「河北、陝西強人寨戶，強人弓手，名號不一。咸平四年，募河北民，諳契丹道路，勇銳可為間伺充強人，置都頭指揮使。」說明宋朝時強人曾是邊防軍隊中一個兵種的稱呼，類似現在的偵察兵，非但不是強盜，而且還是打強盜的官兵。但是從宋朝以後，由於時局發生了變化，社會動蕩不安，強人也逐漸演變成為強盜，幹起了搶劫的勾當。《大宋宣和遺事》載：「是時筵會已散，各人統率強人掠州劫縣放火殺人。」這裡的強人就明顯已經變身為強盜了。

延伸知識──「綠林好漢」一詞的來歷

「綠林好漢」的「綠林」指綠林山（一說為當時京山四周綠色的山林），在今湖北當陽境內。西漢末年，荊州一帶遇到連年的大饑荒，農民相率到野外水澤中掘草根為食。新市（今湖北京山境）人王匡、王鳳替人家排難解紛，被推為首領。他們人數越聚越多，形成一支武裝力量，不時攻擊附近的鄉鎮，劫富濟貧。他們隱蔽在綠林山中，因此被稱作綠林軍。綠林軍四處轉戰和入關，終於造成王莽政權的覆滅。後世遂稱這種聚眾抗官或劫富濟貧的行為是「綠林起義」，將起義的英雄稱為「綠林好漢」。

以此視之，像《水滸傳》中的梁山泊好漢，在官府眼中無疑都是強人，但在百姓心中卻是拯救他們出水火的綠林英雄、江湖豪俠。

54 為什麼「閒雲野鶴」可用來形容人的無拘無束？

唐五代時，天下大亂，有一位叫貫休的和尚因寫詩而出名，為了逃避戰亂，來到越地。他寫了一首詩，獻給錢鏐，要求晉見。宋計有功《唐詩紀事》卷七十五「貫休」裡記載：「錢鏐自稱吳越國王。休以詩投之曰：『貴逼身來不自由，幾年勤苦蹈林丘。滿堂花醉三千客，一劍霜寒十四州。萊子衣裳宮錦窄，謝公篇詠綺霞羞。他年名上凌煙閣，豈羨當時萬戶侯。』鏐諭改為四十州，乃可相見。」

景福二年（八九三）九月，錢鏐升任鎮海軍節度使，駐杭州，勢力膨脹，隱然兩浙之主。貫休原詩中「他年名上凌煙閣，豈羨當時萬戶侯」，講的就是錢鏐還沒最後功成名就，還不夠名上凌煙閣，正適合當時的情形。而錢鏐將杭州經營得境安民豐，市井儼然，顛沛流離大半生的貫休看到了，欣然嚮往並且獻詩是極其自然的。但錢鏐不滿足在杭州發展，他野心勃勃地想趁機爭奪天下，於是派人對貫休說要他把自己詩裡的十四州改成四十州，然後才接見他。貫休是個很有文人情懷的和尚，博學多才，志氣高昂。因為個性躁急，難免狂傲侮慢，覺得錢鏐不能接受他的詩也無所謂，州也不能添，詩亦不能改。我和尚本來閒雲野鶴，到哪裡不是一樣逍遙？於是就留下一首詩，飄然而去。詩曰：「不羨榮華不懼威，添州改字總難依。閒雲野鶴無常住，何處江天不可飛？」錢鏐後悔之下，就叫人去追趕，想讓他回來，但為時已晚矣。

貫休去投的蜀國，政風民生都不如吳越，但是貫休卻認為是君子之國。蜀太祖王建很欣賞他，給他封了食邑八千、三品紫袍的佛教教務總管等重要官職。這種尊崇的地位，還有食邑的俸祿在吳越錢氏那裡是無論如何得不到的，貫休可謂適得其所。

後人因此將貫休這種無拘無束、來去自由的態度比喻為「閒雲野鶴」，也可以用來指生活閒散、脫離世事的人。如《紅樓夢》說「獨有妙玉如閒雲野鶴，無拘無束」，還說秋爽齋主人探春是具有閒雲野鶴般風格的人。

延伸知識｜宋元畫家為什麼喜歡自稱「道人」？

唐僧貫休「閒雲野鶴」般的自由很為後人所羡慕。到宋元時期，便湧現了一批有同樣情趣的文人畫家，不約而同地選擇了「道人」的名號。

宋皇室成員的趙孟頫與元代畫家中另一位官職顯赫的李衎，一號松雪道人，一號息齋道人。方從義號方壺、不芒道人、金門羽客，黃公望號大癡道人（又稱「井西道人」），吳鎮號梅花道人、梅道人，高克恭晚號房山道人，楊維楨號鐵崖、鐵笛道人，連做了官的畫家任仁發也自號月山道人。此類名號，比比皆是。

這些文人畫家自號道人，有不少確實做過道士，如張雨、方從義、黃公望、倪瓚等，以黃公望最著名。他中年一度被誣入獄，宦海失意後，隱居江湖，遁入全真教，曾在蘇杭一帶開三教堂，廣收弟子。有的雖非道人，但思想上深受道教文化的影響，有出世的心願，喜歸隱山林，講求藝術上的平淡天真。

金朝、元朝時盛行全真教，它主張返璞全性，性命雙修，發展至元初達到極盛局面。全真教主張返璞與平淡，這與當時畫家主張藝術貴有古意，在水墨山水創作上追求平淡自然風格的觀念不謀而合，因此受其影響的畫家為數不少。山水畫也因此成為抒發道家思想的藝術形式。從他們取的道號，也足見道家在當時文人畫家心中受尊崇的程度。自號道人的這個現象，其實潛藏著豐厚的人文傳統，反映出他們對「閒雲野鶴」生活方式的熱衷與嚮往。

55 過去普通人為什麼被稱為「匹夫」？

古時候「匹夫」是指社會地位低下、經濟地位也不高的芸芸眾生、普通百姓。為什麼普通人被稱為「匹夫」呢？

匹，原來是數量單位，古代四丈為一匹。一說兩丈為一端，二端為兩，每兩就成一匹，長四丈。兩而成匹是相合之意，按照這個意義，夫婦陰陽相合，就叫作匹夫、匹婦。段玉裁注《說文》：「雖其半，亦得云匹，……猶人言匹夫也。」說的是匹夫、匹婦也可單獨拆離使用。

後來又經過一番發展，「匹夫」這個詞的範圍和內涵有所擴大，慢慢便不只是指男子，而泛指普通人、平常人了。這在文學作品中也可以看出來，諸葛亮第一次北伐中原時，蜀、魏兩軍對壘祁山之前，七十六歲的王朗為魏方軍師，自恃學識淵博、能言善辯，自不量力地想不費一兵一卒勸降諸葛亮，於是向諸葛亮闡述了「順天者昌，逆天者亡」的理論，力勸諸葛亮倒戈，卸甲投降。不料反被諸葛亮狠狠臭罵了一頓，特別是點睛之筆「皓首匹夫，蒼髯老賊」，更是振聾發聵，一語既出，氣得王朗氣血上湧、臉色青一陣、紫一陣，頓時感到眼前天旋地轉，大叫一聲，撞死在馬下，成為諸葛亮又一段令人稱道的傳奇故事（見《三國演義》第九十三回）。

真正讓「匹夫」兩字普為人知，是由於成語「天下興亡，匹夫有責」的廣為流傳。它由明末清初文人顧炎武首創，顧炎武在著作《日知錄》中說：「有亡國，有亡天下，亡國與亡天下奚辨？曰：易姓改號，謂之亡國；仁義充塞而至於率獸食人，人將相食，謂之亡天下。……保國者，其君其臣，肉食者謀之；保天下者，匹夫之賤，與有責焉耳矣！」梁啟超在他的《飲冰室合集》中也加以引用：「今欲國恥之一灑，其在我輩之自新。……夫我輩則多矣，欲盡人而自新，云胡可致？我勿問他人，問我而已。斯乃真顧亭林所謂天下興亡，匹夫有責也。」

「天下興亡，匹夫有責」，闡述了一個淺顯而深刻的道理，即不論身分地位高低，是在朝為官還是做平民百姓，每一個人都應該有以天下為己任，位卑未敢忘憂國的愛國思想，因為天下（國家）是所有人的天下（國家），因此每個人都要有責任感、使命感。這一名言的廣為傳播對增強中華民族的凝聚力、向心力發揮了重大的作用，無論是抵抗外族入侵還是戰勝自然災害，這句話都是許多人的精神支柱和動力，逐漸被許多人奉為座右銘。

有一個與「匹夫」相關的詞叫「大丈夫」，這個詞很有意思，許多人將它當作口頭禪，張口閉口「我一個大丈夫如何如何」。另外，當遇到個別氣量狹窄的男人與女人發生激烈爭吵時，人們會既責備又善意地提醒他：「你一個男子漢大丈夫，讓讓她！」由「大丈夫」衍生出來的句子很多，如「大丈夫何患無妻」、「大丈夫能屈能伸」、「大丈夫行不改名、坐不改姓」等。

用「大丈夫」來自我稱呼時它有一種強烈的自信、自傲。由於它音韻鏗鏘，詞義也充滿褒獎與稱讚，所以表現出慷慨激昂、光明磊落、擲地有聲的意味。《孟子．滕文公下》記載了孟子與戰國時期的縱橫家景春討論大丈夫的對話。景春曰：「公孫衍、張儀豈不誠大丈夫哉？一怒而諸侯懼，安居而天下熄。」景春認為，說到大丈夫，只有張儀、公孫衍這樣的人才可以當之無愧。張儀和公孫衍兩人，一連橫，一合縱，左右著戰國時期的天下大勢，因此景春由衷地佩服這兩個人，稱之為大丈夫。景春也是一名縱橫家，思想上必然有濃厚的學派之見，因此對縱橫家充滿褒獎與讚賞。

對他的說法，孟子就予以駁斥：「是焉得為大丈夫乎？子未學禮乎？丈夫之冠也，父命之；女子之嫁也，母命之，往送之門，戒之曰：『往之女家，必敬必戒，無違夫子！』以順為正者，妾婦之道也。居天下之廣居，立天下之正位，行天下之大道；得志，與民由之；不得志，獨行其道。富貴不能淫，貧賤不能移，威武不能屈，此之謂大丈夫。」在孟子的思想體系中，張儀、公孫衍這樣的人不配稱為大丈夫，他們展現的是小人得志、塗炭生靈，他們騎在人民頭上作威作福，忘記了做人的根本，忘記了自己的衣食父母，是數典忘祖的勢利小人。孟子認為只有做到「富貴不能淫，貧賤不能移，威武不能屈」的人才能配得上稱作是大丈夫。

56

《紅樓夢》裡有沒有用過「她」字？

大觀園裡有那麼多太太、小姐、丫頭，但《紅樓夢》裡卻沒有現代中文常用的一個代名詞「她」字。這是怎麼回事呢？原來「她」字的問世，是近代人創造出來的結果。一九一八年，五四新文化運動的劉半農在《新青年》首先發表〈她字的研究〉，第一個把「她」字專作女性第三人稱代名詞。從前，文章裡的第三人稱代名詞男女不分，都稱為「他」。五四以後，有人用「伊」字代替女性的「他」，如魯迅的文學作品。但「伊」與「他」並用常造成混亂，於是劉半農就創造了「她」字。「她」與「他」讀音相同，而且符合口語習慣，很快得到各界人士的稱讚和認同，各種字典也都收錄了這個字。魯迅高度評價劉半農的創造精神，說「她」字的創造是打了一次「大仗」。

《紅樓夢》是清代曹雪芹的作品，流行的一百二十回本是一七九一年出版的，那個時候「她」字還沒有創造出來，所以書中找不到「她」這個字。但是在有一些現代印行的《紅樓夢》版本中，讀者又可以找到這個字，如蔡義江先生的校本。該校本在前言中說明：在整理出版古典白話小說中，文字發展的成果是應該表現出來的。一個是「他」字，舊時代表了今天的「他」、「她」、「它」三個字，《紅樓夢》當然也是不分的，只有「他」字。這次將它分開來了，這樣做有利無弊，方便閱讀，不是不尊重也不是擅改原著。所以這個版本的《紅樓夢》說到大觀園裡那麼多的太太、小姐、丫頭時，就按照今人的習慣開始用了「她」這個字。

延伸知識｜你、我、他等人稱、或稱物的代名詞，在古文中是怎麼表示的？

你、我、他是「人稱代名詞」。說話人自稱的「我」是第一人稱代名詞，這第一人稱在古文中起源甚早。與「我」同義的有「身」（魏晉南北朝時多見）、「儂」（吳人自稱）、「奴」（唐五代時男女尊卑均可使用）。秦漢以後的口語裡很可能已經都用「我」字，「吾」字只見於書面了。中國北方有些方言不說「我、我們」，而說「俺、俺們」、「咱、咱們」，這是繼承了元代的傳統。

第二人稱代名詞「你」，在古文中用「爾」。當「爾」的語音跟讀音分歧之後，在草書的「爾」（寫作「尒」）的左邊加上「亻」旁以示區別，於是出現了「你」。「你」字大概在南北朝後期出現，到隋唐之際已經相當通行。一直到北宋為止，文人筆下並不怎麼避諱「你」

字，後來的人反而拘泥起來，往往在相當接近口語的文字裡寫「爾」或「汝」。現代中文裡用「您」字作為「你」字的尊敬語，雖然跟金朝、元朝時期的「您」字是同樣寫法，但含義卻有不同。早期「您」字雖有時用於單數，但以複數為主，代指「你們」，而且沒有尊稱的意味。

第三人稱代名詞有「他」、「渠」、「伊」等。在古文裡，作賓語的第三人稱用「之」字表示。「其」、「彼」也在「他」字流行前使用過。後來白話文興起，用「他」字作為第三人稱代名詞，可以代稱男性，也可以代稱女性及一切事物。在唐代，「他」字的使用就很常見。「他」，也寫作「它」。《誠齋集》有「五牛遠去莫管他」句，這裡的「他」可以指物或指事，但我們現在指物或指事時一般會用「它」。

某，用法跟人稱代名詞有關。口中說的是名字，記載的人用「某」字來替代，或是為了恭敬，或是省得囉嗦。如《三國志．魏書．鄧艾》：「諸君賴遭某，故得有今日耳。」這裡鄧艾明明是照當時的習慣自稱「艾」，而作史的人用「某」替代了。有時不知道其人的名字，或根本無其人，也可用「某甲」、「某乙」來稱呼。

「人家」，對人、別人的稱呼。「人」作「別人」講，跟「己」相對，這是自古就有的。如「己所不欲，勿施於人」，這兒「人」作「別人」解。「別人」之後可以加「家」，如《紅樓夢》第九回：「難道別人家來得，咱們倒來不得的？」「別人家」又常簡稱為「人家」。有時口語中用「人家」代「我」，語氣會顯得婉轉、俏皮一些，如《紅樓夢》第十九回：「我的老太太，您這們囉嗦，人家怎麼睡呀？」

57

「三十而立」到底立什麼？

三十而立，是《論語》中最令人耳熟能詳的句子，也是現代人使用頻率很高的辭彙，它出自《論語·為政》：「子曰：『吾十有五而志於學，三十而立，四十而不惑，五十而知天命，六十而耳順，七十而從心所欲，不逾矩。』」

其譯文是：「孔子說：『我十五歲，有志於學問；三十歲，懂禮儀，說話做事都有把握；四十歲，掌握了各種知識，不致迷惑；五十歲，得知天命；六十歲，一聽別人言語，便可以分別真假，判明是非；到了七十歲，便隨心所欲，任何念頭不越出規矩。』」

古人將孔子尊稱為孔聖人，他說自己「三十而立」，後人潛移默化地受到了薰陶和影響，進而見賢思齊，唯孔聖人馬首是瞻，紛紛努力奮鬥以期在三十歲之前能夠做一番事業、取得一定的社會地位，因此，人們說起「三十而立」既有勉勵自己之意，又有給自己壓力，增強自己的責任心、上進心的效果。

關於「三十而立」，古代還流傳下來一個笑話。唐代高擇的《群居解頤》和五代孫光憲的《北夢瑣言》都記載了唐代節度使韓簡讀《論語》的故事：「節度使韓簡，性粗質。每對文士，不曉其說，心常恥之。乃召一孝廉，令講《論語》。及講至為政篇，明日謂諸從事曰：僕近知古人淳樸，年至三十方能行立。外有聞者，無不絕倒。」他把「三十而立」理解為「年至三十方能行立」無疑是很荒唐的，滑天下之大稽，因而成為流傳千古的笑話。笑過之後，我們應該從這則笑話中領悟到一些閱讀古籍的正確方法，那就是不能望文生義、斷章取義，而要根據前後文來判讀，理解透徹、深入淺出，這樣才能達到古為今用的效果。

延伸知識｜為什麼二十歲的男子古時候被稱為「弱冠之年」？

一個人從呱呱落地，到牙牙學語、蹣跚學步，再到教育啟蒙，經過漫長的成長過程，逐漸走向成熟，然後脫離親人的養育、監護，開始承當起社會所賦予的權利和義務。由於成長過程的艱難和不易，古人要鄭重舉行一系列的禮儀來祈禱和標誌一個人由不成熟向成熟的過渡，這種禮儀就是成年禮。由於男女的差別，成年禮又被分為成丁禮（或成男式）和成女式，或稱作冠禮和笄禮。

《禮記．冠義》云：「三加彌尊，加有成也；已冠而字之，成人之道也。見於母，母拜之；見於兄弟，兄弟拜之；成人而與之為禮也。玄冠玄端奠摯於君，遂從摯見鄉大夫與鄉先生；以成人見也。」《禮記》所載周代冠禮非常複雜，後逐漸簡化或與其他儀式合併。勁挺《延安風土記》載，延安人在婚禮前三天先行冠禮，「新郎挨戶拜族裡長者，為長者斟酒。親朋共飲，新郎的父親為兒子加冠。次日用紅紙寫『乳名××，今值弱冠，更為官名』，貼在門前，表示成人」。可以看到延安的冠禮幾乎是與婚禮合併的。

因為按照《禮記》的記載，古代男子二十歲行冠禮，所以二十歲男子又稱「弱冠之年」。近年來也有一些地方也開始流行為青年男女舉行隆重的成人儀式，年齡則規定為年滿十八歲的青年，成千上百的青年們聚集在一起莊嚴宣誓，場面熱烈。成人儀式的舉行一方面可以增強年輕一代的責任感、使命感，另一方面也能夠使傳統文化在年輕一代心中牢牢紮根，薪火相傳。

58 為什麼說「千里姻緣一線牽」？

「千里姻緣一線牽」常用來形容有緣分的男女能夠打破時空的阻隔而攜手步入婚姻殿堂。不過，成語中的「一線」不是婚禮上用來挽繫新人的普通紅繩，而是神話傳說中「月下老人」專門掌管的赤繩。唐人李復言的小說《定婚店》講述了這位月老用赤繩挽定男女的一段有趣故事：

唐代有個叫韋固的人，有一次路過宋城（今河南商丘）時，投宿在城裡的南店。晚上，他看見一位老人，倚靠著一個布袋坐在石階上，正在月光下翻看一本書。韋固湊上去一看，上面的文字自己一個都不認識，便好奇地詢問他翻檢的是什麼書。老人道：「天下之婚牘（婚姻簿）耳。」韋固又問袋中何物。老人說：「赤繩子耳，以繫夫婦之足。及其生，則潛用相繫。雖仇敵之家，貧賤懸隔，天涯從宦，吳楚異鄉，以繩一繫，終不可逭。」韋固趕緊向他打聽自己未來老婆的下落。老人翻書後告訴他，是店北頭賣菜的瞎老婆子的幼女，時年才三歲。韋固聞訊大怒，暗中派人去刺殺此女，但只傷其眉心，未能取其性命。十年後，韋固任相州（今河南安陽）參軍，受刺史王泰賞識並將女兒嫁給了他。此女容貌很美，但眉間總是貼著花子，洗浴時也不取下。韋固怪而問之，才知道她是過去遺人所刺幼女，後被王刺史撫養成人。韋固這才知道「天意」不可違。夫妻愈加恩愛，所生子女皆顯貴。宋城縣令聽說此事後，就把韋固住過的客店命名為「定婚店」。

這就是「千里姻緣一線牽」的典故。韋固夫妻初識的宋城與後來結合的相州，兩地相距較遠，故用「千里」來形容。這個故事宣揚了赤繩繫足、姻緣天注定的觀念。後人將牽紅線的老人稱為「月下老人」，由於他是傳說中的媒神，因此為未婚男女牽線的媒人、紅娘也常被尊稱為「月老」。

延伸知識 夫妻為何又稱「冤家」？

天下男女的愛情與婚姻既然由月老來配定，人間夫妻為什麼還有冤家、怨偶呢？俗話有「冤家路窄」、「冤家死對頭」之說，這裡「冤家」指的是仇人的意思。

「冤家」一詞最早出自唐張鷟（ㄓㄨㄛˊ）《朝野僉載》：「梁簡文之生，志公謂武帝曰：『此子與冤家同年生。』其年，侯景生於雁門；亂梁，誅蕭氏略盡。」其最初含義是指仇敵，但在唐詩、元曲、明清小說中，「冤家」逐步演變成對情人的稱呼。所謂「不是冤家不聚頭，冤家聚頭幾時休」，即指有愛慕戀情的男女。

關於「冤家」一詞的含義，應推宋人蔣津《葦航紀談》中的解釋最詳盡：「作者名流多用『冤家』為事，初未知何等語，亦不知所云。後閱《煙花記》有云：冤家之說有六。情深意濃，彼此牽繫，寧有死耳，不懷異心，所謂冤家者一；兩情相繫，阻隔萬端，心想魂飛，寢食俱廢，所謂冤家者二；長亭短亭，臨歧分袂，黯然銷魂，悲泣良苦，所謂冤家者三；山遙水遠，魚雁無憑，夢寐相思，柔腸寸斷，所謂冤家者四；憐新棄舊，孤恩負義，恨切惆悵，怨深刻骨，所謂冤家者五；一生一死，觸景悲傷，抱恨成疾，迨與俱逝，所謂冤家者六。此語雖鄙俚，亦余之樂聞耳。」這六重含義，無不傳達了男女之間那種又愛又恨、又憐又怨、纏綿悱惻的複雜情感。

元雜劇《西廂記》中張生稱崔鶯鶯是「稔色人兒，可意冤家」。清代《白雪遺音．馬頭調．人人勸我》說：「我愛冤家，冷石頭暖的熱了放不下，常言道：人生恩愛原無價。」《紅樓夢》中賈母亦戲呼寶玉、黛玉為「兩個冤家」。上述例子中的「冤家」也並非一般的戀人關係都可以這樣稱呼，只有兩情相悅，感情到相當深的程度，才適宜以「冤家」相稱。用我們現在的思維來衡量，這一稱呼恰是「正話反說」，是愛之至極的反語。

59

為什麼隨便閒聊叫「談天」？

「談天」，也作「聊天」，在日常生活中隨處可見。人們在一起時，如果沒有什麼明確目的，也沒有什麼嚴謹的討論主題，隨便輕鬆地交談，就被稱作「談（聊）天」。無論是「談」還是「聊」，一般都只需要動一動口，也就是用嘴說。天，雖然有一個自然的範圍，然而一旦開談，卻是海闊天空，無邊無際，沒有什麼不可拿來作為「談」、「聊」的材料。

根據研究，「談天」一詞出現得很早，最初見於西漢司馬遷的《史記．孟荀列傳》：「鄒衍之術，迂大而宏辯。……故齊人頌曰：『談天衍。』」戰國末期，齊國的哲學家、陰陽家鄒衍曾經遊歷了許多諸侯國，針對各國的現實狀況，他常常發表大膽的言論，並寫了不少文章。但他的文章主觀意識很強且往往不通常理，其研究方法是從小事物一直推演到漫無邊際。人們聽了都忍不住拍手叫絕，但真正要推行他的理論卻是感到非常困難。後來齊國的人都稱鄒衍為「談天衍」。《史記》集解引劉向《別錄》說：「鄒衍之所言……盡言天事，故曰『談天』。」後來隨著時代的發展，人們就把隨便的閒談稱作

「談（聊）天」了。

延伸知識　為什麼北京方言把「神聊」叫作「侃大山」？

「侃大山」也稱「砍大山」，最早是北京方言，一九七〇至八〇年代在北京青少年中成為流行語。在中國大陸出版的《現代漢語新詞語詞典》有這樣的解說：「侃大山指沒有中心話題，無意義、無目的、漫無邊際地閒聊，北京俗語又叫『砍大山』。」四川人叫作「擺龍門陣」，東北人叫「白話兒」，還有些地方索性叫作「神吹」或「聊大天兒」。

「侃大山」本為「砍大山」。一九八八年，有位學者調查北京青少年（十四至二十五歲）流行語，當問到不少調查對象：「為什麼叫『砍大山』？什麼意思？」他們不約而同地回答說：「就那麼東一榔頭、西一棒槌瞎砍！」砍，本義為用刀、斧等劈、斬，組成「砍大山」後才逐漸引出新義，有了「瞎砍」、「瞎扯」的意思。然而，「砍」字本身有很多意義，容易造成混淆，所以，後來就用讀音相同的「侃」來代替「砍」。

「侃」的用法在歷史上有一個轉變過程。在先秦時代，「侃」只有疊用的形式「侃侃」，是個形容詞，如《論語‧鄉黨》：「朝，與下大夫言，侃侃如也」，形容說話者的樣子從容不迫，理直氣壯。到了元代，「侃」字開始單獨作動詞「說話」使用。如《西廂記》三本二折：「你那隔牆酬和都胡侃，證果的是今番這一簡。」或如〈送車文卿歸隱〉：「伴幾個知交撒頑，尋一會漁樵調侃。」其中，「胡侃」和「調侃」中的「侃」，主要的意義是「說話」。由於「砍」和「侃」諧音，而「侃」又有「說話」、「閒扯」的意思，比如「調侃」、「侃侃而言」等，所以，「砍大山」就演變成「侃大山」了。

60

家裡有女就是「安」字，為什麼呢？

「安」的本義是「平安」、「安寧」，為什麼「宀」下一個「女」就包含此義呢？有的學者認為，在古人所處的時代，婦女是受歧視的，尤其是出門在外的女子，更容易成為男子的獵物。《詩經》中的〈七月〉即說採桑女：「女心傷悲，殆及公子同歸。」如果她們老實地呆在家中，把大門一關，二門一閉，危險不就阻擋在外了嗎？這就是「家居為安」，不在外面遊走惹禍的平安。

還有一個有趣的說法，認為「安」含有金屋藏嬌的意思。漢武帝做太子時曾動過用金屋藏匿陳阿嬌（後來的陳皇后）的念頭。而甲骨文「安」字恰似一個溫柔文靜的女子居於一幢豪華的住宅裡。看來古人的人生追求既簡單而又實在，有自己的房子，房子裡有一個好妻子，這樣的家就是一個舒適、安逸的家，才算「安」（安寧、平安）了。著名的新婚詩〈桃夭〉讚嘆女子「之子于歸，宜室宜家」，這位像盛開的桃花一樣美的新娘子的到來，使一個剛建立的家庭充滿和諧，男有室、女有家，這樣才算安家立業，才算平安幸福。家中必有女才是「安」，在這首詩中真是顯露得再清楚不過了。

延伸知識 為什麼「男主外，女主內」？

「女」字的甲骨文，是一個人跪跽的樣子。古人家居的姿勢，不像今人一般，可以隨便坐在椅子板凳上，而是像「女」字描摹的那樣，是雙膝著地，臀部壓在腳後跟上。古人為什麼將「女」字設計成這個模樣呢？這顯然不是偶然的，它是在強調婦女家居操持家務的特點，其造字的思維正與「男」字突出男子的特徵類似。

「男」的甲骨文，是「田」右下一種農具。徐中舒先生認為小篆的「力」像「耒」形，力為耒的異體字。在古人看來，農業耕種只是男子的事，「男」字的創造意在加深男子是種田高手的社會觀念。於是男子出外務農（男主外）就變成天經地義的事。

退出生產領域的女子只好專事家務（女主內），聽命於男人。金文的「女」字形體和甲骨文相同，只是在女人的頭上加了一條橫線，大概是象徵女人所戴的頭飾。聞一多認為「女」和「奴」本來是同一個字，不但音同，義也同，只是有時多加一隻手（指「奴」字中的「又」），牽著女而已。

看來，男女內外之別，是社會分工的結果。推究原因，大概也跟男子體力較強，適合田間繁重的勞動，女子相對柔弱，適合操持家務有關，不一定是性別歧視。然而作為制度長期推行以後，由於男子「天」賦生產方面的重要權力，必然因創造大量財富而導致社會地位的提高。

女子再有本事，也被剝奪了外出工作的機會，只好在家裡做家事雜務，依靠在外工作的男人養活。

「嫁漢嫁漢，穿衣吃飯」，女不如人，不得不依賴男子為生，成了和小人一樣的所謂「難養」對象，於是男尊女卑的觀念就產生了。惡性循環下去，就開始有男主外女主內的社會偏見，認為女人只適合在家做家事、照顧小孩。好在隨著時代的進步，男女自由婚配，誰主內、誰主外已不再一味遵循社會習慣。有不少家庭，夫妻根據實際能力來決定自己在家中的角色，於是女主外、男主內的現象也屢見不鮮了。

61

過去為什麼要用斑鳩來體現敬老之意？

斑鳩，是一種常見的鳥，善於飛翔，竄高俯低，動作矯捷，身體呈灰褐色、頸後有白色或黃褐色斑點，以田間穀物為主要食物，屬於害鳥。但古人對它的看法卻不同，把它當成了尚齒敬老的象徵物。

一種說法見於《後漢書．禮儀志》：「鳩者，不噎之鳥也，欲老人不噎。」古人認為斑鳩是一種吞食不噎之鳥，以鳩杖表示敬老，是希望老人進食不噎。

另一種說法見於後漢應劭《風俗通義》，說劉邦和項羽在滎陽作戰，戰敗逃入叢林中，項羽的追兵欲進去搜尋，忽聞林中有斑鳩鳴叫，楚軍認為叢林中無人，劉邦得以脫身。劉邦即帝位後，器重此鳥，故做鳩杖賜老人。

還有一種說法見於後漢蔡邕的《琴操》：「舜耕於歷山，思念父母。見小斑鳩與其母相哺食，有感而作歌。」這是有感於小斑鳩與母斑鳩的親情。

因為這些故事和傳說，斑鳩慢慢與孝親、敬老連結在一起，被披上了美麗的光環，也承載著濃重的傳統文化內涵。

古人認為，忠、孝是密不可分的，求忠臣必於孝子之門，這就是為什麼古代規定官員在父母亡故後辭官回鄉守孝三年的重要原因。那時候認為，一個人如果連自己父母都不孝敬，那麼他的人品、素質又怎麼能夠保證他忠於皇上、忠於國家呢？所以，將孝親敬老放在了重中之重的位置，作為道德修養、品格高尚的起點。

一延伸知識一康熙、乾隆與千叟宴

民間流傳著千叟宴的佳話，它是古代尊老、敬老的顛峰之作。那麼千叟宴是什麼呢？原來千叟宴是由康熙皇帝一手創辦的。一方面是為了顯示文治武功、天下太平，另一方面也是為了加強民族交流，強調民族融合。康熙皇帝設定參加千叟宴的門檻不高，凡是德高望重、年齡在六十五歲以上、不論官民都可以參加，按照年齡大小先後大宴三天，活動舉辦得熱鬧非凡。

康熙在位時千叟宴總共舉辦過四回，第一回是康熙五十二年（一七一三），據記載，三月二十五日參加御宴的官吏士庶達四千二百四十人。康熙六十年（一七二一）舉辦第二回千叟宴時，正好是康熙登基一甲子紀念。除神話傳說中的三皇五帝外，康熙皇帝統治天下開創了空前紀錄，因此康熙帝擴大舉辦此次千叟宴。次年，康熙又在陽春園宴請全國七十歲以上老人兩千四百一十七人。在這次宴席上，康熙即席賦詩〈千叟宴〉，「千叟宴」由此得名。

當時，乾隆皇帝年僅十三歲，看到宴會場面那樣隆重盛大，除了羨慕和嚮往外，也在他幼小的心靈裡留下了深刻的印記。所以當他有幸在位五十年時，他馬上想到了這件事，也學著他爺爺康熙辦起了千叟宴。他將門檻放得更低，宴請全國耆老，規定縣城六十歲以上長者都可以參加。乾隆五十年（一七八五）正月初六，他在乾清宮張燈結綵，擺下千叟宴。參加宴會的有六十二歲足智多謀的紀曉嵐等人，這次的千叟宴更是熱鬧無比，前無古人、後無來者了。

62

「老頭子」一詞最初是對老年人不敬的稱呼嗎？

在現實生活中，年紀大的男子常被稱為「老頭兒」或「老頭子」。在中國北方，「老頭子」一詞，多是上年紀的妻子對老伴的暱稱。但在某些特定的場合，「老頭子」卻似乎含有一些輕視的意思，讓被叫者認為是嫌自己太老、不中用了。

其實這一稱呼原本是不褒不貶的中性詞，而且有的時候還會含有尊重、崇敬的味道。這個詞最早出自《清朝野史大觀》的記載：乾隆三十六年，紀昀被任命為四庫全書館的總纂官，編修《四庫全書》。盛夏的某一天，紀昀因體胖，經不起炎熱酷暑，便盤起髮辮，脫掉上衣，袒胸露背地坐在几案旁校閱書稿。不巧的是，乾隆帝這時踱步走進館來。紀昀想穿衣服已經來不及了，便一骨碌鑽入案下，用幃幔裹住身體。過了一會兒，紀昀以為乾隆帝已經走了，便探出頭問館中人：「老頭子已經走了嗎？」話音剛落，他就發現「老頭子」還在他身旁坐著，兩眼正瞪著他在看呢！登時就把他嚇出了一身冷汗。乾隆聽見這句話後一臉冰霜地質問紀昀：「『老頭子』三字作何解釋啊？」大家都為他捏了一把冷汗，因為如果對皇帝不敬，是犯殺頭死罪的。誰知紀昀跪在地上，靈機一動，非常從容地回答道：「萬壽無疆之謂『老』，頂天立地之謂『頭』，父天母地之謂『子』，故簡稱為『老頭子』。」乾隆帝聽了他的解釋，雖然知道是巧言辯解，但這番話也著實很中聽，就轉怒為喜地說：「朕就原諒你這樣信口亂叫之罪了。」從此，紀曉嵐發明的「老頭子」三字便在社會上流傳開來。官場中，常有人效仿他，背後稱自己的上司為「老頭子」或「老頭兒」。

延伸知識 關於老人不同年齡的說法

五十歲，可稱「年逾半百」，因通常說「人生百歲」。孔子「五十而知天命」，故曰「知命之年」。又叫「艾老」，語出《禮記．曲禮上》：「五十曰艾。」因老年人頭髮蒼白如艾。還有知非、大衍之年等說法。

六十歲，叫「甲子之年」或「花甲之年」。中國干支紀年的傳統，以六十年為一輪，故有六十歲為「花甲之年」的說法。計有功《唐詩紀事》卷六十六：「（趙牧）大中咸通中效李長吉為短歌，對酒曰：『手挪六十花甲子，迴圈落落如弄珠。』」因孔子說「六十而耳順」，又稱「耳順之年」。另有耆年、平頭、還曆之年、杖鄉之年等稱呼。

六十六歲，雅稱「順暢之年」，取民間酒令中「六六大順」之意。

七十歲，稱「古稀之年」，語出杜甫〈曲江〉詩：「酒債尋常行處有，人生七十古來稀。」亦作「古希」。《論語》中孔子有「七十而從心所欲，不逾矩」語，故又叫「從心之年」。《禮記．曲禮上》說「七十曰老」，「大夫七十而致事」（還政於君），故又稱致事、致政之年。另有懸車之年、杖國之年等說法。《禮記．王制》云：「五十杖於家，六十杖於鄉，七十杖於國。」

七十七歲，稱為「喜壽之年」，因為草書「喜」字形似七十七。

八十歲，因為周制允許八十歲以上的老人撐著拐杖入朝，所以八十歲也稱杖朝之年。

八十至九十歲，稱「老耄之年」，語出《禮記．曲禮上》。耄耋是指年紀很大的人，曹操〈對酒歌〉：「耄耋皆得以壽終，恩澤廣及草木昆蟲。」

八十八歲，稱為「米壽之年」，因為「米」字看似八十八，故有此稱謂。

九十歲，稱「鮐背」，語出《詩經．魯頌．宮》「黃髮台背」，「台」與「鮐」通用。《爾雅．釋詁》：「鮐背，壽也。」鮐是一種魚，背上的斑紋如同老人褶皺的皮膚。人到老年會長出長眉毛，因此九十歲又稱眉壽。「百」字少一橫為「白」，故又以「白壽」指九十歲。

九十九歲，雅稱「益壽之年」，來源於民間九九歸一的俗語，只不過人們把「一」字諧音為「益」字，益壽延年也是此意。

一百歲，稱「期頤之年」，語出《禮記．曲禮上》「百年曰期頤」。謂老人百歲到期，應由後代贍養（頤）。蘇軾〈次韻子由三首〉：「到處不妨閒卜築，流年自可數期頤。」中國傳統醫學文獻，如《黃帝內經．素問．上古天真論》：「盡其天年，度百歲乃去。」《黃帝內經．靈樞經．天年》：「人之壽百歲而死。」故百歲又稱「天年」。

一百零八歲，稱為「茶壽」，取茶字上為「艹」（「廿」，二十之意），下為八十八，加起來共一百零八之意。

此外，民間還有將六十歲稱為「下壽」，八十歲稱為「中壽」，一百歲稱為「上壽」的習慣。

63

為什麼會有「麒麟送子」之說？

麒麟是古代傳說中的一種動物。麒為雄，麟為雌，身體像麋鹿，有角，尾巴像牛。《禮記・禮運》說：「麟、鳳、龜、龍謂之四靈。」「四靈」之一的麒麟常被用來比喻那些志向遠大的傑出人物。那麼，麒麟為什麼和「送子」有關呢？

唐杜甫〈徐卿二子歌〉：「君不見徐卿二子多絕奇，感應吉夢相追隨。孔子釋氏親抱送，並是天上麒麟兒。」原來，相傳孔子將生之夕，有麒麟吐玉書於其家，上寫「水精之子，繫衰周而素王」，暗喻他有帝王之德而未居其位。其後麒麟不見了，孔紇、顏徵在家傳來嬰兒的呱呱聲，孔子誕生了（王充《論衡・定賢》）。因之有麒麟現、聖人出的說法。

另外在民間還有一個與麒麟送子有關的傳說，有位老而無子的畫師，偏愛畫麒麟，屋裡到處掛著各種麒麟像。一天晚上，他突然看見一隻金光閃閃的麒麟，身上馱著一個小孩向他走來。畫師一樂，就從夢裡笑醒了。第二年，他的妻子生下了一個絕頂聰明的「老來子」，六歲就能賦詩作畫，人稱「麒麟童」。麒麟送子的習俗，就這樣在民間傳開了。

各地都有麒麟送子之俗。《中華全國風俗志．湖南》記載長沙新年的習俗說「婦人多年不生育者，每放龍燈到家時，加送封儀，以龍身圍繞婦人一次，又將龍身縮短，上騎一小孩，在堂前繞行一周，謂之麒麟送子。」江南地區過春節時，人們抬著麒麟，配上鑼鼓伴奏，挨家挨戶演唱，俗稱「麒麟唱」。當竹骨紙紮的麒麟（下巴上有許多鬍鬚）上門時，那些未生育或才過門的婦女，便被人們連推帶拉地送到麒麟面前拔鬍子。據說拔一根鬍子生一子，拔兩根就生一對雙胞胎。

麒麟送子圖遍及年畫、木刻、刺繡、陶瓷器、漆器等民間藝術。傳統的麒麟送子圖案或以小兒為中心，戴長命鎖，持蓮蓬抱如意，意謂「麒麟如意」；或作小兒騎麒麟，麟角掛一書；或畫仙女抱一男孩騎於麒麟背上，意謂「天仙送子」等圖樣，並多附「天上麒麟兒，地下狀元郎」語。民間又有小兒出生後，佩戴金銀玉石材質的「麒麟鎖」之習俗，以寄寓「麟子」之意，更祈小兒長命百歲。

因此和麒麟有關的詞語都有吉祥之意，稱美自己家族中子侄之秀出者說「吾家麒麟」，而「天上麒麟」則是稱許他人佳兒文才卓然，「麟趾」比喻子孫昌盛或有仁德才智之人，其他如「麟兒」、「麒麟雛」、「麟子鳳雛」、「麒麟祥瑞」等美詞佳語比比皆是。

延伸知識──偷瓜送子

偷瓜送子，亦名送瓜祝子、中秋送子、食瓜求子、摸秋等，是自古便流行的一種祈子習俗，方式則因地域不同而有所區別。在貴州，中秋節流行「偷瓜送子」習俗。要是誰家不生小孩，村裡好心的人便趁著明亮的月光，來到田裡，偷摘一個大瓜，刻畫出小孩的模樣，再把準備好的小孩衣服套上，用竹籃裝好後敲鑼打鼓抬到這戶人家，受瓜人在招待客人吃一頓月餅後，將瓜放在床上，與妻伴睡一夜。次日清晨，將瓜煮而食之。據說婦女吃後可以很快受孕。要是以後真得了子，受瓜人是得好好感謝這群人的。此外也有將農曆三月初三作為食瓜求子日的，所「偷」之瓜則南瓜、冬瓜、菜瓜等都有，一般還以少年兒童為「偷瓜」的「主力軍」，使整個民俗過程充滿了活潑的情趣。

為什麼送偷來的瓜就是送子呢？它包含著什麼文化意義呢？有人認為這屬於「討口彩」現象，即利用語言的諧音和事物的特性來寄託生子添嗣的願望。如安徽徽州的偷瓜祝子，由送瓜人直接將瓜置於受瓜婦人的臥床上，口中要念「種瓜得瓜，種豆得豆」，因瓜中多籽，寓意食瓜後便能多生孩子，而南瓜又與「男娃」諧音。

有人指出，偷瓜送子的本質就是一種交感巫術，即透過對多籽之瓜的觸摸產生某種神秘的感應，從而使自己也能像瓜一樣籽實繁多。求孕者之所以要抱著瓜睡一夜，送瓜者之所以要用

「偷摸」的形式，並篤信一旦被瓜主人發現則不靈驗，全是受這種觀念所影響。還有，這類活動之所以一般都由兒童出面，大人則在背後操縱，也可以用「童心誠，誠則靈」的巫覡理論來作解釋。循此，凡是富於繁殖能力的植物果實，都可以成為送子或乞子巫術中的交感物，故民間亦常有偷芋頭、蘿蔔、糯穀乃至蔬菜以送人祝子的。

也有人認為食瓜或摸瓜得子的習俗，乃是圖騰感生神話的產物。古人不了解人類從何而來，往往把本氏族的血緣關係追溯到某種動、植物上。如雲南劍川白族傳說，當地原本無人，後來東西山上各長出一株瓜秧，結出一個大瓜。兩瓜成熟後變作一男一女，結為夫妻，他們就是白族的祖先。類似的神話故事，漢族和其他少數民族中也有廣泛流傳，聞一多《神話與詩》書中曾概括出幾種模式：男女坐瓜花中，結實後，二人包在瓜中；瓜子變男，瓜瓤變女；切瓜成片，瓜片變人；播種瓜子，瓜子變人。可見偷瓜送子習俗的觀念中所累積的，正是這種原始思維的傳承。

64 送人財物為什麼稱「布施」？

「布施」不是施布於人，它是按梵文意譯而來的佛教語。《大乘義章》卷十二云：「以己財事分布與他，名之為『布』，惙己惠人目為『施』。」小乘認為布施是破除個人吝嗇與貪心，以免除「來世」的貧困。而大乘則把它與大慈大悲的教義連結，以達到「超度眾生」的目的。《六度集經》卷一云：「布施度無極者厥則云何？慈育人物，慈湣群邪，喜賢成度，護濟眾生，跨天竊地，潤弘河海。」其羅列的布施對象，超出人類的範圍，遍及鷹、虎、魚。這種以財物、體力和智愚等施予他人，為他人造福成智而求得積累功德以至解脫的一種修行方法，被後人稱為「布施」。

佛教認為，一個學佛的人想功德圓滿、超凡入聖，就要做六件事（六度）：布施、持戒、忍辱、精進、禪定和般若（智慧）。當學佛的人向佛祖燒香跪拜後，往「功德箱」裡放香火錢，這就意味著他開始做第一件事，即布施了。至於布施多少，這並不重要。一分錢不算少，一萬元也不為多，關鍵是心誠。如果心不誠，即使拿再多的錢，也是徒勞。

佛門中人將施捨者稱為「施主」或「檀那」。「檀那」係「施主」梵文音譯的簡譯。《翻譯名義集》云：「檀那，法界次第云，秦言布施。若內有信心，外有福田，有財物，三事和合，心生舍法，能破慳貪，是為『檀那』。」

延伸知識 寺廟裡常見人們燒香拜佛，為何要燒香拜佛呢？

按照傳統習俗，每年春節及農曆初一、十五等日，民眾有到寺院燒香禮佛、祈福求安的習慣。

燒香是古印度所流傳下來的儀式之一。婆羅門教除了燒香還有火供、馬祭等，而佛教則採用燒香的禮敬方式。燒香的目的是為了禮敬佛、法、僧三寶，以此示範接引眾生。通常使用燒香、油燈以及鮮花來表示虔誠恭敬供養三寶。常言「心香一瓣」，意指我心如煙，可與法界諸佛交融。香贊云：「戒定真香，焚起衝天上，弟子虔誠，熱在金爐上。」此時「香」作慧解，故常有燒香求智慧，獻花求富貴之說。

另外，燒香與印度的地理氣候也有關係。印度夏季受大西洋的暖濕氣流侵襲，瘟疫疾病較多，於是人們燒燃香料木材，祛除病氣，淨化空氣。佛在講法時，聽法的人很多，空氣污濁，在家弟子便以香供養。

寺院是佛教徒培福修慧的場所，古稱叢林，通常在寺院大雄寶殿上供奉的是釋迦牟尼佛，是古印度淨飯王的太子，後出家修行，在菩提樹下證道，成為大徹大悟的覺者，他是佛教的創始人，被佛弟子尊為「世尊」、「本師」等。禮佛的真實意義在於表達對佛陀的尊敬、感激與懷念，去染成淨，奉獻人生，覺悟人生。達摩祖師在《破相論》中對拜佛有精闢的闡述：「世尊欲令世俗，表謙下心，亦為禮拜，故需屈伏外身，示內恭敬。」如此而行，自然福慧具足，心想事成。如果「不行理法」，放縱貪癡，常常作惡，則「不免輪迴，豈成功德」。可見燒香禮佛寄寓著佛教徒虔誠信教、祈福求安的願望。

65

宇宙為什麼被佛教徒稱為「大千世界」？

佛教認為，宇宙從時間上看，無始無終；從空間上看，無邊無際。「無邊無際」包涵的意思是：大到無邊無際，小到無邊無際。再小的東西也還可以再分下去，所謂一花一世界，芥子可納須彌山是也。佛教還定義宇宙為三千大千世界，而地球只是宇宙中的一個點而已。

佛教又對宇宙即三千大千世界再區分：一方面是凡夫的世界，如我們的地球；另一方面是聖者的世界，如西方極樂淨土。由世俗世界和佛國世界構成的佛教世界的中心是須彌山，圍繞它排列著山河大地、日月星辰。

一千個以須彌山為中心的完整世界構成一小千世界，一千個小千世界構成一中千世界，一千個中千世界構成一大千世界。也就是說，一千個世界為小千世界，一百萬個世界為中千世界，十億個世界為大千世界。一個大千世界又稱為三千大千世界，包含了小千、中千、大千三種世界。三個大千世界為一佛土，是佛祖釋迦牟尼教化包括人在內的眾生世界，也稱「娑婆世界」。宇宙就是由無數個三千大千世界無限組成的無限空間。後世「大千世界」之說即來源於此。

延伸知識 佛教徒嚮往的「極樂世界」

「極樂世界」也稱淨土、樂邦，是佛教徒所信仰的沒有苦難的理想世界，是相對於世俗眾生所居的「穢土」而言。它源於婆羅門教和小乘佛教的一些思想，並在這些派別的基礎上建立了淨土宗。該宗認為人們只要透過念佛、修觀的方法，就能在一朝生命終止時往生極樂世界。極樂世界的教主是阿彌陀佛。阿彌陀佛淨土與彌勒淨土、藥師淨土為中國佛教徒所信仰的三大淨土。

佛教認為，時間、空間、佛土都是無窮無盡的，而在每一佛土中，都有一位佛在那裡教化眾生，而極樂世界則是這無窮無盡世界中的一個。按《阿彌陀經》中的說法，極樂世界距離人們居住的「娑婆世界」有「十萬億佛土」之遙。那裡國人智慧高明，相貌端嚴，但受諸樂，無有痛苦，皆能趨向佛之正道。若有善男信女虔敬阿彌陀佛，臨終時心不顛倒，即得往生西方極樂世界。

《藥師如來本願功德經》等所說的琉璃世界，也是佛教徒所嚮往的理想世界。那裡的地面由琉璃構成，連居住教化的東方藥師佛的身軀，也如同琉璃一樣內外光潔，所以稱琉璃世界。佛經上說此世界和西方極樂世界一樣，具有說不盡的莊嚴美妙，那裡沒有男女性別上的差異，沒有五欲的過患，琉璃為地，金繩界道，城垣、宮殿都是七寶所成。人們只要在生前持誦《藥師經》，稱念藥師佛名號，並廣修眾善，死後即可往生琉璃世界。

「誓將去汝，適彼樂土。樂土樂土，爰得我所。」從佛教對淨土的描述來看，「極樂世界」也是先民早就憧憬的「樂土」和幸福的彼岸世界。

66

千手觀音真有千手嗎？

關於「千手觀音」的來歷，在元代趙孟頫夫人管道升撰的《觀世音菩薩傳略》中記載了民間流傳的一個動人故事。傳說東周妙莊王有三位美麗的公主：長女妙金，次女妙銀，小女妙善。妙金、妙銀都在家中侍奉父母，唯妙善從小虔誠禮佛，出家當了尼姑。妙莊王苦苦勸她回宮，但她始終不肯。妙莊王一怒之下，命人拆了廟宇，趕走僧尼。哪知天神怪罪下來，使妙莊王全身長了五百個大膿瘡，久治不癒。後來有位醫生說此病需要親骨肉的手眼合藥才能治好。於是，妙莊王求助於妙金、妙銀，但二位公主皆不願獻出自己的手眼替父親治病。三公主在外知道後，毅然挖出自己的雙眼，砍下自己的雙手，為父親合藥。不久，妙莊王的病體康復了。此事使妙莊王深受感動，為了感謝自己的女兒，他讓工匠塑造「全手全眼觀音像」，但工匠聽錯了，塑了一個「千手千眼觀音像」，從此，妙善公主就成了眾所祈求的千手千眼觀世音菩薩。

在中國四川的石窟中，保存較好的千手觀音像數量不少。安嶽的臥佛溝、千佛寨，富順的羅漢洞，資中的重龍山，夾江的千佛岩以及大足寶頂、北山等處的石雕千手觀音像都是較為出色的作品。其中，鑿於南宋的寶頂石窟大佛灣第八號龕的千手觀音，覆蓋於南岩東端大悲閣內。最引人注目的是，在觀音的左右兩側和頭頂上方，呈放射狀似孔雀開屏般地浮雕著一隻隻似乎是難以數計的「金」手，且每個手掌心中有一隻眼睛，每隻手中持一種器物。其姿勢或伸或屈，或正或側，顯得圓潤多姿，金碧輝煌，給人以目炫眼昏之感。

那麼，這尊千手觀音到底有多少隻手呢？據說，很早就有人想解開這個謎。但數來數去，總因手的分布過於紛繁，一直未能數清。於是手的數目竟成了一個難題。至清代時，一位聰明的和尚利用貼金箔的機會，貼一隻手標明一個號碼，最後才解開了這個謎。原來寶頂山大佛灣的千手觀音共有一千零七隻手，一千零七隻眼。因一般千手觀音的造型是兩眼兩手下，左右各具二十隻手、眼，故稱它是中國佛教藝術中唯一名副其實的石刻千手千眼觀音像毫不為過。

—延伸知識—開光

開光，又稱開光明、開明、開眼，就是新佛像、佛畫完成後置於佛殿、佛室時，所舉行替佛開眼的儀式。《禪林象器》上說：「凡新造佛祖神天像者，諸宗師家，立地數語，作筆點勢，直點開他金剛正眼，此為開眼佛事，又名開光明。」在佛教中，經過開光的佛像具有宗教意義上的神聖性，受到佛教徒的頂禮膜拜。

除了佛像外，給一些吉祥物賦予「靈氣」的祈福儀式也叫開光，由得道高僧來主持最好。平時開光的東西置於家中，需得初一、十五淨手焚香，否則為不敬。但如果是很特殊的開普光，則有所不同，開光的物品可隨身攜帶。供開光的物品只能是象牙、金或玉製品。開光的過程是把所有的開光物品，以及寫上被祈福人的姓名和生辰八字的紙用紅紙或紅錦囊包好，放入一托盤中，置於佛前，請大師幫忙開光。大師念經數篇，即算是佛光普照。這種儀式在今天的寺廟、佛教勝地仍然存在著。

67 為什麼佛祖釋迦牟尼被稱為「如來」？

「釋迦牟尼」，梵語裡意為能仁寂默。「能仁」者，能以仁慈待一切眾生，「寂默」者，不著相。詳解其義：能仁者，是大悲；寂默者，是大智。一切功德莫不具足於「釋迦牟尼」四個字中，故稱萬德洪名，稱大乘極果聖人，稱佛陀（簡稱佛）。

在民間，「如來」、「如來佛」是比釋迦牟尼更為流行的一個稱號。「如來」是梵文Tathàgata的意譯，音譯為「多陀阿迦陀」、「達塔葛達」、「怛佗儀多」等。「如」在佛經中稱真如，就是絕對真理。如來，意思是「乘如實道來成正覺」，是說佛是掌握著絕對真理來到世上說法以普渡眾生的聖者。

「如來」本是釋迦牟尼的十個尊號之一，從廣義上來說，「如來」可以泛指一切佛，並不專指釋迦牟尼佛。釋迦牟尼佛親口說出來的西方阿彌陀佛、東方阿鞞佛、十方三世一切諸佛，也都可以稱為佛、如來。如阿彌陀佛可稱為「阿彌陀如來」，東方淨琉璃國的藥師佛也可稱「藥師琉璃光如來」。「如來」與「佛」既然是異名同義，稱釋迦牟尼為如來佛就錯了。但是這已經變成約定俗成的民間習慣，只好聽其自然地用「如來」或「如來佛」來專指佛祖釋迦牟尼了。

延伸知識 為什麼說「跳不出如來佛的手掌心」？

《西遊記》描寫齊天大聖孫悟空大鬧天宮的故事是眾人皆知的，為什麼眾天神都奈何不了的孫大聖最後跳不出如來佛的手掌心，被鎮壓下去了呢？

尋究起來，這部寫西天取經的小說既然重心在如來總策劃、觀音組團隊來完成他交待的使命，自會先給大家設一個天大的難題，讓眾人被猴頭攪得束手無策時出馬，從而顯示他有資格坐西天老大的第一把交椅，他的使命所要求取得的真經必定有無上價值，值得組一個團隊、歷十幾個寒暑、嘗九九八十一難、走完十幾萬路程而去爭取的。這是大聖必定落敗的原因，有人稱此為小說藝術上、寫法上的要求。

再者，是齊天大聖技不如人，佛法廣大無邊的結果。這部小說中，雖然大聖最善於變化，手腳伶俐、鬼靈精怪地占盡別人的便宜，但論手段，他也未必是最高明的。如二郎神和他的鬥法，他也未撈到半點好處。遇上佛法無邊的如來插手來管，大聖自非敵手，更是要甘拜下風了。

為何如來的手掌有這麼大的威力呢？據金剛乘佛法書講，佛法廣大，傳統上有八萬四千法門，其中有大手印的法教。大手印的梵文原意是「無上象徵」或「無上印」，藏譯為「洽佳遷波」。「佳」意為「印」，如在文件上所蓋之印，指能令萬法歸一、加印封之的東西。它指大手印證悟之無所不包性，即沒有任何一方面的經驗不包括在其中。若講得通俗些，可能會有意把它曲解為大手伸出，無所不包。即便大聖在手心「只管前進」，一口氣不知翻了多少觔斗，但依然在它的包容之中。而且佛教徒認為：宇宙無邊，佛法無邊，萬法不敵佛法。佛教中有「芥子納須彌」之說，即如來的手掌雖小，亦如宇宙。孫悟空再有能耐，再大的本領也大不過宇宙之無邊，何況他的變化是七十二變，一觔斗十萬八千里，都是有限的，如何能以有限對抗無限？

由此觀之，本領高強但畢竟有限的齊天大聖是落敗於廣大無邊的佛法（手掌）之前，難怪他五百年後要選擇一條皈依佛門，戴緊箍咒做苦行僧的道路了。大聖之為大聖，可謂知不足而後精進者也。

68

「三生有幸」、「緣定三生」等說法中的「三生」指什麼？

《聊齋志異》中有一篇〈三生〉，說劉孝廉自述前身一世時為縉紳，因作惡多端，被冥王罰作馬，受盡折磨，後復轉世為人，內容就是在講劉孝廉的三生故事。「三生」是佛教用語，即三世轉生之意。其說源於《景德傳燈錄》：「有一省郎，夢至碧岩下一老僧前，煙穗極微，云此是檀越結願，香煙存而檀越已三生矣。」白居易也曾用「三生」作過詩：「世說三生如不謬，共疑巢許是前身。」諸教派所立三生成佛、天台三生、華嚴三生等義，此「三生」都是就轉世而言的。

傳說人死後走黃泉路，到奈何橋就會看到三生石。它能照出人前世的模樣。前世的因，今生的果，宿命輪迴，緣起緣滅，都刻在三生石上。現實中也有一塊三生石，位於中國杭州西湖與飛來峰相連接的蓮花峰東麓，高約十公尺，峭拔玲瓏。石上除了刻有三個碗口大小的篆書「三生石」，還有「唐代圓澤和尚三生石跡」的碑文，記述「三生石」之由來。

故事是說有一名富家子弟李源，把家產捐出來建惠林寺，並住在寺裡修行，和住持圓澤禪師成了要好的朋友。有一次，他們相約共遊四川的青城山和峨眉山，李源想走水路從湖北沿江而上，圓澤卻主張由陸路取道長安斜谷入川。李源不同意，圓澤只好依他，感嘆說：「一個人的命運真是由不得自己呀！」於是一起走水路。到了南浦，船靠在岸邊，看到一位穿花緞衣褲的婦人正到河邊取水，圓澤就流著淚對李源說：「我不願意走水路就是怕見到她呀！」李源吃驚地問他原因，圓澤說：「她姓王，我注定要做她的兒子。現在既然遇到了，就不能再逃避。」他請求李源用符咒幫他速去投生，並約定十三年後的中秋夜，到杭州的天竺寺外見面。十三年後，李源從洛陽到杭州赴會，到寺外時忽然聽到葛洪川畔傳來牧童的歌聲：「三生石上舊精魂，賞月吟風不要論。慚愧情人遠相訪，此身雖異性長存。」李源一聽，知道是舊人，忍不住問道：「澤公，你還好嗎？」牧童說：「李公真守信約，可惜我的俗緣未了，不能和你再親近。我們只有努力修行不墮落，將來還會有見面的日子。」隨即又唱了一首歌。唱罷就掉頭而去，不知所往。

圓澤禪師和李源的故事流傳很廣，今天杭州西湖天竺寺外留下的一塊大石頭，據說就是當年他們隔世相會的地方，稱為「三生石」。世上戀愛的男女樂於將彼此的相遇歸於前生緣分，因此有「緣（情）定三生」之說，就像一首歌曲〈三生三世〉（〈三世情緣〉）：「我用三世的情換你一生的緣，只為今生能夠與你重新面對面。我用三世的情換你一生的緣，只是不想再許願讓我們來生再相見。」這裡的今生、來生加上沒直接提到的前生（含於「三世」）也是三生的一種說法。

佛教的理論將世界劃分為世俗世界和佛國世界兩大部分。世界的中心是須彌山，時間上按成、住、壞、空「四劫」循環往復，無始無終。

佛教所劃定的世俗世界由欲界、色界、無色界三界構成。欲界居住著深受欲望支配和煎熬的六類生命，即天、人、阿修羅、畜生、鬼、地獄等「六道」。地獄即陰間，是鬼的居住處。畜生住在地面和水中，阿修羅住在須彌山低處和輪圍山一帶，人的居住處位於南贍部洲的地面上。高於人類的上界的生類就是「天」，天分為六等，順次上排為：四天王天、忉利天、夜摩天、兜率天、樂變化天、他化自在天，又稱「六俗天」。

欲界之上就是色界。在這裡居住的生類仍具形體，但已沒有粗俗的欲望。有所居的宮殿和國土，也就是還有佛教所說的「色」。色界分為四禪十七天。初禪三天：梵從天、梵輔天、大梵天。二禪三天：少光天、無量光天、極光淨天。三禪三天：少淨天、十無量淨天、遍淨天。四禪八天：無雲天、福生天、廣果天、無煩天、無熱天、善觀天、善見天、色究竟天。

三界中最高的一界是無色界，居住在這裡的生類已沒有「色」（形體）了，也沒有具體的處所。物質性的東西不存在了，故名無色界。無色界共有四種：空無邊處（天），識無邊處（天），無所有處（天），非想非非想處（天）。

世俗世界的「三界」又被佛教區分為有情世間和器世間兩種，又稱為「眾生世間」和「國土世間」。相對於有情眾生依止的世俗世界這一「穢土」、「穢國」，還有一個更高的佛國世界，又稱為「淨土」、「淨國」。在這裡居住的眾生沒有任何痛苦，無限歡樂地生活著，到處鶯歌燕舞，更有潺潺流水，蓮花香潔，仙樂悠揚。因此，人們想跳出三界外，不外乎是渴望擺脫塵世苦惱，能到達佛教的「理想國」裡。

69
為什麼慣用語被稱為口頭禪？

「口頭禪」一詞源於佛教，原本指禪宗和尚只知道空談禪理而不會結合實際，切實把這些道理應用到現實生活中去。宋王楙〈臨終詩〉說：「平生不學口頭禪，腳踏實地性虛天。」《老殘遊記》第十四回說：「不才往常見人談佛經，什麼『色即是空，空即是色』，這種無理之口頭禪，常覺得頭昏腦悶。」

相傳有個和尚，自認為已經悟道，於是到處參訪名師。一天，他見了相國寺的獨園和尚，為了表示自己參悟的境界，他得意洋洋地對獨園說：「心、佛，以及眾生，三者皆空。現象的真性是空。無悟、無迷、無聖、無凡、無施、無受。」當時獨園和尚正在抽煙，沒說話，卻突然舉起手中的煙管打了他一下，結果這位年輕的禪者甚為憤怒。此時，獨園和尚才問道：「一切皆空，哪兒來這麼大脾氣？」這個小故事說的是，禪要用心去學，用心來悟。如果只是從口中滔滔不絕說出來的禪學，那就不是真正的禪，而是「口頭禪」。

演變到今天，原指和尚常說的禪語或佛號的「口頭禪」已經變成了對個人習慣用語的稱呼，指經常掛在口頭上而無實際意義的詞句。

按照心理學的觀點，口頭禪其實也不完全是不「用心」的，它背後隱含著使用者的一些心理活動和心理作用。例如常說「差不多」、「隨便」的人大多安於現狀、缺乏主見、目標不明確。常說「看我的」、「沒問題」的人通常充滿自信，樂於承擔責任。魯迅認為「有聞必錄」或「並無能力」的話，都不是向上的負責的記者所該採用的口頭禪。掛在嘴邊的口頭禪所屬的語言風格，會讓人很自然地把說話者與這種氣質連在一起，例如「謝謝」、「對不起」等詞讓人感到說者素質高，總把「無聊」、「沒勁」掛在嘴邊的人會讓別人感覺到他的頹廢、疲憊和無所追求。有人會因為口頭禪而讓自己失去很多機會和朋友，因此優化自己的口頭禪是件很重要的事。

延伸知識——野狐禪

在禪宗中，學道而流入邪僻、未悟而妄稱開悟，禪家一概斥之為「野狐禪」。說起來，這還有一則經典的公案呢。

盛唐的時候，禪宗大行其道。百丈禪師在江西的百丈山開堂說法，座下學僧聽眾不下千人。其中有一位白髮老翁，天天都來，而且都是最後離開，引起了百丈禪師的注意。有一天，百丈說法完畢，大家都散去，唯獨這個老翁站著不走，百丈禪師就特別過來問他是不是有問題要問？老翁聽了就說：「我在五百年前，也是一個講佛法的法師。有人問我，『大修行人，還落因果否？』我就答他說：『不落因果。』因此果報，墮落變成野狐身，不得解脫。請問大師，我究竟錯在那裡？」百丈禪師聽完了，便說：「你再重覆一次問我吧！」那老翁就照舊向百丈禪師請教道：「大修行人，還落因果否？」百丈就很嚴肅地大聲回答說：「不昧因果。」這個老翁聽了這話，就很高興地跪下來拜謝說：「我得解脫了。明天請老和尚發慈悲，到後山把我的身體當作五百年前的出家人一樣燒化吧。希望您不要把我看成異類。」第二天，百丈帶領僧眾到後山，在一個山洞裡找到一隻已死的野狐，就以亡僧之禮焚化它的屍首。這就是「野狐禪」的來歷。

原來，佛教的修因證果，正是因果律的體現。老翁以為修行人可以「不落因果」，恰恰陷入了邪見，屬於「大妄語」，結果受了「野狐身」之報。又有個瑞岩和尚，整日自個兒喚「主人公」，復自應諾。宋代無門慧開禪師批評他誤把「識神」認為「真心」，是「野狐見解」。其後這個詞被廣為運用，在禪門之外，經常指稱各種邪門歪道或那種沒有師承自學一通的人。如《儒林外史》第十一回：「若是八股文章欠講究，任你做出什麼來，都是野狐禪，邪魔外道。」

70

人們為什麼把以親身經歷為例說理稱為「現身說法」？

「現身說法」為佛教用語，指佛力廣大，能現出種種形相，向人說法。現指以親身經歷和體驗為例來說明某種道理。為什麼要現身說法呢？《楞嚴經》卷六說：「我與彼前，皆現其身，而為說法，令其成就。」宋代釋道原《景德傳燈錄》卷一說：「亦於十方界中現身說法。」實際上要如何現身說法呢？「若諸眾生欲身自在，飛行虛空，我於彼前現大自在天身，而為說法，令其成就。若諸眾生愛統鬼神，救護國土，我於彼前現天大將軍身，而為說法，令其成就。」「若有男子好學出家，持諸戒律，我於彼前現比丘身，而為說法，令其成就。若有女人好學出家，持住禁戒，我於彼前現比丘尼身，而為說法，令其成就。」「若諸非人，有形無形，有想無想，樂度其倫，我於彼前皆現其身，而為說法，令其成就。是名妙淨三十兒應人國土身，皆以三昧聞薰聞修無作妙力自在成就。」（《楞嚴經》卷六）

可見佛能因人而異，變幻種種不同形相。清代袁枚《隨園詩話補遺》說：「（徐靈胎）度曲贈我云：『端的是菩薩重來，現身說法，度盡凡夫。』」由此可知，菩薩、佛祖現身說法的目的是「度盡凡夫」、

「令其成就」。這種因眾生的不同因緣，而化現各種適當的身分來教導眾生，講說佛法，後世引申為用親身經歷舉例來講解或勸導。

延伸知識 生公說法，頑石點頭

生公，晉末高僧竺道生，原姓魏，因其師父法汰來自天竺（古印度），故改為竺姓。法，佛法。這句話在形容講問題生動透徹，聽者容易接受。典故出於晉無名氏的《蓮社高賢傳．道生法師》。

西元四一八年，在建康城北郊的譯經場聚集了來自大江南北的上百名高僧和著名學者。眾人濟濟一堂，是因為十八年前一部由長安名僧法顯從印度帶回的《涅槃經》終於被翻譯出來了，大家聚會，無非是要讚頌這件佛教史上的大事和這部經典。誰也沒有料到，青園寺的義學僧人竺道生突然一人獨自提出異議。不久前他曾因提出「頓悟成佛」的觀點遭到建康許多人的反對，現在他又對眾多權威都表示贊同的宏篇巨秩提出不同意見：「我認為，這部經中有一處重要的錯誤。經中說到除一闡提人以外的眾生都有佛性，這不是與佛祖當初提出的一切眾生皆有佛性的觀點相牴觸嗎？」有人馬上加以反駁。主持人也說：「如果這是錯的，那不是說這部經書就是一部偽經書，是法顯與各位在座者欺世盜名嗎？」與會者都異口同聲斥責道生。道生失望之下，就離開建康，投奔在蘇州的好友法綱。

生公年輕時就證入心寂三昧，領悟了平等佛性、平等法性之理。當時《涅槃經》只翻譯了六卷，開頭講一闡提人不能成佛（一闡提指沒有善根，罪大惡極之人）。而年輕的道生法師以自己的修證，由眾生皆具平等佛性之理，提出不同的論點，認為一闡提人也能成佛。這一論點跟當時佛教界的主流觀點不同，被認為是大逆不道的邪知謬見，遭到眾人一致的摒棄。

生公到蘇州後，住在虎丘山上，孤寂地度過了晚年。因為以前沒有人願意聽他的理論，所以道生便在虎丘山下搬了許多石頭，一行行、一排排地擺好。把這些石頭當成學經的人，每天都對著它們說法講經。生公總是講得非常生動，講到精彩處，他還情不自禁地發問：「吾之所講，合佛意否？」據說有時石頭們竟然也能個個點頭，似乎在回答：「對，講得好！」現在虎丘山的「生公石」（即「千人石」），相傳就是「生公說法」的遺跡。這一幕被他的好友法綱看到，一經宣傳，「旬日學眾雲集」。於是「生公說法，頑石點頭」這個典故便流傳開來。

後來傳來完整《大涅槃經》譯出後，裡面確有一闡提可以成佛的經義，與生公當初的見解相符，大家才由衷地敬服他，並敷設高坐，請他升座為眾說法。「後於廬山講涅槃甫畢，眾忽見麈尾墮地，端坐而逝」。

71

貨幣單位的「元」是怎麼來的？

「元」既是中國一個王朝的名稱，又含有「錢、幣」的意思。中國貨幣有四、五千年的悠久歷史。由於貨幣的質地和形狀不同，計量的單位和名稱也不同。用「元」作為貨幣的單位，是從明代萬曆年間開始的。當時歐美最流行的「銀圓」開始傳入中國。因廣泛流通的是墨西哥銀圓，錢幣上有鷹的圖案，所以又稱鷹洋。由於它的質地為銀，形狀為圓形，因此叫「銀圓」。一枚就稱為一圓。後人為了書寫方便，就借用同音字「元」來代替「圓」。此後，儘管又使用過多種貨幣，但貨幣單位「元」卻一直沿用下來。

延伸知識　錢為什麼有「阿堵物」的別名？

「阿堵」，是六朝和唐時的常用語，相當於現代詞語的「這個」。據《晉書．王衍傳》記載，王衍自視清高，憎惡錢，而且從來不說一個「錢」字。他的妻子郭氏，曾多次設法逼他說出「錢」字，都沒能如願。有天晚上，郭氏突發奇想，趁王衍熟睡時，叫婢女悄悄將一串串銅錢，圍著他的床放了一大堆，故意讓王衍醒時無法下床行走，企圖以此逼他就範，說出一個「錢」字來。不料第二天早晨，王衍醒來，發現床頭景象，卻毫不慌張，從容地把婢女叫來，指著錢說：「舉卻阿堵物。」意思是說：把這個東西拿走吧。「阿堵物」從此成為「錢」的別名，並且帶有輕蔑的意味。

72 為什麼古代商品交換的場所被稱為「市井」？

我們平常所說的商業區，古代稱為市廛或市井。為什麼將「市」與「井」連在一起，指用於物品交換的場所呢？有人說「市」的起源與水井密不可分。在氏族公社時代，「若朝聚井汲水，便將貨物於井邊貨賣，故云市井也。」這表示，在正式的集市出現以前，汲水的水井旁是古代人們交易的主要場所。

也有認為「井」指井田。《公羊傳．宣公十五年》注：「因井田以為市，故俗語曰市井。」《管子．小匡》曰：「處商必就市井。」尹知章作注並解釋說：「立市必四方，若造井之制，故曰市井。」

商品交易場所的市井初為鄉村市場，相傳神農作市，可能就是這種鄉村集市。到了夏代，一些規模較大的集市成為貴族們聚居的地方，正式發展成為古代城市。按照「面朝後市」的要求，市井的城市空間，被官府定位於宮殿或官衙的背後，與居民所住的里或坊嚴格分開。市的周圍被高高的市牆圈起，四面設門，按時開闔。被四面高牆圍起來的市場形似水井，尤其是井口上面有井欄、井圈的水井。這種坊市分割的市「井」制度在中國歷史上存在達千年之久，終於在兩宋時期被打破，出現了商業薈萃的繁華街道、馬路。這在〈清明上河圖〉裡可以清楚看到。儘管此後圍得像井的集市不復出現，但因為歷史上「市」與「井」（不管是水井還是井田）密切相關，「市井」一詞也就世代沿襲下來了。

「東南之俗，稱鄉之大者曰鎮，其次曰市，小者曰村、曰行」（《嘉定縣續志》卷一）。市的規模小於鎮。「大曰都邑，小曰市鎮」（《嘉善縣誌》）。市鎮又小於都邑。隨著商業逐漸發展，到了明清時期，城市更加繁榮，市井就遍及大江南北各地了。

延伸知識──「羅漢錢」是羅漢（僧人）使用的特殊錢幣嗎？

有關羅漢錢的來歷說法不一。有人說它是專門為慶祝康熙皇帝壽辰鑄造的。康熙皇帝勤於國政，治國有方。康熙五十二年（一七一三）三月，正值他六十壽辰，朝廷除隆重舉行壽儀外，特命寶泉局精鑄一批小銅錢，稱為「萬壽錢」（俗稱「羅漢錢」），以示紀念。羅漢錢正面文為楷書「康熙通寶」，直讀；背文為滿文「寶泉」二字，分列穿左、穿右。與一般「康熙通寶」不同之處在於：「熙」字少「口」左邊的一豎；而「通」字的「之」字僅為一點（俗稱一點「通」）。此類錢幣製作精美，銅質精良，色澤光亮，因此被民間當作福祿壽的象徵而受到珍愛，有的人將它熔化，打造成首飾或作為嫁娶的吉祥錢。以前青年男女還用此錢作為定情物互相贈送，今天它的市場價格也較高。

另一說在十八世紀初，康熙皇帝派年羹堯率軍去西藏平亂。不料部隊到了邊關，軍餉難以接濟。為解燃眉之急，軍隊便向當地寺廟求援。深明大義的喇嘛以國事為重，慷慨獻出寺中所有銅佛及十八尊金羅漢，讓軍隊熔化鑄錢。清代流通的銅幣是圓形方孔，上面鑄有皇帝年號。這次鑄的錢是金銅合成，其價值超過面值。為示區別，有意把錢面上「康熙通寶」四個字中的「熙」字減了一筆，以便將來收回。誰知後來年羹堯被革職入獄，無法兑現諾言，於是這批銅錢就留在了民間。因為是羅漢金身所鑄，而且銅錢中間凸出，四周扁平，很像佛門中羅漢的肚子，民間據此稱為「羅漢錢」。有幸獲得者視如珍寶，很少用於交易。由於羅漢錢備受青睞，後世屢有仿製翻鑄。不過，翻鑄的羅漢錢錢徑較小，大多在二．五公分左右，且銅材較差，輕重不一，製作比較粗糙，細看不難識別。

73

清代的行業組織為什麼叫「會館」、「公所」？

清代的手工業、商業等行會組織有各種名稱，如「會館」、「公所」、「公會」、「公墅」、「書院」、「堂」、「宮」、「殿」、「廟」、「行」、「幫」等。其中最為普通的名稱是「會館」和「公所」。為什麼叫「會館」、「公所」呢？原來，二者都是從別處借用來的。

最初的會館，又稱試館，它的興起和科舉制度有密切的關係。每逢京師舉行會試「春闈」，數以千計的舉子湧入京師。於是出現了專為考試舉子開辦的「狀元店」，但這類「狀元店」租金昂貴，貧寒子弟難以負擔。於是，會館便應運而生了。根據記載成立最早的是京師蕪湖會館，在前門外長巷三條胡同，係明代永樂年間所建。會館的設立，原是在京師的同鄉官吏免費招待本省、本府縣到京參加會試的舉人們居住，使他們節省開支，便於準備考試。所謂「會館」，意思大概是「會試舉子的客館」。當時同鄉人也利用這個場所聚會，但「會館」的意思，卻不完全是「聚會之館」的意思。沈德符《野獲編》云：「京師五方所聚，其鄉各有會館，為初至居停，相沿甚便。」其後，各大城市的外鄉人紛起仿效，建立會館，商人會館也是其中之一。這類屬於行業聯誼場所的會館，在明代還較少，只有五個記載著創建日期。而到清代就遍及各地，多達七十二個了。最盛之處當推「北之幽燕，南之吳越」。上海縣的泉漳會館是福建龍溪、同安、海澄三邑到上海貿易的商人所建。

另外還出現了「公所」。最早的公所是雍正元年設立的八旗公所，係八旗都統衙門。清嘉慶、道光以後，商業組織以公所命名者更多了起來，僅江蘇、上海、北京三地就有一百多個。

公所和會館的名稱，在文獻中有時被混用。有的地方的公所由會館發展而來，有的和會館並列，它們在聯鄉誼、辦義舉、祀神、協調活動等功能上有許多相似之處，所以容易混淆。但也存在一些差別，會館基本上以地區命名，公所多以行業相稱；會館主要是商人組織，而公所不少是手工業者組織的，清末半數的公所是手工業公所。

作為行業組織的「會館」和「公所」，主要包括以下幾類：一、地緣性的同業組織。它是同鄉同業工商業者的行業組織，早期主要為同鄉同業商幫所建，即所謂的「貨行會館」。二、業緣性的同業組織。它是以同業為基礎建立的行業組織。三、地緣性的多行業組織。它是由地域商幫建立的各行同鄉工商業者都參加的組織。早期只是同鄉會的形式，後期則向商會的性質發展。清末第一個商會「上海商業公所」於一九〇二年成立後，在各地出現興辦商會的熱潮，並逐步取代公所、會館，成為新式商人組織。

延伸知識—清代的商幫

在傳統社會裡，統治者向來推行重本抑末的政策，在社會階層的排序中，「士、農、工、商」中「商」也是屈居末位。對於商人而言，國家沒有明文的法律保護，而且長途販運，困難重重，危險環生，於是商人往往以天然的鄉里、宗族關係連結起來，互相支援，和衷共濟，形成商幫，利用集體的力量來保護自己，又稱「客幫」。

清代的商幫很多，其中比較著名的是十大商幫，包括：山西商幫（晉商）、徽州（安徽黃山地區）商幫（徽商）、陝西商幫、福建商幫（閩商）、廣東商幫（粵商、潮商）、江右（江西）商幫（贛商）、洞庭（蘇州西南太湖中洞庭東山和西山）商幫（蘇商）、寧波商幫（浙商）、龍遊（浙江中部）商幫（衢商）、山東商幫（魯商）等。其中，晉商、徽商、潮商勢力最大，是影響最深遠的三大商幫。

74

為什麼說當鋪起源於寺院的僧庫？

當鋪，是專門收取抵押品以獲利潤的行業，舊稱質庫、解庫、典鋪，亦稱質押，以小本錢臨時經營的稱小押。

當鋪起源很早，在南朝時已有寺院經營為衣物等動產作抵押的放款業務。陸遊《老學庵筆記》卷六載：「今僧庫輒作庫質錢取利，謂之長生庫，至為鄙惡。予按梁甄彬以束苧就長沙寺庫質錢，後贖苧還，於苧束中得金五兩，送還之。則此事亦已久矣。」南朝梁士人甄彬到江陵用一束苧向長沙寺庫質錢之事見於《南史·甄法崇傳》。此外，《南齊書·褚澄傳》記載了南康郡公、尚書令褚淵曾把齊太祖蕭道成賜給他的白貂坐褥、衣物和所乘黃牛等，到招提法寺作為抵押以貸錢用。「（褚）淵薨，（褚）澄以錢萬一千，就招提寺贖太祖所賜淵白貂坐褥，壞作裘及纓，又贖淵介幘犀導及淵常所乘黃牛。」

典當的起源何以和寺院有關呢？南朝歷代帝王大多崇信佛教，給寺院的賞賜很多，寺院僧官和地主成為社會最富有的階層之一，擁有大量資產和眾多的勞動人手。寺院擁有的財富除供給他們揮霍以外，還有很多盈餘。而當時一般平民百姓衣食不足者多，於是寺院就用多餘財產向窮人放債生息。加上寺院建築規模宏大，往往成為南北商人貿易場所。商人一時資金周轉不靈，也將貨物抵押給寺院，向寺院借高利貸。久而久之，寺院「僧庫輒作質庫取利」，典當由此產生。

到唐代，由於生產的發展，商業極為繁榮，商人的財力大增，受質放債的行業遂主要由商人經營。唐玄宗時有些貴族官僚開設邸店、質庫等店鋪，從事商業和高利貸剝削，所以到了會昌五年，皇帝在一個文告中批評「衣冠」、「華胄」們私置質庫，與賈人爭利。

延伸知識 清代發行的公債

清朝公債的產生與中國近代社會的發展有著不可分割的關係。公債的發生，始於外債。清政府舉借外債，主要是為了用於戰爭賠款、籌措軍餉和開辦洋務運動。而且，外債一直是清政府最主要的公債，內債只處於次要的地位。公債的舉借，加劇了中國社會成為半殖民地的進程。

太平天國起事前，國家收入一向依靠地丁與錢糧。起事後，連年的戰爭嚴重地挫傷了清廷的元氣，使清廷丁糧銳減，而軍用浩繁，入不敷出。為了圍剿太平軍，曾國藩便與幕僚建議創設「厘金」，後又開捐官之例，以增收入。

清政府第一次舉借外債是在同治四年（一八六五）。為了向俄國賠付《伊犁條約》規定的款項，清政府向英國舉借了一四三．一六四四萬英鎊。簽字後四個月開始償還，每次還二三．八六一萬英鎊，分六次二十年償清。

第一次舉內債是光緒二十年（一八九四）發行的「息借商款」。年息七厘，兩年半還本付息。發行額共一〇一〇萬兩。但這種內債實際上不具備現代公債的形式，而是變相的捐勸和勒索。次年四、五月間停借。

中日甲午戰爭開始後，清廷已氣息奄奄，理財之術亦窮，經濟來源更加困難。面對大廈將傾之危，光緒庚辰科狀元、翰林院侍讀學士黃思永，參照外國籌募公債的先例，奏請清廷發行公債，向商民募債應急。慈禧見奏摺後大加讚賞，於是下令發行公債。為維護皇室臉面，清廷不願稱債，將之定名為「昭信票」，以示昭大信於民之意。昭信票印發後交各省派銷，由此籌得一千數百萬元。後來有幾位大臣迎合慈禧心理，奏稱：「人民愛戴朝廷，願以昭信票銀，悉數報效國家。」慈禧大喜，一千數百萬債券就此一筆賴掉。中國歷史上第一次公債券「昭信票」，終於以失信於民而收場。

75 為什麼俗稱經商貿易的學問為「生意經」？

關於「生意經」的來歷，傳說出自春秋末年越國的大夫范蠡。他幫助越王勾踐滅了吳國以後，自己棄官經商，並寫了一篇〈計然〉，專門探討國家富強的道理並總結自己做買賣的經驗。其中提到經商的原則主要有三項：一是收購貨物後要貯藏好，不使腐敗，這叫「務物完」。二是把握好出售貨物的時機，做到「貴出如糞土，賤取如珠玉」。三是資金周轉流動要快，即「無息幣」。《史記．越王勾踐世家》描寫范蠡經商時由於遵循這些原則，所以「致貲累巨萬，天下稱陶朱公」，被後世商人奉為祖師。

而「生意」一詞，本指生物具有生命力，即具有生機之意。最早見於晉代傅咸〈羽扇賦〉序裡的一個故事。三國時孫權建立東吳，江浙一帶儒雅人士、文人騷客頗多，多有搖扇之習，曾有人剪鳥翼做扇子，扇起來風力也不錯，但因製作簡陋缺乏生機活力，也就是缺乏「生意」，所以光顧的人不多。直到晉滅吳國後，才被大家廣泛使用，「翕然貴之」。這裡的「生意」是說物品能夠引發人的興趣，才會被購買，於是後世便把陶朱公等人經商、做買賣的事稱為「做生意」，把〈計然〉（也有人說計然是范蠡的老師）等總結的這些做生意的竅門、經驗叫作「生意經」。

延伸知識 明清時期晉商為什麼能在中國商界執牛耳？

晉商俗稱「山西幫」，亦稱「西商」、「山賈」。崛起於明朝，清朝乾隆、嘉慶、道光年間達到顛峰。「南則江漢之流域，以至桂粵，北則滿州、內外蒙古，以至俄之莫斯科，東則京津、濟南、徐州，西則寧夏、青海、烏里雅蘇台等處，幾無不有晉商足跡。」而晉商的事業版圖中以金融事業最為強大，清朝咸豐、同治年間晉商幾乎占盡各省匯兑業務，成為執全國金融牛耳的強大商業金融資本集團。所謂「北號南莊」指的就是由晉商控制的南北兩大票號、錢莊集團。

晉商發展鼎盛的原因主要有三：地理上，山西土地貧瘠，人民生計困難，往往外出經商，這在史籍中早有記載。儘管山西耕地較少，但自然資源極為豐富，為人們從事商業活動奠定了基礎。同時，山西地處邊塞，位扼通衢，歷經元、明、清，逐漸發展為南北物資運輸的大通道。因此，山西人從事物資貿易具有得天獨厚的條件。

思想上，山西人崇信關公。古代中國，幾乎每個城市都有孔廟、關廟，很多關廟由山西商人所建。晉商與關雲長乃鄉親關係，他們崇信關公，尊之為財神，是因為他講求「信」、「義」二字。晉商史料中就有很多不惜折本虧賠，也要保證企業信譽的記載，以致各地百姓購買晉商商品，只認商標，不還價格。受關公的影響，山西人在經商中有同舟共濟的協調思想，重視與社會各方的和諧，尤其在同業往來中既保持平等競爭，又保持相互支援和關照。在晉商的團體合作之下，他們的勢力也變得更加強大。

在政治、軍事上，明清晉商借助了統治階級的力量。明初晉商藉明朝統治者為北方邊鎮籌集軍餉而崛起，入清後又充當皇商而獲得商業特權，清季又因為清政府代墊和匯兌軍協餉等而執金融界牛耳。一言以蔽之，明清山西商人始終依靠政府，為政府服務而興盛。然而，這種與官方之間的結托關係，既是晉商發展的動力，又變成晉商於清末民初衰敗的內在原因。當清朝走向衰亡時，山西商人也必然禍及自身。如志成信票號，庚子事變後，曾將資本運往南省放貸，但辛亥革命中運往南省資金大多散失。而清廷提銀刻不容緩，結果帳面上有應收銀四百萬兩，有應付銀二百萬兩，但實際上已無法周轉，被迫倒閉。

76 古代的商店招牌叫什麼？

古時店鋪用來招引顧客的布招稱為「幌子」，又名「望子」。通常用布綴於竿頭，懸在店門口，作為商業的標誌和廣告。

幌子的出現與行商坐賈的分化有直接關係。春秋戰國時期，商人階層開始分化為行商和坐賈。行商走村串寨進行交易，所使用的多為口頭廣告和現場演示廣告。坐賈則固定在一定的場所進行經營。為了招徠顧客，商人就把實物懸掛在貨攤或店鋪上以吸引買主，這樣，從實物陳列演變和發展成了招牌、幌子等廣告形式。《韓非子‧難一》記載的那個家喻戶曉的故事中「楚人有鬻盾與矛者」，他用作樣品的矛和盾實際上是幌子的原始形態，而實物招幌的記載在古籍中也能見到。

幌子多出現在酒樓、飯店、當鋪、藥店等一般民眾的活動中心或人們頻繁光顧的地方。因此幌子涉及的內容，多與普通民眾的衣、食、住、行等日常生活密切相關。唐杜牧曾經寫過一首題為〈江南春〉的七言絕句：「千里鶯啼綠映紅，水村山郭酒旗風。南朝四百八十寺，多少樓台煙雨中。」詩中的「酒旗」是酒店門前高掛的布製招牌，俗稱酒望子，是酒家的標誌。《水滸傳》第二十九回寫武松要幫施恩去找蔣門神廝打時，一路上不斷看見酒肆望子、酒旗兒、酒望子挑在店前，因而「無三不過望」（不飲三碗酒就不過望子）的生動描寫，反映了宋代「望子」在酒樓飯店使用的普遍情況。

隨著商業經濟的日益繁榮，各種店家都在自己的商鋪前面懸掛一種表示自己商店特徵的標誌。多年使用下來，幌子逐漸發展成為社會公認的商業標誌。幌子的製作材料更加豐富多樣，由最初的布質逐漸向木質、銅質、鐵質，棉、絨、線及複合材料擴展。在造型、色彩、紋飾、字體及懸掛方式等方面都形成了獨具特色的風格。幌子色彩上多以代表幸福、吉祥的大紅色為主，並輔以青、白的淡素色，以示純潔與高雅。在紋飾上，也多是民間喜聞樂見的龍紋、錢紋、雲紋和福字紋底，象徵吉祥和富貴。在美觀、大方、醒目的前提下，突出店鋪的經營範圍和特色。

延伸知識 古代的商店招牌大約有幾種？

商店的招牌，俗稱「幌子」的商店標誌，傳承已有幾千年，其種類五花八門，千姿百態。

初期多為形象幌，簡單直觀，如鼓鋪當街懸掛一串鼓，麻店臨門懸掛一縷麻，賣布的在櫃檯上吊起一匹布，賣木炭的把一塊粗木炭高高掛起也就成了一幅簡單的幌子廣告。這類幌子傳達的資訊十分清楚，但由於製作簡單或商品本身所限，也存在著不醒目或不雅觀的缺點。為了引人注目，一些誇張的巨型幌子紛紛出現。如煙袋鋪前懸掛特製的煙袋，鞋店門前擺放一雙三尺長的大靴子等。

也有一些店家會在門前挑掛寫著「酒」、「茶」、「帽」、「米」、「醬」、「當」等字樣的文字幌。一般認為它是招牌廣告的原始形態，又稱招幌。招幌上的文字，多寫有單字或雙字，形狀各異，有長方形、正方形、鋸齒形、不規則形等，其文字內容多與店家經營的品種有關。張擇端〈清明上河圖〉中有這種類型的廣告，圖內虹橋左下方一家富麗堂皇的酒樓，從樓上挑出一個寫有「新酒」二字的文字幌，隨風飄揚，十分惹人注目。

某些店鋪不宜將商品直接展示，便採用象徵物為標記，是為「標誌幌」。如小客店懸掛一個柳條笊籬，顏料店掛若干木製彩色木棍，人們一望見這些象徵物，便知道它所代表的商店性質。當年，舜井街上有幾爿小鋪，門外懸著一尊圓頭大耳、赤足趺坐的木刻羅漢，咧嘴笑得像「瓢兒」，似與行人打招呼，這就是賣羅漢餅的點心鋪幌子。

除以上三大類之外，還有商店以自己特有的標誌為幌子。如北京新街口外，「寶興齋」香臘胰子（肥皂）鋪，門簾前掛一銅鈴，風一吹便發出叮噹聲，人們稱它為「響鈴寺」。

從以上分類看，作幌子、打幌子的本義是商鋪店家在做突出各自經營特色的廣告、宣傳，但後來「打著××幌子」卻轉變為有貶義的詞語。究其原因，是一些商家不乏「掛羊頭賣狗肉」的欺詐行為，如打著「酒」的招牌，但從店裡售出的是摻水的假貨。由於類似現象的頻繁出現，人們開始用懷疑的眼光看待這種名不副實的幌子，慢慢形成了「作（打）幌子」騙人，暗中取利的印象。

77 木蘭不姓花，為何叫「花木蘭」？

花木蘭其人其事首見於樂府民歌〈木蘭辭〉，文學史上又稱〈木蘭詩〉。一首〈木蘭辭〉，將花木蘭女扮男裝替父從軍的傳奇故事傳唱至今，使之成為家喻戶曉的巾幗英雄。然而歷史上是否確有花木蘭其人，花木蘭出生在哪個朝代，她的出生地在何方等問題，卻歷來眾說紛紜，迄今尚無定論。

圍繞花木蘭出生地的爭論產生了好幾個木蘭故里。在河南有個虞城木蘭站，不遠處即為花木蘭祠，祠始建於唐代，這是河南的木蘭故居所在地。湖北武漢黃陂城北三十公里處有座木蘭山，傳說當地有朱氏女名木蘭，男裝代父從軍。後因功封為木蘭將軍，卻不受朝廷厚祿，解甲歸田，侍親以終。山上在唐時建木蘭廟，明建木蘭宮，後修木蘭殿。陝西延安城南的萬花山，修建有木蘭陵園。相傳木蘭出生於此地花原頭村，北魏人，死後葬於村旁山上。另外，安徽《亳州志．烈女志》也記載：木蘭，魏姓，西漢譙城東魏村人（今安徽亳州魏園村）。《光緒亳州志》載：木蘭祠在闕外，相傳祠左右即木蘭之家。原祠已毀，遺址尚在。

在各種有關木蘭的傳說中，女英雄的姓氏多為「魏」而不是「花」。明萬曆年間御史何出光（自稱明柱下史）主持重修河北完縣（今順平縣）木蘭祠，作〈木蘭祠賽神曲〉十二首，其序曰：「將軍……魏氏女，漢文帝時，老上寇邊，帝親征，大括民兵，殆可空國。將軍以父老邁，不任受甲，身偽其子以行。」《歸德府志》云：「將軍魏氏，本處子，名木蘭……」《河南通志》云：「木蘭，宋州人，姓魏氏。」康熙《商丘縣誌．列女》卷十一云：「（隋）木蘭姓魏氏，本處子也。」揣其魏姓原因，跟對她生活時代的認定相關。郭茂倩《樂府詩集》錄入的木蘭詩裡，有「可汗大點兵」的說法。雖然木蘭生活時代有漢、三國（魏）、北朝、隋、唐諸說，但人們多從詩中可汗的當政推測木蘭是北魏時期的人，加上郭茂倩又引了《古今樂錄》「木蘭不知名」這樣頗為重要的一句話，說明〈木蘭詩〉及其所詠人物出自民間，而不是什麼知名人士，無可考據，於是後人就將她生活的魏朝訛作木蘭的姓氏。

至於木蘭名字前面冠以「花」，應該是與人物性別相關的說法。詩中寫木蘭凱旋回鄉，在家中改換形象的情景：「脫我戰時袍，著我舊時裝。當窗理雲鬢，對鏡貼花黃。」結尾又直接渲染了她盛裝之後出閣，讓同行夥伴驚對「花」面的情景：「出門看伙伴，伙伴皆驚惶。同行十二年，不知木蘭是女郎！」我們從中可以體會換下戎裝的木蘭以花面示人時，給人一陣木蘭「花兒開」的震撼效果。「花黃」之妝的木蘭不就是花木蘭嗎？所以後來就有了花木蘭的稱呼。「花」字的使用，應該是一種提示木蘭代父從軍的女兒身分的說法。

延伸知識——「關山度若飛」中的「關山」在何方？

〈木蘭辭〉中有「萬里赴戎機，關山度若飛」的詩句。句中的「關山」在哪裡呢？是不是籠統的邊關山嶺、關隘之山的含義呢？

從詩中另外涉及的諸山，如「但辭黃河去，暮宿黑山頭。不聞爺娘喚女聲，但聞燕山胡騎鳴啾啾」裡的「黑山」、「燕山」來看，所提到的山都是有具體所指的。

歷史上，自長安西去，多經關隴大道，其中必越關山。關山，古稱隴山，又曰隴坻、隴阪、隴首。隴山有道，稱隴坻大阪道，俗云隴山道。《太平御覽．地部十五．隴山條》載：「天水有大阪，名隴山，……其阪九回，上者七日乃越。」是歷史上有名的難越之山，古人到此，多有哀嘆。王維〈隴頭吟〉道：「長安少年遊俠客，夜上戍樓看太白。隴頭明月迥臨關，隴上行人夜吹笛。關西老將不勝愁，駐馬聽之雙淚流。」

自周秦至漢唐，一直到明代海運開通以前，在長達兩千多年的歷史歲月中，關隴古道一直是中國連接亞洲、非洲和歐洲的陸上紐帶。沿途「五里一燧，十里一墩，三十里一堡，百里一寨」，綿延百里，是古絲綢之路上建築工藝最高、延續時間最長、保存最完整的古道群。關山因其有歷史上著名的關隘而得名，在今甘肅省天水市張家川回族自治縣境內。從現代意義上的公路修建後，關隴道才逐漸衰落而被人們遺忘。

78

「壓軸戲」為什麼是一場演出中最為精彩的一齣戲？

我們看戲時，常聽人說什麼壓軸、大軸。什麼是「軸」呢？舊時京劇戲班排戲「打本子」，將台詞用毛筆寫在長條紙上，卷起來似一軸畫卷。卷的底部有一木軸。因長卷的最後一戲靠近木軸，所以稱為大軸。大軸前面的戲，也就是倒數第二的稱為壓軸，由於緊壓大軸而得名。中間的戲稱為中軸，前面的戲稱為早軸。

一場戲往往要演五、六個小時左右。先有開鑼戲，亦稱「帽兒戲」，指演出時的第一齣戲。多是像「天官賜福」、「百壽圖」之類情節較為簡單的戲。最後一齣稱「送客戲」，亦稱「大軸」。因一場戲五、六小時過長，觀眾不等終場即離座，因此戲班最後一齣安排演些技術性強的小型武打戲或趣味性濃的玩笑戲，讓觀眾在這無足輕重的演出中逐漸散去，故稱「送客戲」。

戲班常把劇目的重點放在壓軸戲上。演中軸子、早軸子戲的，通常是戲班的二、三流演員。而演壓軸戲的一般都是戲班排頭牌的主要演員。壓軸所演的是一場「折子戲」，指整本戲本中相對完整的一段戲，行話稱「折戲」，如《白蛇傳》中的「盜草」、「斷橋」就是。折子戲往往是整本戲中最精彩的一段，具有較高的藝術水準，演出時常將幾齣折子戲組成一台戲。

人們常錯誤地把最後一個節目稱為「壓軸戲」，其實應改稱「壓台戲」或「大軸戲」才對。

延伸知識 參軍戲為什麼跟相聲有淵源？

參軍戲，也稱「弄參軍」，是唐代盛行的一種戲曲形式。宋《太平御覽》卷五百六十九引《趙書》，介紹了「參軍戲」的由來。後趙皇帝石勒有一參軍名周延，因貪污罪入獄，吐出贓物（絹匹）後才放出。石勒為了懲罰他並警戒其他官員，就在宴樂時讓優人扮演參軍的故事，由優人來調笑、諷刺他，故名「弄參軍」。這種表演發展到唐代，被正式命名為參軍戲。內容以滑稽調笑為主，一般由兩個角色演出，被戲弄者名參軍，戲弄者叫蒼鶻。至晚唐，參軍戲發展為多人演出，戲劇情節也比較複雜，除男角色外，還有女角色出場。如唐薛能〈吳姬〉詩：「樓台重疊滿天雲，殷殷鳴鼉世上聞。此日楊花初似雪，女兒弦管弄參軍。」從中，我們知道不僅有女演員參加演出，而且參軍戲漸漸與歌舞表演相結合，對宋、金雜劇的形成有著直接影響。

參軍戲中兩個演員的對話法，很像現在的相聲。按劇情，被戲弄的角色「參軍」戴著襆頭、穿著綠衣服，遭到扮演嘲弄角色的「蒼鶻」質問：「你不是參軍（官身）嗎，怎麼能跑到我們下賤藝人行列裡瞎混日子呢？」而參軍則面露羞色，並用手摸一摸身上所穿的衣服，說：「因為拿了這個，所以跟你們為伍了。」然後蒼鶻拿扇子打他。諸如此類詼諧的語言、動作，一定會引起觀眾的大笑。趙景深《中國古典喜劇傳統概述》中認為，「參軍」兩個字念快了就是「淨」字，蒼鶻的「鶻」字與「末」字同一韻母。一淨、一末，正如今天相聲裡的「逗哏的」和「捧哏的」。這兩個角色的表演正像對口相聲中兩個演員的一捧、一逗。逗哏與捧哏合作，透過捧逗的襯托、鋪墊，在敘述一段故事中逐漸產生笑料。

起源於北京，流行於各地的相聲，一般認為是清咸豐、同治年間形成。這種以說笑話或滑稽問答引起觀眾發笑的曲藝形式，是由宋代的「像生」演變而來的。而「像生」之前流行並在宋代承繼的參軍戲，其蘊含的某些相聲因素，對後世相聲藝術的形成也有相當大的影響。

79 過去官員出行為什麼要鳴鑼開道？

古代「鳴鑼開道」是講排場的官府的一種儀仗。清代李伯元《文明小史》第十回：「其實這教士同這一幫秀才，聽了鳴鑼喝道之聲，早已曉得知府來到。」這裡的「喝道」就是吆喝著「開道」。而所鳴之鑼，也不是隨便亂「鳴」的，要按照官員級別的大小嚴格實行不同的標準。人們從鑼鳴聲的多少就能分辨出來者官銜的高低。清代中央一級的督撫出門時，先打十三棒鑼，意思是「大小文武官員軍民人等齊閃開」。如果是省一級的官吏上街，則鳴鑼十一下，意思是「文武官吏軍民人等齊閃開」。道府一級的官員出門，打九棒鑼，意思是「官吏軍民人等齊閃開」。因為道府出來，州縣官若聽到聲音，也得躲閃。而縣一級的官吏上街，差役們在開道時鳴鑼七下，意思是「軍民人等齊閃開」。所以，聽到幾聲鑼響，就可以知道是哪一級官吏出來了，該迴避的就須迴避。

在等級森嚴的封建社會，不僅官對民要樹立絕對權威，就連大官對其下屬也要樹立絕對權威。而官府鳴鑼開道就是展示權威、講排場的一種儀仗。除了藉此擺威、嚇唬老百姓外，它還是一種警衛措施，用來防止意外事件的發生。那些不注重儀仗的官員，在官場中會被同僚恥笑。鄭板橋任山東濰縣知縣時，夜裡出門只打個燈籠，不僅被人嘲笑，還被告到知府那裡，說他有辱朝廷命官的身分。而那些斗膽衝撞儀仗的人，按規定是會被判罪的。據說唐代苦吟詩人賈島有一次因為「推敲」詩句而闖入大官的儀仗隊伍，幸虧遇上的是詩人韓愈，才免於治罪。但另外一次就不妙了。講排場的京兆尹劉棲楚派人把他抓起來，投入了大牢。《三俠五義》等公案小說中寫到的攔路告狀者，遇上個昏官，肯定會被「殺威棒」打得皮開肉綻的。

因為過去官吏出行，前面有人敲鑼，吆喝行人迴避，造成一股很大的聲勢，所以現在人們又喜歡用「鳴鑼開道」來比喻為某事物的出現大興輿論，開闢道路。

延伸知識——「八抬大轎」是什麼規格的待遇？

轎子舊時稱「肩輿」、「平肩輿」。轎子最初出現時，注重實用，形式十分簡陋，有「步輦」之稱。初唐閻立本畫的「步輦圖」中，唐太宗所乘的就是這種最簡陋的擔架式轎子。

「轎子」之名，據說最早始於宋。北宋時，士大夫認為乘轎是「以人代畜」，有傷風化，所以都不甚乘轎。司馬光年事已高時，宋哲宗特許他乘轎上朝，而司馬光「辭不敢當」。轎子在官場的普及，是在南宋建立之後。江南多雨路滑，因此高宗准許朝臣坐轎。從此文武官員上朝或外出巡查，均以轎代車馬，轎子不絕於路，成為風靡南宋官場的最時髦的交通工具，以致朱熹嗟嘆道：「至今則無人不乘轎子矣！」到明代，官員坐轎又有所限制，三品以上京官方許乘轎。到了中葉，限制放寬，三品以下的官員和進士也享有了坐轎的權利。清代，轎子更為普及，從一品大員到七品芝麻官皆可乘轎。轎子成了官場中最主要的交通工具。

兩人抬的轎子稱「二人小轎」，四人抬的稱「四人小轎」，八人以上抬的則稱之為大轎，如「八抬大轎」等。在封建社會的等級制度下，轎子和其他事物一樣，在使用上也是有著嚴格的等級規定，違規要受處罰的。《明史》載：「弘治七年令：文武官例應乘轎者，以四人舁之。其五府管事，內外鎮守，守備及公、伯、都督等，不問老少，皆不得乘轎，違例乘轎及擅用八人者奏聞。」隆慶二年（一五六八），應城伯孫文棟違例乘轎被告發，立刻被罰停俸祿。清代規定：「漢官三品以上、京堂輿頂用銀，蓋幃用皂。在京輿夫四人，出京八人。四品以下文職，輿夫二人，輿頂用錫。直省督、撫，輿夫八人。司道以下，教職以上，輿夫四人。雜職乘馬。」（《清史稿》）也就是說，直省督、撫和出京的三品以上的高官（包括作為皇親的親王、郡王）才有資格乘坐八抬大轎。

在民間，用八抬大轎把新娘子娶回家是一種習俗。以前結婚講究明媒正娶，由夫家用轎迎娶是其主要內容。用八個人抬的大花轎娶親，顯得男方態度誠懇，婚禮儀式隆重。所以八人抬轎子退出官場後便在民間流行起來。在莫高窟晚唐第一五六窟〈宋國夫人出行圖〉中看到八人抬的肩輿，旁題「小娘子擔輿」，宋國夫人是晚唐統領河西十一州的歸義軍節度使張議潮的妻子，看來這八抬的肩輿不是普通人所能用的。後世一般新娘子都可享用的這種花轎其實在級別上不低啊。

由於過去乘轎子代表特殊身分，如今連高級的小汽車也變為身分的表徵，美其名曰「轎車」，似乎如此就會比一般車高貴。

80 為什麼工資又被稱為「薪水」？

「薪水」本指打柴汲水。據《南史．陶潛傳》記載，陶潛送給他兒子一個僕人，並寫信告訴兒子說你每日生活開支費用，自己難以供給自己，現在派一個僕人來幫助你打柴汲水（「今遣此力助汝薪水之勞」）。他也是人家的兒子，要好好待他。「薪水」一詞除了指砍柴汲水外，在魏晉六朝時，也逐漸發展為日常開支費用的意思，如《魏書．盧玄傳》中記世宗詔盧昶：「若實有此，卿可量朐山薪水得支幾時。脫事容往返，馳驛速聞。如薪水少急，即可量計。」這裡的「薪水」就是指日常費用。後來人們把工資叫作「薪水」則與官員的俸祿有關。

東漢以前，一般俸祿都發放實物（糧食、布帛），唐以後一直到明清，主要實行以貨幣形式為主的俸祿制。古代官員的俸祿稱呼不一，又叫「月俸」、「月給」、「月錢」、「月薪」等。而明代曾將俸祿稱「月費」，後又改稱為「柴薪銀」，意思是幫助官員解決柴米油鹽這些日常開支的費用。現代一般人按月支取的工資近乎古代的「月俸」、「月薪」，主要也是用來應付日常生活開支。因此，人們常把工資稱為

「薪水」。

延伸知識｜私塾先生的束脩

古代束脩其實是一束肉乾，一束是十條，是拜師用的禮品，又稱肉脯，類似現在的臘肉，引申為付給老師的學費，不需把金錢掛在嘴邊，聽起來文雅些，語出《論語．述而篇》。春秋時代，孔子辦私人學校，所收的學費是一束乾肉。古人吃肉不容易，家中貧窮的，稍微努力，是可以拿出乾肉禮物的。因為乾肉是一種廉價食物，送給老師作為見面禮，只不過是聊表心意而已。只要學生有了小禮物，孔子是會很樂意地教導他的。孔子倡導有教無類，不分職業貧窮貴賤，一律平等相待，因材施教，針對個人的特長來教學，將許多出身寒門卑微的窮學生培養成君子，比較有名的共七十二個，如顏淵、子路等。

古人送自己子女入學相當在意，他們都會舉行拜師典禮，正式向老師鞠躬，奉上束脩才算是正式入門的學生。但隨著時代變化，束脩不一定是肉乾，也可以用其他禮品來取代。唐朝政府的學校，學生送給老師的束脩禮物，則是酒肉和絲綢。

81 生活中處處離不開法律，「法律」一詞原是什麼意思？

中國是世界上法律文化發展最悠久的國家之一。按現代的意義，廣義的法律是維護正常社會關係和社會秩序的行為規範，包括法律、有法律效力的解釋及其行政機關為執行法律而制定的規範性文件。狹義的法律專指擁有立法權的國家機關依照立法程序制定的規範性文件。中國古代單講法或律，法與律不連用，其含義大致相當於今天的「法律」。

法，據《說文解字》解釋：「灋（法），刑也，平之如水，從水。廌所以觸不直者去之，從廌去。」從水，取其平，即法平如水，也就是公平的意思。

律，本義是調音的工具。《說文解字》解釋：「律，均布也，從彳聿聲。」均布是調音的工具，「範不一而歸於一。」《釋名．釋典藝》說：「律，累也，累人心使不得放肆也。」「律」就像用均布為鐘調音那樣，使人們心裡存有約束，知道什麼是應該做的合法行為，什麼是不法行為，不應該「放肆」地去做。杜預《晉律序》云：「律以正罪名，令以存事制。」意謂「律」為判定是非曲直的標準。

可見，法與律的原意，兼有公平、規範、正義的含義，與西方不少民族語言中「法」（拉丁文jus，英文「公正」的詞源）的詞義相同，所以後人將法、律兩字連用，出現了「法律」一詞。

延伸知識 獨角獸為什麼象徵法律與公正？

獬豸，也作「解廌」或「解豸」，是古代傳說中的異獸，不曾有人親眼見識過它究竟是何物，因而引出人們諸多想像，有人認為它像鹿，有人稱它似牛，更多的說法還是羊。考古發現，秦漢文物中獬豸的造型，額上通常長一角，俗稱「獨角獸」。《異物志》說它「見人鬥，則觸不直者；聞人論，則咋不正者。」獬豸擁有很高的智慧，懂人言，知人性。它怒目圓睜，能辨是非曲直，能識善惡忠奸，發現奸邪的官員，就用角把他觸倒，然後吃下肚子，令犯法者不寒而慄。帝堯的刑官皋陶曾飼有獬豸，凡遇疑難不決之事，就找獬豸裁決，均準確無誤。所以在古代，獬豸就成了執法公正的化身。

獬豸與法的不解之緣，還可從古代「法」字的結構得到解答，古體的「法」字寫作「灋」，而右上角的「廌」即為獬豸，「廌法」二字合為一體，取其（執法）公正不阿之意。獬豸作為法律象徵的地位就這樣被認定下來。由「灋」到「法」，「廌」字雖然已被隱去，然而它象徵的法平如水、執法公正之意並沒有消失。

幾千年來，作為中國傳統法律的象徵，獬豸一直受到歷朝的推崇。相傳楚文王曾獲一獬豸，照其形製成獬豸冠戴於頭上。秦代執法御史帶著這種冠，漢承秦制，也概莫能外，凡是執法官吏，如廷尉、御史，都戴獬豸冠，又叫法冠。冠上有一根鐵柱，好像獨角。執法官也因此被稱為獬豸。宋時，有「五豸同門」的佳話。真宗到神宗朝之間，唐肅、肅子唐詢、詢子唐坰、坰叔唐介、介子唐淑問都做過御史，真可謂一門萃五豸。到明清時，設風憲官，專管妨害風紀法度的官員。他們雖然不戴獬豸冠，但身上穿著繡有獬豸圖案的補服。

82

「秋後算帳」這句讓人聽了害怕的話，暗指什麼？

金秋是一個收穫的季節，遍地金黃，果實纍纍。秋天，總給人們帶來希望，帶來憧憬，更帶來喜慶。「稻花香裡說豐年，聽取蛙聲一片。」遇上秋後農作物收割，有了經濟收入，那麼在這一年中欠下的費用就可以在秋後算帳。而且中國北方的農作物每年只耕作一次，秋後到春初這段時間比較長，有大量閒餘的時間，其他時候農民都是比較忙的，對於一些不太急或不需馬上處理的問題就習慣等到秋後再解決。

這些情況大概是民間慣於秋後算帳的緣由。但這句話在現在說出，又是帶有威脅的意味。原來，這個說法蘊含的意義是新帳、舊帳一起算，最後清算總帳的意思。它來源於明清時期秋後斬殺犯人的慣例，民間口耳相傳，便得出「秋後算帳」的俗語。

有關「秋冬行刑」的記載，最早見於《左傳．襄公二十六年》。歐陽修〈秋聲賦〉說：「夫秋，刑官也，於時為陰。」西漢創造「天人感應」學說的董仲舒認為：「天有四時，王有四政，慶、賞、刑、罰與春、夏、秋、冬以類相應。」天意是「任德不任刑」，「先德而後刑」的，所以應當春夏行賞，秋冬行刑。如果違背天意，就會招致災異，受到上天的懲罰。從此，「秋冬行刑」就被載入律令而制度化。

西漢行刑的時間在農曆九、十、十一、十二月。到了唐代，死刑執行的時間定在十、十一、十二月。「秋後問斬」一詞應該始於唐代。唐代這一規定一直為後世採用，直到清末。

選擇秋冬二季問斬，也有示警的意味。農民在秋冬二季較為空閒，也方便地方官動員民眾觀看。當時除了謀反、謀大逆等罪犯立即處死外，其他的死囚均待秋季霜降後至冬至前集中處理，並有強迫民眾觀看的作法。可見官府有秋後給死囚算帳（問斬）的規定。民間流傳的俗語「秋後算帳」是將問斬之意隱含在「算帳」的詞語裡，所以一旦有人這樣說時，對方聽了就會感到害怕。

延伸知識｜古代的刑與法有沒有區別？

中國古代的法律，以刑法為主，偏重於判罪定刑並處以刑罰，因而古代的刑即指法。刑與法的連結，據說是因為夏朝的「禹刑」是從苗族那裡借鑑而來。《尚書．呂刑》說：「苗民弗用靈，制以刑，唯作五虐之刑，曰法，殺戮無辜。」上古時民風淳厚，用不著刑罰，後來社會秩序亂了起來，於是禹從苗民那裡借用了肉刑這種手段，來維護其統治。而苗民所制的「刑」，即懲罰犯罪的手段，又叫作「法」。所以在古代時「刑」與「法」含義一樣。

刑的本義，偏指殺頭的刑罰。《說文解字》說：「刑，頸也，從刀聲。」中國古代的刑罰種類繁多，大致可以歸為五類。隋以前的五刑為：「墨刑、劓刑、刖刑、宮刑、大辟」，前四種為肉刑。隋文帝始議除肉刑，至隋文帝制《開皇律》，基本上以「笞刑、杖別、徒刑、流刑、死刑」等新五刑取代了舊五刑，以身體刑（又稱痛苦刑）取代了肉刑。

值得一提的是，這裡所提到的五刑、身體刑，基本上屬於法律規定的正刑，而實際上法外施刑的情況非常普遍，施刑有著極大的隨意性，五花八門，十分殘酷。

83

探聽消息的人為何叫「耳目」？

耳目，本義是人的耳朵和眼睛，《禮記・仲尼燕居》說：「若無禮，則手足無所措，耳目無所加。」孔子非禮勿視、非禮勿聽的語錄，要求的便是耳和目的安分守禮。眼睛可視可見，耳朵能聽能聞，於是在古文中，耳目再引申為審查和了解的意思。如《國語・晉語五》說：「若先，則恐國人之屬耳目於我也，故不敢。」既然耳目有這種審查、了解的功能，於是發揮耳目作用的人，如我們今天說的特務、暗探、線人等，便也成了別人的「耳目」。

《漢書・趙廣漢傳》載：「趙遷潁川太守，……吏民相告訐，廣漢得以為耳目，盜賊以故不發，發又輒得。」這兒的「耳目」，指為間諜情報機構、間諜或別人刺探情報的人。中文裡類似的用法有「手足」、「喉舌」、「心腹」等詞，「手足（兄弟）情深」和「到處安插耳目」都是比喻的說法，使要說的話更加鮮活生動。眾多耳目可以組成耳目網，發揮情報部門的作用。清魏源《聖武記》卷一載：「大清又厚撫遼人之往來我地者，於是降人與遼人皆為我耳目。」耳目被清朝當局利用，和當今國家安全部門雇用人員從事間諜活動相似。

延伸知識　中國古代是否有從事特務職業的人員？

中國古代著名的特務機構是明代的錦衣衛。《明史·刑法志》明確說，明之錦衣衛近於漢武帝時的詔獄。所謂詔獄，主要是指九卿、郡守一級的二千石高官有罪，需皇帝下詔書始能繫獄的案子。《史記·酷吏列傳》等篇說，漢武帝晚年，詔獄多達二十六所，關押有郡守、九卿一級高官前後達百餘人，牽連對象至十餘萬人。不過，在漢代，這類酷政只是漢武帝晚年短時期的現象。

錦衣衛前身為明太祖朱元璋時所設御用拱衛司。明洪武二年（一三六九）改設大內親軍都督府，十五年（一三八二）設錦衣衛，作為皇帝侍衛的軍事機構。明太祖擔心自己死後，繼位的下一代兒孫駕馭不了文武功臣，所以就設置錦衣衛，羅織罪狀，幾興大獄，把輔佐他打天下的文武功臣幾乎消滅殆盡。

錦衣衛設立機構後，就開始按照皇帝的意思私下打探軍情民意，凡是有一點對皇帝不利的言論都逃不過他們的耳目，當地的官吏也不敢隨便過問他們的事情。只要流露出對他們的不滿，都有可能被抓去受刑。而一旦被錦衣衛抓去，那就是九死一生，最輕也要落個殘疾的下場。據《明史》記載，錦衣衛常用的刑具有十八套，夾棍、腦箍、攔馬棍、釘指等都包括其內。一般來說，只要犯人被抓進來，十八種刑具都要嘗一遍。

雖說是特務機構，但特務都是公開的人物，一點也不神秘。他們的服飾非常顯眼，讓人一眼就可以認出。當時的特務人員一般都出自東廠和錦衣衛，合稱「廠衛」。錦衣衛官員有指揮使一人，正三品；同知二人，從三品；僉事二人，四品；鎮撫二人，五品；十四所千戶十四人，五品。下屬有將軍、力士、校尉，有法庭和監獄。其中，「經歷司」掌文移出入，「鎮撫司」掌本衛刑名，兼理軍匠，即「詔獄」。

東、西廠均由一個提督負責（西廠設立過兩次，但時間都不長），由宦官擔任，主持東廠的太監被廠內的人稱為「督主」或者「廠公」，他的底下設掌刑千戶一名，理刑百戶一名，這兩個人都是從錦衣衛選拔過來的。再下面是掌班、領班、司房四十多人，分為子丑寅卯十二顆，顆管事戴圓帽，著皂靴，穿褐衫。其餘的人靴帽相同，但穿直身。實際在外面偵察緝訪的是役長和番役，役長又叫「檔頭」，共有一百多人，也分子丑寅卯十二顆，一律戴尖帽，著白皮靴，穿褐色衣服，繫小絛。役長各統率番役數名，番役又叫「番子」、「幹事」，這些人也是由錦衣衛中挑選的精英分子組成。所以，當身穿東廠服裝或錦衣衛服裝的人出現時，老百姓與當地的地方官都躲得遠遠的，生怕被這些人找碴抓起來。

84 為什麼「一畝三分地」指的是跟個人相關的利益？

在人際交往過程中，會聽到有人說：「不要只顧了個人的一畝三分地，要多為大家想想！」以指責對方的利己主義。

何謂「一畝三分地」呢？原來這個說法起源於三皇之首的伏羲。伏羲氏「重農桑，務耕田」。每年農曆二月初二這天，「皇婚送飯，御駕親耕」，在御花園像普通農夫一樣，下地種田，自理一畝三分地。後來，黃帝、唐堯、夏禹等紛紛效法。到周武王，不僅沿襲了這一傳統作法，而且還當作一項重要的國策來實行。

北京地壇、先農壇，至今仍保留明、清兩代帝王「親耕」的「演耕田」。一六四四年，滿族入關建立清王朝之後，為及時了解農時，熟悉節令，居住在深宮大院裡的皇帝便在驚蟄時節乘龍輦從正陽門到先農壇耕地，以此表示對農業生產的重視。這種作法此後一直世代沿襲，沒有改變。當時皇帝「親耕」的這塊地也恰好是「一畝三分地」。於是，人們推而廣之，將個人利益或個人勢力範圍稱為「一畝三分地」了。

延伸知識｜古人認為人有「七情六欲」，何謂七情、六欲？

「七情六欲」是指人們與生俱來的一些心理反應。「七情」之說由來已久。《禮記．禮運》在《荀子》等「六情」說的基礎上率先提出：「何為人情？喜、怒、哀、懼、愛、惡、欲七者，弗學而能。」這是儒家的「七情」觀。後來，北宋釋道誠集《釋氏要覽》等佛教典籍，也把喜、怒、憂、懼、愛、憎、欲列為「七情」。而中醫理論稍有變化，不把「欲」列入「七情」之中，將「喜、怒、憂、思、悲、恐、驚」稱作「七情」。認為這七種情態本是人之常情，應該適當平衡。如果控制不當，例如大喜大悲、過分驚恐等，就會使陰陽失調、氣血不周，而這種精神上的錯亂會影響到身體，引發各種疾病，故又有「病情」一說。

《呂氏春秋．貴生》首先提出「六欲」的概念：「所謂全生者，六欲皆得其宜者。」那麼六欲到底是什麼東西？東漢人高誘對此作了注釋：「六欲，生、死、耳、目、口、鼻也。」可見「六欲」是泛指人的生理需求或欲望。人活世上，貪生怕死，要活得有滋有味，於是耳要聽，眼要觀，嘴要吃，鼻要聞。這些欲望與生俱來，不用人教就會。佛家《大智度論》的說法與此相去甚遠，認為「六欲」是指色欲、形貌欲、威儀姿態欲、言語音聲欲、細滑欲、人想欲。把「六欲」定位於俗人對異性天生的六種欲望，也就是現代人常說的「情欲」。後人又將「六欲」總結為見欲（視覺）、聽欲（聽覺）、香欲（嗅覺）、味欲（味覺）、觸欲（觸覺）、意欲。現代人似乎更喜歡籠統地提「七情六欲」，而不把「七情六欲」作具體的區分。所謂「七情六欲」人人皆有，但又人人不同，「七情六欲」的表現也就五花八門，成為文學藝術創作取之不盡的源泉，成為多姿多彩永遠說不完的話題。

85

古代科舉考試中有沒有槍替？

古時雇人代考叫「槍替」，替人考試的人叫「槍手」。這種作弊方式早在唐代就已出現，以至有「入試非正身，十有三四；赴官非正身，十有二三」的說法。據說花間詞派鼻祖溫庭筠，就是一代有名的槍手。

溫庭筠是唐初宰相溫彥博的後代，文思超捷，長相卻奇醜。由於天生一副醜八怪的模樣，人稱「溫鍾馗」。但他豔福不淺，青睞他的秦樓楚館佳人為數不少，故他的〈菩薩蠻〉寫的盡是和他有關的佳人的種種儀態，如「鬢雲欲度香腮雪」之類。溫鍾馗的豔遇和他多才有關，傳說他進考場從不打草稿，叉八次手就能寫成一篇八韻律賦，可謂下筆如有神。故又雅號「溫八叉」。

才華如此橫溢，溫八叉何以屢考不中呢？對此，有兩種說法：一說他「士行塵雜，不修邊幅」，嫖妓宿娼，賭博飲酒，故每次應試皆因人品低下落榜。另一說是他得罪了權相，而被有司以「科場為人假手」為藉口摒於官場門外。兩種說法，後者更有說服力。史載，唐宣宗大中十二年（八五八）進士考試，久負盛名的槍替手受到了闈場官員的特殊優待，把他的座位安排在主考官前面，由考官直接監視。考試中，只見溫庭筠奮筆疾書，早早地就交卷出場。考官暗中歡喜，自以為得計。事後才知道，溫庭筠在監考官的監視下，神鬼不知地幫助八人完成了試卷（《唐書》記其「私占授者已八人」），創下了做「槍手」的紀錄，槍替技藝簡直出神入化。讓考官出醜的槍替手，能讓他及第嗎？考官們惱羞成怒，就奏請上司，將屢「為鄰生假手」的溫庭筠逐出京城。

明清時期，有「槍手」特別提供「一條龍」代考服務。他們從縣試開始，府試、院試都一人包辦，江湖人稱「一炷香」。因為古代的科舉時間都很長，通常不止一日，這「一炷香」就是專門形容槍手考得快。

延伸知識｜古代用什麼防範槍替作弊？

古代考試中，除了夾帶，就數槍替最常見了。歷朝歷代對此深惡痛絕，制定了相應的防範、懲罰措施。

首先要增加「越軌」的難度。唐代殿試時，試院外牆高四．五公尺，內牆高三公尺，圍牆周圍種上荊棘，故那時稱考場為「棘院」。清代規定各府、州的縣試在同一天進行，一個省內的府試也在同一天進行，以防止成績好的人考完後又去參加另一場考試。應考生員向本縣衙署的禮房報名，填寫父母、祖父母、曾祖父母三代存、歿、已仕、未仕履歷；出具同考五人相互保結；並由本縣一名廩生作擔保人，叫廩保，出具沒有冒籍、頂替、假捏姓名等的保結。參加府試則要有兩名廩生認保。入場有學政親自點名，認保、派保的廩生排立學政座旁，如有冒考、頂替者，查處究辦，五人都得連坐，認保的人也要黜革。清雍正年間作出一項規定：「槍手代倩，為學政之大弊。嗣後凡有代筆之槍手……其雇請代筆之人，發煙瘴地方充軍；知情保結之廩生……杖一百。」到了乾隆年間，處罰更嚴厲，廣西發生葉道和找槍手曹文藻為岑照代考，結果被查出來，岑照、葉道和處斬，槍手曹文藻秋後處決，岑照之父罰銀五萬兩。

86

過去進學的生員為什麼被稱為「秀才」？

秀才原本指稱才能出眾、秀異之士，始見於《管子．小匡》。它與《禮記》所稱「秀士」相近，是一種泛稱，並不限於飽讀經書之士。最先有秀才之名的，是西漢的賈誼。《史記．屈原賈生列傳》說：「賈生，年十八，以能誦詩屬書聞於郡中。吳廷尉為河南守，聞其秀才，召置門下，甚幸愛。」漢武帝改革選官制度，令地方官府考察和推舉人才（即察舉）。元封四年（西元前一〇七），命公卿、諸州每年各舉薦秀才（意為優秀人才）一名。東漢因避光武帝名諱，遂改稱茂才。三國曹魏時沿襲察舉，復改稱秀才。至南北朝時，舉薦秀才尤為重視。隋代始行科舉制，設秀才科。唐初沿置此科，及第者稱秀才。因要求太高，很少有人敢於問津。後廢秀才科，秀才遂作為一般讀書人的泛稱。宋代凡應舉的士子均可稱為秀才。

《水滸傳》有白衣秀才王倫。什麼是「白衣秀才」呢？難道王倫常穿白衣服嗎？其實，「白衣秀才」是指「不第秀才」。其後，在明清時期，秀才乃專用以稱府、州、縣學的生員。中國最後一個秀才是浙東小縣城仙居人張任天。人們之所以稱張任天為中國末代秀才，是因為在一九〇五年，張任天以一〇九歲的高壽在杭州去世後，中國再也找不到健在的秀才了。

延伸知識｜秀才的第一名叫什麼？

秀才雖然是秀才、舉人、進士三級科舉制度中的第一層，但邁上這一步也非同小可。需要通過三次考試，即縣試、府試、院試，總稱童試。應考者不論年齡大小，即或如《儒林外史》中最先登場的人物、鬍子花白的周進，都叫儒童或童生。蒲松齡早年運氣算是很好的，他十九歲的時候，在淄川縣、濟南府、山東省，三試第一，成了秀才。若干年後，紀昀在河北也是同樣的春風得意，榮登榜首。他們這種名列全府（州、縣）之冠的秀才叫什麼呢？清制，各省學政於考試後揭曉名次，稱為出案。凡縣試、府試、院試之第一名，稱案首。

縣試，由各縣的知縣主持。考生本人要在考前一月向本縣署禮房報名，填寫姓名、籍貫、年齡及三代履歷。考試分四場或五場。每場考後都要發榜，時稱「發案」。最後一次發榜才用真名實姓，叫作長案。第一名為「縣案首」。府試由各府的知府主持。其報名方式、出長案等和縣試大體相同，府試第一名叫「府案首」。錄取者參加由「掌一省學校士習文風之政令」的學政主持的院試，如果錄取，才算「進學」，取得了「生員」資格，成為道地的秀才。其中第一名稱「院案首」。

做了三回案首的秀才蒲松齡可想而知當年是何等風光，意氣昂揚！可惜他的功名也就止於秀才這一級了，後來半個多世紀的歲月中，他一直在科舉路上拼搏，卻始終不能晉級，最後得到的是「貢生」這個相當於舉人副榜的安慰性頭銜。但誰能為他不能與紀昀一樣爬到科舉制度頂端而遺憾呢？畢竟紀昀在小說上的聲名（《閱微草堂筆記》）是被蒲松齡蓋過了。功名不遂的蒲案首因此有大量時間，集中精力專心書寫《聊齋志異》這心愛的文學事業，從而成就了中國短篇小說之王的英名。這大概是那些數之不盡、而名字多半被人忘記的「秀才第一」中獨一無二的吧。

87 為什麼老師教授的弟子又被稱為「門生」？

「門生」一詞，主要是就師生關係而言的一種稱呼。在「門生」出現之前，遠在春秋時期已有「門人」的稱謂。孔子聚徒講學，門下弟子三千，無論親授業者，還是轉相傳授者，一律稱「門人」。《論語》一書中，「門人」一詞共出現八次，如《論語．述而》：「互鄉難與言，童子見，門人惑。」孔子去世後，有人說子貢賢於仲尼，子貢敬謝不敏，他說：如果用宮牆相比，他的牆高才到肩部，而夫子牆高數仞，不得其門而入。由於孔子生前，子貢他們有幸到他門下求學問道，所以才為孔氏門人的身分而感到自豪。

戰國時期，「門人」仍然包含受業弟子的意思，如《史記．孟子荀卿列傳》說孟子是「受業子思之門人」。這時，托庇於貴族門下的食客也被稱為「門人」。

「門生」一詞在漢宣帝時才出現（《稱謂錄》），到了東漢，已經是大量使用的稱呼了。《後漢書．袁紹傳》說袁氏「門生故吏遍天下」。《後漢書．袁逵傳》有「皆拜逵所選弟子及門生為千乘王國郎」的記載，說明「弟子」、「門生」的身分還是有區別的。東漢稱儒學宗師親自授業者為弟子，轉相傳授者為門生。東晉及南北朝時的門人、門徒或者門生有時也指進行體力勞動的雜役、僕人、家奴等。

唐宋舉行科舉考試，考生中進士後，對主考官亦稱門生，雖有投靠援引之意，已非依附關係。明代沿用唐宋兩朝的科舉制度，讀書人參加縣、省、全國三級考試。參加鄉試與會試的讀書人，若考中舉人或進士，則要拜本科的主考官為座主。而座主則稱這些弟子為門生。後世所謂門生，主要是指這種學術上的師承關係。

延伸知識 為什麼稱進士為「天子門生」？

「天子門生」這一稱呼最早見於南宋岳珂的《桯史》。書中「天子門生」一節中記載高宗對趙逵說：「卿乃朕自擢，秦檜日薦士，曾無一言及卿。以此知卿不附權貴，真天子門生也。」「天子門生」是皇帝控制科舉的產物，過去考生通過了殿試才能登進士第，而殿試是由皇帝這萬歲天子主持的，所以便有了這種稱呼。其名稱雖然始見於南宋，但這種措施卻始自北宋初期，甚至可以說濫觴於唐。五代王定保《唐摭言》卷一載：「（唐太宗）嘗私幸端門，見新進士綴行而出，喜曰：『天下英雄入我彀中矣。』」李世民自喜的不正是天子門生的大批湧現嗎？當然這有點旁觀者坐享其成的味道。到宋太祖趙匡胤，則直接主持殿試，所有的進士都要由皇帝進行複試，御筆圈定，決定最後公布的皇榜進士名單，既體現了皇恩浩蕩，又在某種程度上杜絕了前朝牛李黨爭中考官和被錄取的考生之間利用座主和門生的關係結黨營私的現象。

後世帝王如法炮製，將親選「天子門生」作為定規，則不僅考生自己感到榮耀，而且皇帝也常常因「天下英雄入我彀中」而引以為榮。嘉祐二年（一〇五七），宋仁宗趙禎欽點了蘇軾、蘇轍、曾鞏、章惇等二十多名本科進士之後，滿面春風，直接回到後宮，對曹皇后說：「孤家為我朝找到了兩位未來的宰相，嫡親兩兄弟蘇軾、蘇轍！」皇后也連忙稱頌：「此乃官家之洪福，我朝之光榮！」

88

為什麼考中進士被戲稱為「登龍門」？

中國民間有鯉魚跳龍門的傳說，講述的是一條小鯉魚，魚小志氣大，聽奶奶講故事說到不管是什麼魚，只要跳過龍門，就能成為一條呼風喚雨、法力無邊的神龍，於是小鯉魚暗暗把跳過龍門成為一條真正的龍當成自己的理想，後來它付諸實踐，歷經千辛萬苦、千難萬險，終於跳過水勢湍急的龍門，化為一條騰空而起的巨龍。辛氏《三秦記》曰：「河津一名龍門，水險不通，魚鱉之屬莫能上，江海大魚薄集龍門下數千，不得上，上則為龍也。」

後來這個典故被借用來表述一些人的命運、際遇發生了柳暗花明、翻天覆地的巨大變化，開始產生了「登龍門」的說法。「登龍門」的一種解釋是比喻得到有名望、有權勢者的援引而身價大增。出處見《後漢書・李膺傳》：「膺獨特風裁，以聲名自高，士有被其容接者，名為登龍門。」李白〈與韓荊州書〉中也有「一登龍門，則聲譽十倍」的名句。

另一種解釋是指參加科舉考試中了會試，見於封演《封氏聞見記・貢舉》：「故當代以進士登科為登龍門。」由於中國古代多個朝代以科舉選拔人才，在科舉中的最高功名是考中進士，考中進士相當於現在考取博士，達到了學業的頂點。作為讀書人，中了進士就可以入朝為官、從政，還能夠封妻蔭子、光宗耀祖，意味著前途一片光明。因此，考中進士是天下學子十年寒窗過程中夢寐以求的事，還有「黃粱一夢」的故事為證。

在千餘年的科舉考試制度實行過程中，雖然不乏成功案例，以韓愈、歐陽修、王安石、司馬光、蘇軾等為代表，成就了一番偉業，但囿於科舉的種種限制，也造成大量飽讀詩書、學有所長的人屢考不中，其中最有代表性的人物莫過於創作了文學巨著《紅樓夢》的曹雪芹和《儒林外史》的作者吳敬梓，二人終其一生都沒有考中進士。由於沒有考中進士，造成他們的才華無法得到社會的認可，一生都過著貧窮困頓的生活。一大批寶貴的人才就這樣被埋沒浪費，他們的藝術和文化生命也被嚴重縮短。所以，科舉制度雖然為家境貧寒、沒有任何社會背景的讀書人提供一個走進歷史、走向成功的舞台，但科舉之途是那樣的狹窄，何嘗不是一座獨木橋呢？

延伸知識——「連中三元」是什麼？

「連中三元」一詞來源於中國古代的科舉考試制度。以清代為例，它的科舉考試全過程是從府、州、縣基層開始，叫作童試。參加考試的讀書人叫作童生，考中之後稱秀才，第一名叫案首。正式較高級別的國家考試叫作鄉試，一般三年一次，在省城進行，參加考試的是各地的秀才，人數比童試少了很多，考中之後稱舉人，第一名是「解元」。再高一級是會試，在禮部舉行，參加考試的是舉人，人數更少，考中之後稱貢生，第一名是「會元」。最高一級的殿試則在皇上的金鑾殿舉行，參加考試的人數十分有限，只有幾十名貢生，都是千裡挑一的頂尖士子，考試由皇帝親自主持，十分鄭重，殿試的第一名則稱為「狀元」。

在中國古代實行科舉制度的一千多年中，僅有十七人有幸連中三元（解元、會元、狀元），簡直是鳳毛麟角。他們是：唐朝的張又新、准元翰；宋朝的孫何、王曾、宋庠、楊置、王若叟、馮京；金朝的孟宋獻；元朝的王崇哲；明朝的黃觀、商輅；清朝的錢棨、陳繼昌和戴衢亨。其中宋朝王曾（九七八—一〇三八）的故事比較有傳奇色彩。相傳他的父親十分愛惜書籍，看見破舊經籍，就會拿來修補，哪怕是碎紙片，都捨不得丟棄。一天晚上，孔子托夢給他說：「你如此敬惜我的書，我讓曾參投胎做你的兒子。」過了沒多久，他的夫人果然有了身孕，他大喜過望。十月懷胎，他的夫人生下一個男孩，於是他給孩子取名叫「曾」。二十出頭的王曾在鄉試中名列第一，就是「解元」。此後，被推薦進京，參加禮部主持的會試，又位列榜首，過關斬將的他成為了「會元」。接下來，他參加了由宋真宗親自出題的殿試，考題是〈有教無類賦〉。王曾交卷後，他文章裡的「神龍異稟，猶嗜欲之可求；織草何知，尚薰蕕而相假」等警句，深得皇帝激賞，被皇帝欽點為第一名，於是王曾便成為宋朝開國以來第一個集解元、會元、狀元於一身的「三元」，登上科舉考試的金字塔頂端上。

捷報傳回王曾的家鄉，無論是官員還是老百姓都把這當作千載難逢的榮耀，一片歡騰。青州知州還特地前往他的鄉里，掛上了「三元坊」的金匾。一些喜歡湊熱鬧的人還以桂圓、荔枝、核桃各三枚入畫，精心繪製成紋圖，取圓諧音「元」，寓意為「連中三元」。

此外，歷史上還出過兩位「武三元」。一位出在明朝萬曆年間，是浙江永嘉人王名世，他在武科考試中連中三元，官授錦衣衛千戶。除了精通武藝外，他還博通經史，工詩善書，人們稱讚他武藝、詩詞、書法為「三絕」。不僅如此，他的人品也十分出眾，待人真誠、為人豪爽。第二位出在清朝順治年間，也是浙江人，名叫王玉壁，在武科考試中他也連中三元。由於他在明朝末年曾經參加過武秀才考試，取得射箭第一，號稱「神射手」，因此人們讚嘆地稱呼他為「武四元」。他雖是學武出身，但手不釋卷，文筆斐然，也有文武全才之譽。

89

為什麼古代的一些朝代前要加上「東」、「西」、「南」、「北」，例如「東漢」、「西漢」、「南朝」、「北朝」呢？

中國歷史源遠流長，朝代更迭更是頻繁。每朝的創建者，第一件大事就是確立國號（朝代名稱）。《史記．五帝本紀》說：「自黃帝至舜禹，皆同姓而異其國號，以章明德。」古人講究名正言順，國號就是一個國家為自己的正統性確立的稱號。歷史朝代的名稱是如何確定的呢？有的是由部族、部落聯盟的名稱而來，如秦；有的來自創建者原有封號、爵位，如商、魏；還有不少源於創建者的發祥地或政權統治的區域，因此會加上「東」、「西」、「南」、「北」作為區隔，例如：

一、「東、西周」。周部落到古公亶父時，遷居於周原（今陝西岐山）。武王滅殷以後，就以「周」為朝代名。周前期建都於鎬（今陝西西安西南），後來平王東遷洛邑（今河南洛陽），因在鎬的東方，就有「西周」和「東周」的稱號。

二、「東、西漢」。項羽封劉邦為漢王，以後劉邦擊敗項羽，統一中國，國號稱「漢」。漢朝前期都長安，後期都洛陽，故從都城上有「西漢」和「東漢」，從時間上有「前漢」和「後漢」之分。

三、「南、北朝」。南北朝時期（四二〇—五八九）是兩晉以後中國歷史上的一個分裂時期。西元四二〇年，東晉大將劉裕廢掉東晉皇帝自立，國號宋。此後一百六十多年間，南方先後經歷了宋、齊、梁、陳四個朝代，歷史上總稱為南朝。而北方在西元三八六年，由拓跋部首領拓跋圭建立北魏。西元四三九年，統一黃河流域。六世紀前期，北魏分裂為東魏和西魏。此後，東魏為北齊所代替，西魏為北周所代替。歷史上把北方的這五個朝代總稱為北朝。

此外，西蜀、南唐、北宋、南宋等稱呼也都是跟朝代統治所在的地域相關，這些朝代前冠以方位詞，是後人為了便於區分而加的，如「北宋、南宋」，後人把金人占領汴京前的朝代叫北宋，遷都臨安後的朝代稱為南宋，但實際上在當時的稱呼其實前後是統一的，只叫「宋」。

延伸知識　為什麼皇帝的墳墓稱為「陵」？

土葬是中國古代的主要埋葬方式。春秋晚期，中原地區出現了墳丘式墓葬。各諸侯國的國君死後，所下葬的墳墓都稱作丘或墓，不叫陵墓，如楚昭王的「昭丘」、趙武靈王的「靈丘」、吳王闔閭的「虎丘」。隨著禮制的逐漸完善，從戰國中期開始，君王的墳墓專稱「陵」，其他人不得僭越。《楊慎外集》說：「《國語》曰：『管仲曰：定民之居，成民之事，陵之為終。』是民之墓亦稱陵也。周顯王三十四年，趙起壽陵。秦惠文王以後始稱陵，而民不得稱。」這說明此前「陵」也是對老百姓墳墓的稱呼。如此規定，則無怪乎秦惠文王的墳墓稱作「公陵」，悼武王的墳墓稱作「永陵」，孝文王的墳墓稱為「壽陵」，無一例外地綴以「陵」字了。

秦始皇削平六國，建立了中國歷史上第一個有皇帝的統一國家後，生前曾集中全國的人力物力為自己預修壽陵。從此，「陵」又成為以後歷代皇帝墳墓的專稱，如漢武帝的「茂陵」，唐太宗的「昭陵」，唐高宗與武則天的「乾陵」，明太祖的「孝陵」，明神宗的「定陵」，乾隆帝的「裕陵」等。這些陵墓，或堆土成山，或依山而建，以山為陵，使帝陵氣魄十分宏大。

再往後，不僅皇帝的墳墓稱作「陵」，就連皇后的墳墓，或者一些生前地位不高的妃嬪，只要她的孩子當了皇帝，她的墳墓也被稱作「陵」。如武則天之母楊氏死於咸亨元年（六七〇），以王妃禮葬。天授元年（六九〇），武則天改國號稱帝，追封其母為孝明高皇后，將墓改稱為陵。有生之年，一代女皇給自己母親修建了堪與皇后陵墓媲美的陵墓「順陵」，而且數次擴建陵寢。

90 東漢有「清議」，魏晉尚「清談」，二者有什麼不同？

清議是在東漢的桓、靈之世產生以知識分子為主體的時論。清議的時代背景是當時皇室腐朽，宦豎擅權，致使朝政日非，生靈塗炭，侵奪了士人的上進之路。「故匹夫抗憤，處士橫議，遂乃激揚名聲，互相題拂，品核公卿，裁量執政，婞直之風，於斯行矣。」（《後漢書》卷六七〈黨錮列傳〉）

這一時期，太學生已發展到三萬餘人，各郡縣的儒生也很多，他們上進無門，就與官僚士大夫結合，在朝野形成一個龐大的官僚士大夫反宦官專權的社會政治力量。所謂「激揚名聲，互相題拂」，主要是較廉正的官吏、士人、太學生等互相標榜。如說：「天下楷模李元禮（膺），不畏強禦陳仲舉（蕃），天下俊秀王叔茂（暢）。」所謂「品核公卿，裁量執政」，主要是批評宦官專權亂政，例如：「舉秀才，不知書；察孝廉，父別居。寒素清白濁如泥，高第良將怯如雞。」這樣的議論自社會流入太學，太學生以郭泰為首，奉司隸校尉李膺、太尉陳蕃為領袖，他們公開與宦官集團相對抗。在當時形成有力的社會輿論，一個人若在鄉里或學校中受到清議，一般就會被視為污點，影響個人名譽甚至升遷。某些達官貴人常常為之心驚肉跳，不得不在行為上有所收斂。魏晉南北朝時，崇尚玄談，清議之風便不多見了。

竹林七賢與榮啟期玄談即「清談」。「清談」一詞出現於東漢獻帝初平元年，亦稱「清言」，始於東漢末年的人物品題。曹魏時代，由於識別人物選拔官吏的需要，發展起一種「才性之學」，討論性與才的關係問題，從而使清談從品題人物進入了抽象的才性問題的討論。劉劭的《人物志》就是關於才性問題的代表作。自魏正始年間起，清談進入玄學清談時期，以《老子》、《莊子》、《周易》所謂「三玄」為中心，代表人物有何晏、王弼、嵇康、阮籍、王衍、向秀、郭象等。玄學家多為當時之清雅之士，以出身門第、容貌儀表相標榜，很少學習儒家經典，而是常常進行高度抽象的玄理辯論，具有強烈的反儒傾向。此後，玄學清談又與佛學合流，影響了整個兩晉南北朝佛教思想的發展。

魏晉的「清談」之風和東漢「清議」之風雖僅一字之差，「談」、「議」字面意思也接近，但其實際意義、內涵卻相差甚遠，不可不仔細區分。

—延伸知識—《世說新語》，魏晉人的沙龍文學

通常認為《世說新語》是南朝宋劉義慶編撰的一部筆記小說集。更進一步來說，這部魏晉風流的真實記錄是由他召集的文士在他的沙龍裡品題人物，然後分工合作的集體智慧的結晶。

劉義慶（四〇三—四四四）是劉宋王朝的宗室，襲封臨川王，曾任荊州刺史、江州刺史等要職。《宋書．劉道規傳》稱劉義慶「性簡素」，「愛好文義」，「招聚文學之士，近遠必至」。劉義慶門下聚集了不少文人學士。他們根據前人類似著述如裴啟的《語林》等，編成該書。劉義慶只是編纂工作的主持者，但全書體例風格大體一致，沒有出於眾手或抄自群書的痕跡，這應當歸功於他主編之力。但也有的學者推斷該書出於劉義慶門客、謝靈運好友何長瑜之手。

該書原名《世說》，後人為與劉向之書有別，又名《世說新書》，大約宋代以後才改稱今名。全書分為德行、言語等三十六門，記述自漢末到劉宋時名士貴族的遺聞軼事，主要為有關人物評論、清談玄言和機智應對的故事。

古人歷來重視言辭表達，魏晉時人也很講究辭令。注意辭令，多少是受清談之風的影響。清談要求言簡意賅，辭鋒銳利，思辯力強，寓意深遠。本書〈言語〉、〈文學〉、〈排調〉諸篇很注意搜集這類啟人智慧的佳句名言，有的人應對、思路敏捷，善於隨機應變，例如〈言語〉講賓客讚賞十歲的孔融托詞巧妙、得見名人李元禮的聰明時，陳韙卻說他「小時了了，大未必佳」。孔融隨即回敬了一句：「想君小時，必當了了。」這種以子之矛攻子之盾，表現了孔融的機敏和銳利的辭鋒。

和崇尚清談之風密切相關的是魏晉重視對人物的品評，這也是承續漢末遺風的產物。本來魏晉實行選舉人才的制度，有所謂九品官人法。各州郡設官負責品評當地人物的高低優劣，分為九品，以便選人授官。士大夫也常聚在一起品評人物，士族名流的品評，更是一言九鼎，可以左右一個人的仕宦前途。這種品評，成為《世說新語》裡的重要內容，〈識鑑〉、〈賞譽〉、〈品藻〉、〈容止〉諸篇有不少這樣的記載。例如〈品藻〉記評論界品評溫嶠「是過江第二流之高者」，在「時名輩共說人物，第一將盡之間」，還沒有提到他時，溫嶠竟緊張得「失色」。可見士人對品評的重視。

至於崇尚虛無、專談玄理之風，從魏代何晏、王弼開始，愈演愈烈，士大夫擯棄世務，以清談為學問，以善於清談為高雅，得到讚頌即為名士，社會風氣因之大變。本書對此也津津樂道。例如〈賞譽〉記載王湛年輕時因為沉默寡言，兄弟宗親都認為他癡傻。有一次和侄兒王濟清談，由於他「答對甚有音辭」，妙言奇趣，人所未聞，王濟奏聞晉武帝，於是顯名，出任官職。

總之，《世說新語》生動記述了東漢末年至東晉時豪門貴族和官僚士大夫的言談軼事，它的出現本身又是當時沙龍中熱衷品題人物、妙語新話疊出的時代風氣的產物。它是我們了解魏晉清談風貌碩果僅存的獨特文本，清永瑢稱之為「清言淵藪」。

91 為什麼古代把國家稱為「社稷」？

「社稷」是一個專有名詞，象徵著國家。如《韓非子・難一》：「晉陽之事，寡人危，社稷殆矣。」《史記・呂太后本紀》：「夫全社稷，定劉氏之後，君亦不如臣。」「江山」這個詞也象徵著國家，在口語中江山有時與社稷並稱為「江山社稷」。

「社」、「稷」，反映中國古代以農立國的社會性質，兩者本來各不相干，「社」字在甲骨文中與「土」字一樣，象徵男性生殖器。也就是說，社起源於原始時代的生殖崇拜。在春秋時代，還存在這種原始崇拜的流風餘韻。社，既與「土」本是一字，後來加上了「示」旁，也就成為土地神的名稱。社祭的神壇也稱為「社」，從天子到諸侯，凡是有土地者都可以立社，甚至鄉民也可以立社祭祀土地神，社日成為睦鄰歡聚的日子，同時還有各種歡慶活動，「社戲」、「社火」就是很好的例子。就連現代的「社會」一詞，也與社日活動有關。

「稷」原是周民族的始祖后稷，在西周始被尊為五穀之長，與社並祭，合稱「社稷」。在幾千年的農業社會裡，土地和收成就是最大的資源和本錢，國家的長治久安繫於此。古時的君主為了祈求國事太平，五穀豐登，每年都要到郊外祭祀土地和五穀神。社稷也就慢慢變成了國家的象徵，後來人們就用「社稷」來代表國家。「社稷之憂」、「社稷之患」、「社稷之危」、「謹奉社稷而以從」，都是指「國家」的憂慮、隱患、安危。

根據《周禮·考工記》，社稷壇設於王宮之右，與設於王宮之左的宗廟相對，前者代表土地，後者代表血緣，同為國家的象徵。《禮記·曲禮下》：「國君死社稷。」就是國君與國家共存亡的意思。到了現代，工業化進程不斷加速，農業的地位削弱，使用社稷代表國家這個說法慢慢式微，現在的文章中幾乎已經不用了。

延伸知識──社稷壇為什麼敷設五色土？

明代永樂十九年（一四二一）建造的社稷壇，它是每年陰曆二月、八月，皇帝祭天，祈求風調雨順的地方。在它的最上層可以看見一塊十五·八公尺見方的土地，上面鋪墊著五種顏色的土壤：東方為青色、南方為紅色、西方為白色、北方為黑色、中央為黃色。這五種顏色的土壤分別代表著中國東、南、西、北、中五個方位的土地，即整個華夏地區。

因為中國東北平原濕潤寒冷，微生物活動較弱，土壤中有機物分解慢，所以土色較黑。而黃土高原的土壤由於其中有機物含量較少的緣故，呈現出黃色。南方由於高溫多雨，土壤中礦物質的風化作用強烈，分解徹底，易溶於水的礦物質幾乎全部流失，只剩氧化鐵、鋁等礦物質殘留土壤上層，形成紅土壤。一些地方在排水不良或長期被淹的情況下，紅土壤中的氧化鐵常被還原成淺藍色的氧化亞鐵，土壤便成為灰藍色的，如南方某些水稻田。另外含有較高的鎂、鈉等鹽類的鹽土和鹼土常為白色，主要見於西北地區。

五色土的設置還與中華民族的先祖有關。青色，象徵東方太昊，由手持圓規掌管春天的木神輔佐。紅色，象徵南方炎帝，由手持秤桿掌管夏天的火神輔佐。白色，象徵西方少昊，由手持曲尺掌管秋天的金神輔佐。黑色，象徵北方顓頊，由手持秤錘掌管冬天的水神輔佐。黃土居中，因為最高統治者黃帝居於核心地位，由手拿繩子掌管四方的土神輔佐。東、西、南、北依次為青、白、紅、黑，亦即黃帝的四方又各有一個統治者輔佐。東方稱為青龍，南方稱為朱雀，西方稱為白虎，北方稱為玄武，中間為中央之神。

從甲骨文來看，殷人已有了五方的觀念，卜辭中就有東、南、西、北四土受年的記載。「四土」加上「中商」就是「五方」。五方觀念大約在西周初年開始演變為「五方色」的觀念，以「五色」顯示「五方」。《逸周書．作洛》載：「周公……乃建大社於國中，其東青土，南赤土，西白土，北驪土，中央衅以黃土。」這種布置方式，是以道教陰陽五行學說來表示，壇上五色土象徵全國的土地，即「普天之下，莫非王土。」

92 楚莊王「問鼎中原」，這裡的「鼎」是器物嗎？

古時的鼎，本來是古人烹飪的器具，相當於現在的鍋，是用來燉煮和盛放魚肉的。許慎《說文解字》裡說：「鼎，三足兩耳，和五味之寶器也。」最早的鼎是黏土燒製的陶鼎，後來又有了用青銅鑄造的銅鼎。傳至今日的商代司母戊鼎，重八七五公斤，是迄今為止發現的全世界最大的古代青銅器。自從有了大禹鑄鼎的傳說，鼎就從一般的炊器而發展為傳國重器。

相傳夏禹令九州州牧貢銅，在荊山腳下鑄造了九個鼎。事先將全國各地山川奇異之物畫成圖形，然後分別刻於鼎身。九鼎鑄成後，陳列於宮門之外，使人們一看便知道所去之處有哪些鬼神精怪，以避凶就吉。據說此舉深得上天的讚美，因而使夏朝獲得了天帝的保佑。「九州」，是當時的天下範圍，禹鑄九鼎便是象徵著擁有天下的領導權和控制權。

從商朝到周朝，都把定都或建立王朝稱為「定鼎」。九鼎被視為傳國重器，為得天下者所據有。「問鼎中原」一詞出自《左傳》，東周時，楚莊王率軍打敗了在陸渾一帶的戎族以後，又到周定王的邊境閱兵，顯示楚國勢力的強大，嚇得周定王派大臣王孫滿去慰勞他。楚莊王一見王孫滿就問道，我聽說大禹鑄有九鼎，從夏傳到商，又從商傳到周，成為世界上的寶貝，現在放在洛陽，這鼎有多大？有多重？實際上是在暗示他要取代周天子而稱王天下。使臣則用「在德不在鼎」的話來回答，在講述了鼎的來歷和周朝的歷史之後，又以周王當傳三十世，國運當享七百年，九鼎乃天命所繫，現在還沒到滅亡、被取代的時候等話語來斥責楚莊王的狂妄。後來便把圖謀篡奪王位的企圖稱為「問鼎」。

延伸知識──「一言九鼎」是什麼？

《史記‧平原君列傳》記載：戰國時，秦國的軍隊團團包圍了趙國的都城邯鄲，形勢十分危急，趙國孝成王派平原君到楚國去求援。平原君挑選二十名門客跟他前去完成這項使命，但只選了十九個，還有一個不知該選誰，這時，一名叫作毛遂的門客自願前往，平原君一時找不到更好的，只好勉強答應。到了楚國後，平原君立即與楚王商談援趙之事，可是談了半天也沒有結果。毛遂就走上前對楚王說：「我們今天來請你派援兵，你一言不發，但你別忘了，楚國雖然兵多地大，卻連連吃敗仗，連國都也丟掉了。依我看，楚國比趙國更需要聯合起來抗秦呀！」毛遂的一席話打動了楚王的心，立即答應出兵援趙。

平原君回國後感慨地說：「毛先生一至楚，而使趙重於九鼎大呂（大呂，鐘名，與鼎同為古代國家的寶器）。毛先生以三寸之舌，強於百萬之師。勝不敢復相士。」成語「一言九鼎」和「毛遂自薦」同出自上述故事。平原君誇獎毛遂「一言九鼎」的本意是烘托出他的口才好，一句話抵得上九鼎重，一言半語就有決定性的作用。演變到現在講求誠信的時代，它又含有信守諾言、以誠相待的意思。

相傳為夏禹所鑄的九鼎是古代國家的寶器。夏傳於商，商傳於周，至秦昭王五十二年（西元前二五五），成周被秦攻占，九鼎應是入秦了。從此以後，在中國歷史上輝煌近兩千年的神物「九鼎」卻下落不明。《史記》中「九鼎」的說法前後不一。〈秦本紀〉說秦昭王「取九鼎入秦」。據此，九鼎當失於秦之後。但〈封禪書〉又說：「周德衰，宋之社亡，鼎乃淪沒，伏而不見。」那麼九鼎早在東周末年便已遺失，與秦無關。後來，《漢書》也是兼收兩說，但又說「周顯王之四十二年（西元前三二七）……鼎淪沒於泗水彭城下。」以後秦始皇出巡路過彭城（今江蘇徐州）時，派了上千人下水打撈，結果一無所獲，未能如願。這說明九鼎並未入秦，至少沒有全部入秦。

清人全祖望、沈欽韓等學者對傳統說法表示懷疑，並作了新的研究。王先謙在《漢書補注》中除引用全、沈二家之說外，又作了進一步的發揮，認為周人為防止大國覬覦，加上經濟困難，採取了毀鼎鑄錢的下策；對外則詭稱丟失，不知去向。秦人謬傳九鼎沉入泗水，連秦始皇也受到愚弄。這些說法足以發人深思，但未必即為至論。九鼎既然被周人視為天命之所在，也就只能與社稷共存亡，豈有因大國覬覦而自行銷毀之理？九鼎之「重」，不是實物本身的價值，而在於其象徵的意義。東周統治者能為少量之銅而毀鼎鑄錢、甘心自隳天命嗎？縱觀古籍中有關記載，對九鼎遺失的時間和地點雖然說法不一，但並無已被銷毀的材料。因此，希望現代考古工作的進展，終有一天能使神鼎重見天日，發出燦爛的光輝。

93 大家常說「錦繡河山」，為什麼要用「錦繡」形容河山呢？

河山冠以「錦繡」二字，也唯有我中華有此資格。何以然呢？因為絲織物的「錦」和「繡」，原產於古代中國，而且歷代因襲傳承，經久不衰，在全世界都享有盛譽。

錦是一種提花織物，古人謂織彩為紋。織彩，便是染上彩色的經線起花。一九八二年湖北江陵馬山一號楚墓出土的錦，經線配色可分二色錦和三色錦。前者紋樣顯得多彩豔美，紋飾圖案多變。後者紋樣的構圖繁複、細密，其中一件非幾何形舞人動物紋的錦，共用經線七六九八根，在世界紡織史上實屬罕見。

繡是一種在絹上刺繡的絲織物。古人稱刺彩為繡。馬山一號墓出土的繡品有二十一件，最大的一件對鳳龍紋繡，長達一百八十一公分。成對的鳳、龍，或飛翔、或跳躍，姿態匀雅。由於繡色以金黃和深褐色為主，配以黃絹，顯得富麗堂皇。

中華地大物博、氣象萬千，如蘇東坡所詠：「江山如畫，一時多少豪傑！」而用「錦繡」這種華麗而貴重的絲織物來形容，應該是再恰當不過的了。《釋名．釋言語》：「會集眾彩，以成錦繡。」這是古人對錦繡工藝的高度評價，因此，用錦繡比喻河山，便使人樂於傳頌，沿用成為習語。如唐杜甫〈清明二首〉其二：「秦城樓閣煙花裡，漢主山河錦繡中。」元戴良〈秋興五首〉其二：「王侯第宅蒼茫外，錦繡河山感慨中。」清曾樸《孽海花》第一回：「正是華麗境域，錦繡山河，好不動人歆羨呀！」

延伸知識——「赤縣神州」為什麼是指中國？

在古籍中，中國有許多別稱，《史記．孟子荀卿列傳》提到戰國時齊國有個叫鄒衍的人，他說：「中國名為赤縣神州。赤縣神州內自有九州。」後來人們就稱中國為「赤縣神州」，但更常分開使用，或稱赤縣、或稱神州。

中國何以稱為「赤縣」？「赤縣」是指天子帝王所居之「王畿」，即京都，因此用以指稱整個中國。「縣」，右旁為「系」，左旁為「首」字的倒形。許慎《說文解字》言：「縣，繫也。從系持首。」「縣」字的本義是指「首（首領、首腦）之所繫」或「首之所在」，所以古代就把帝王天子所在之京都稱為「縣」，而不是後來行政區劃意義上的縣。《廣雅．釋詁》說：「縣，國也。」即取此義。為何又在「縣」字前加個修飾詞「赤」呢？「赤」是紅色，有光輝明亮的意思，這是中國傳統作為吉利祥瑞的色彩。古代常以日月喻指天子帝后，所以天子帝后所居之京都「縣」，當然就是吉利祥瑞、聖明昭著的，因而就用象徵吉祥聖明的「赤」字來修飾，稱為「赤縣」。

中國又名「神州」。《漢唐地理書抄》輯《河圖括地象》：「昆侖東南地方五千里，名曰神州，中有五嶽地圖，帝王居之。」中國文化是敬天信神的文化，從史上記載的三皇所經歷的漫長的歲月來看，在中國顯然經過一段人與神共處的歲月，神曾經直接傳授文化給人類。傳說盤古開天闢地之後，出現的女媧、伏羲、神農都是一些像神般具有無邊法力的人物。始祖母神女媧皇，她是中華民族偉大的母親，她慈祥地用天上的黃土仿造神的模樣創造了人。黃帝是人文初祖，他帶來了「絕天地通」的黃帝時代，於是人神分隔。但古史中又有黃帝求道、問道的記載。待到他得法悟道後，黃帝與隨身的宮臣七十多人一起跨上從天而降的黃龍，白日升天，重新回歸神的世界。古人相信神秘的東方，亦即中國這個地方，是傳說中神的故鄉，是盤古以來諸神創造、生活的國度，所以中國又有神州的稱號。

94

為什麼故鄉、家鄉又被稱作「桑梓」？

《儒林外史》寫范進中舉後，鄉紳張靜齋主動上門攀談道：「世先生同在桑梓，一向有失親近。」這裡的「桑梓」是指故鄉。為什麼不用別的樹木而用「桑梓」來代稱故鄉呢？

據文獻記載，種植桑樹與梓樹在古代是很普遍的。中國是世界上最早植桑的國家。到了周代，栽桑養蠶已遍及中國南北的廣大地區，養蠶織絲成為婦女的主要生產活動。而梓樹是一種落葉喬木，生長速度快，木質輕軟耐用，很適合製作家具。一般家庭，常在房前屋後種上幾株桑樹、梓木，這樣生活就有了保障。

孟子曾經說過：「五畝之宅，樹之以桑，五十者可以衣帛矣。」家裡的老人家若去世，伐下長大成材的梓樹，棺柩也不用發愁了。因此，古人有在住宅周圍栽植桑梓的習慣。後來人們就用物代替處所，用「桑梓」代稱家鄉。唐代柳宗元的〈聞黃鸝詩〉：「鄉禽何事亦來此，今我生心憶桑梓。」詩中以「鄉禽」與「桑梓」對舉，表達了懷鄉的感傷之情，即桑梓之思。日人西鄉隆盛詩句：「埋骨何須桑梓地，人生無處不青山。」則表現了好男兒以四海為家，何必老死在故鄉的豪情。

延伸知識 《儒林外史》的作者為什麼取名叫「敬梓」？

《儒林外史》的作者吳敬梓故居大門所書對聯「儒冠不保千金產，稗說長傳一部書」，是其一生寫照，點出了吳敬梓一生的經歷和光輝成就。上聯不僅符合《儒林外史》書中豪傑杜少卿仗義疏財的舉止，也符合吳敬梓自己揮霍家產的行事作風。由於吳敬梓曾如此對待自己從生父吳雯延、嗣父吳霖起名下承繼的「千金產」，他因此被書中的高翰林之流、現實社會的全椒士紳譏諷為第一個敗家子。

以此行徑，作家當不會自名「敬梓」，此名乃他從小跟隨的嗣父所取。吳霖起是一生功名僅止於贛榆縣老教諭的讀書人，這位忠於教職而終被無情黜落的耿直老秀才，出生於「國初以來重科甲，鼎盛最數全椒吳」的靠科舉發家的門第。自己功名的黯淡和同輩族人在科場的不佳表現，使吳霖起把重振家聲的希望寄託在繼子的身上。「敬梓」意為「恭敬桑梓」，此名顯然來自《詩經》。據《詩．小雅．小弁》記載：「維桑與梓，必恭敬止。靡瞻匪父，靡依匪母。」意思是見了桑梓容易引起對父母的懷念，所以起恭敬之心。可見吳霖起希望他「恭敬桑梓」，就是鼓勵他向曾祖國鼎、國緡、國對、國龍一輩看齊，爭取在他這一代金榜題名，把父輩的傳統發揚光大。

95 為什麼山川形勝被古人統一命名為「地理」呢？

「地理」一詞最早見於先秦文獻，在《周易．繫辭》中已有「仰以觀於天文，俯以察於地理」的話。唐代孔穎達在《周易正義》中注釋說：「地有山、川、原、隰，各有條理，故稱理。」可見，當時的地理是指山川等大地方面的知識。

中國古代最早的地理書籍包括《尚書．禹貢》和《山海經》等，以「地理」命名的著作正式出現在東漢。班固撰寫《漢書》時，專門寫了一篇〈地理志〉，這是中國地理學史上具有劃時代意義的著作。它的主要內容為漢代地理，開創了以一個朝代一定時期的疆域為主體，分別記錄各區山川物產的疆域地理志的體例。此後，中國歷代的官修史書，絕大多數都有「地理志」一章，並且都以《漢書．地理志》為範本記述各朝郡縣疆域及山川狀況。由於《漢書．地理志》的出現，「地理」一詞也因此成為山川形勝及其相關學問的統稱。

延伸知識❶——「中國」為什麼是華夏神州的代稱？

夏朝相傳是中國第一個王朝，當時黃河流域的先民自稱「華夏」。華夏族人將其四境的民族稱為蠻、夷、戎、狄，而自稱為「中國」。「中國」一詞最早見於周代文獻，如《論語集解》說：「諸夏，中國也。」後來隨著所指對象不同而有了不同的含義，大致可以指京師、天子直接統治的地區、中原地區、國內或諸夏族居住的地區等。

《史記》、《漢書》裡也經常出現「中國」的稱謂，用它指華夏或漢族建立的國家。所以自漢代開始，人們就把漢族建立的中原王朝稱為「中國」了。正因為如此，當少數民族如鮮卑人入主中原建立北魏後，便以「中國」自居，把偏安南方的王朝叫作「島夷」。而漢族建立的南朝也以「中國」自居，稱北朝為「索虜」、「魏虜」。兩宋時期，南、北方不同政權也都自稱中國，彼此不承認對方是「中國」。

這樣演變下去，「中國」一詞所指的範圍，隨著時代演變而從周的京師擴大為關中、河洛地區，又延伸到包括各大、小諸侯國在內的黃河中、下游地區。秦漢以來，那些不屬於黃河流域但在中原王朝政權統轄範圍之內的地區也都稱為「中國」，於是「中國」一詞終於成為中國的通用名號。

《西遊記》第一回說盤古開闢天地後，世界分為四大部洲：東勝神洲、西牛賀洲、南贍部洲、北俱蘆洲。第八回又叫如來對眾人品評四洲的善惡優劣，曰：「東勝神洲者，敬天禮地，心爽氣平；北俱蘆洲者，雖好殺生，只因糊口，性拙情疏，無多作踐；我西牛賀洲者，不貪不殺，養氣潛靈，雖無上真，人人固壽；但那南贍部洲者，貪淫樂禍，多殺多爭，正所謂口舌凶場，是非惡海。」

如來說他的西牛賀洲是人人長壽的極樂世界，即後文取經要去的大西天。他的勸人為善的三藏真經，又委託觀音到東土去找人來求取。俗傳花果山在連雲港或順昌、泰山等地，那麼花果山所屬的東勝神洲應該是東土大唐所在地了吧？稍作分析就發現其實不然。因為佛已稱其「敬天禮地，心爽氣平」，何必再取勸善之經呢？最後還是如來親自點破答案。九十八回如來對三藏說：「你那東土乃南贍部洲，只因天高地厚，物廣人稠，多貪多殺，……」正和開頭評議時說南贍部洲的情況相同。

如來吩咐阿難、伽葉兩個引他們師徒四人，去藏經閣檢出經卷，傳流東土，也就是當時的中國。小說寫美猴王最初學藝前曾聽猿猴講三等人（佛、仙、神聖）在閻浮世界之中，古洞仙山之內。閻浮，是梵語「贍部」之舊譯，原意即指南贍部洲。因此，當時的中國也在閻浮世界之中即「神州」內了。

96 煉石補天的女媧是炎黃子孫的母親神嗎？

據古代神話文獻的記載：在洪荒時代，水神共工和火神祝融因吵架而大打出手，共工被打敗後，用頭怒觸西方的不周山。但不周山是用以撐天的柱子，被共工撞倒支柱之後，天倒下了半邊，出現了一個大窟窿，地也陷成一道道大裂紋，「天不兼覆，地不周載；火爁焱而不滅，水浩洋而不息；猛獸食顓民，鷙鳥攫老弱。」

女媧目睹人類面臨著空前大災難，感到無比痛苦，於是決心補天，以挽救他們。她選用五色石，架起火把它們熔化成漿，再將這種石漿去填補殘缺的天上窟窿。隨後又斬下一隻大龜的四腳，把它們作為四根柱子，支起倒塌的半邊天。女媧還擒殺了殘害人民的黑龍，堵住了四處泛濫的洪水。

經過女媧一番辛勞整治，蒼天總算修補完好，地填平了，水止住了，龍蛇猛獸斂跡了，人民又重新過著安樂的生活（《淮南子》天文、覽冥訓）。

女媧不僅是神話中煉石補天、再造乾坤宇宙的女神，而且還是中華民族的母神。傳說她慈祥地創造了人類，又勇敢地保護人類免受天災，是被民間廣泛且長久崇拜的創世神和始祖神。

女媧摶土造人，制嫁娶之禮，延續人類生命，造化世上生靈萬物。她神通廣大，每天至少能創造出七十樣東西。《太平御覽》說女媧在造人之前，於正月初一創造出雞，初二創造狗，初三創造羊，初四創造豬，初五創造牛，初六創造馬。到初七這一天，女媧用黃土和水，仿照自己的樣子造出了一個個小泥人。後來覺得一個個造起來太慢，就用繩子，沾滿泥漿，揮舞起來。一點一點的泥漿灑在地上，都變成了人。為了讓人類永遠地流傳下去，她創造了嫁娶之禮，自己充當媒人，讓人們懂得「造人」的方法，憑自己的力量傳宗接代。

女媧造人救世，勞苦功高，所以在西漢的《運斗樞》、《元命苞》等緯書中，女媧和她的哥哥伏羲、遍嘗百草救人的神農，一起被列為人始之初的「三皇」，女媧號為「媧皇」。

延伸知識 中國有沒有像西方傳說中上帝造人的男性始祖神？

《淮南子．精神訓》描述了宇宙創生的過程：「古未有天地之時，唯像無形，窈窈冥冥，芒芠漠閔，鴻蒙鴻洞，莫知其門。有二神混生，經天營地，孔乎莫知其所終極，滔乎莫知其所止息。於是乃別為陰陽，離為八極，剛柔相成，萬物乃形。」世界開始於一團混沌之氣，後陰陽剖分，化生萬物。對照《楚帛書甲篇》，這裡的「二神」當指伏義、女媧。從哲學的角度來說，是陰陽兩儀；從神話的角度來說，是伏義、女媧二神。在漢墓壁畫、畫像磚石中，伏羲手捧太陽或日規，代表陽；女媧手捧月亮或月矩，代表陰。伏義、女媧結婚生育四子，才育有萬物，這是陰陽化育萬物的開始。

伏義，又作宓義、包犧、伏戲，亦稱犧皇、義皇。相傳人首蛇身，與其妹女媧成婚，生兒育女，成為人類的始祖。根據傳說和史籍記載，伏義氏仰觀象於天，俯察法於地，用陰陽八卦來解釋天地萬物的演變規律和人倫秩序。伏義氏造書契、正婚姻、教漁獵，結束了人們茹毛飲血、結繩記事的蒙昧歷史，開創了文明。伏義氏因此被奉為中華民族的「人根之祖」、「人文之祖」。

由於伏義是蛇身人首，故有「龍的傳人」之說。據統計中國在漢、苗、瑤、壯、彝、傣、佤、侗、水、哈尼、拉祜、布依族等數十個民族中，均流傳有伏義、女媧兄妹托庇葫蘆得免洪災、結婚繁衍人類的故事，故稱「人祖爺」。因此，中國的男性始祖神就是伏義。

97 三國赤壁之戰是在哪裡展開的？赤壁之戰的地點為什麼叫作「赤壁」呢？

東漢建安十三年（二〇八）冬，東吳和劉備的孫、劉聯軍借助風勢，動用火攻，一把火葬送了曹操二十六萬兵馬，乘勝追到南郡，曹操率殘部北歸鄴城。這次以少勝多的戰役就是赤壁之戰。

陳壽的《三國志》和裴松之注引文所記載赤壁之戰最具權威。在〈吳主傳〉、〈周瑜傳〉、〈魯肅傳〉、〈蜀先主傳〉、〈諸葛亮傳〉等篇中，寫「權遂遣（周）瑜及程普等與備並力逆曹公，遇於赤壁。時曹公軍眾已有疾病，初一交戰，公軍敗退，引次江北。瑜等在南岸……。」曹軍退居的江北為烏林，孫、劉駐紮在長江南岸的赤壁。完成於南朝劉宋元嘉十四年的盛弘之《荊州記》說：「蒲圻縣沿江一百里南岸名赤壁，周瑜、黃蓋此乘大艦，上破魏兵於烏林。烏林，赤壁其東西一百六十里。」（見《文選》注三十引）赤壁和烏林，雖是兩個地名，但只有一江之隔，所以後世稱這次戰役為赤壁之戰，亦稱烏林之戰。

赤壁的具體位置在蒲圻縣（今湖北赤壁市）城西北三十六公里，由三個山頭組成，臨江的一個山嘴上，刻有「赤壁」兩個大字。《湖北通志》載：「赤壁山臨江磯頭有『赤壁』二字，乃周瑜所書。」相傳周瑜高奏凱歌，回軍赤壁，在樓船上舉行慶功酒會，拔出佩劍，邊舞邊歌「臨赤壁兮敗曹公」。歌罷，提劍在懸崖上深深刻下了「赤壁」二字。

也有人說，孫、劉聯軍巧用火攻，乘東南風大起，向曹營舉火，火船借助風勢，直衝曹軍水寨。曹軍船隻一時盡燃，岸上營落，火逐風飛，烈焰沖天，一片火海，把南岸崖壁照得一派通紅，赤壁因此得名。

不過，赤壁作為地名，命名應在赤壁之戰發生前。漢高祖六年，沙羨縣（屬江夏郡）的縣令梅赤著手調查境內山川河流，發現許多地方沒有取名，於是就按朝廷旨意命名了一批地名。當時陸水南岸有位修持百年的老道長駱文聰，上知天文，下窮地理。梅縣令專程拜訪駱道長，兩人擺開羅盤、八卦，推演一番後，將沙羨中央一山名曰金紫山，在金紫山之南取了地名「柳林」。金紫山之北乃玄武之象，取其壁，「玄武之壁也」，取了個地名為「赤壁」。漢高祖崇尚赤色，除了「赤壁」外，梅縣令和駱道長又取了幾個帶赤字的地名，如赤博林、赤博林湖、赤岡畈、赤馬港等。就這樣，「赤壁」的地名就出現了，而且載入史冊，僅《三國志》一書就有五十多處提到赤壁。

延伸知識 為什麼又有「東坡赤壁」的說法呢？

歷史上寫赤壁的詩文，影響最大的首推蘇東坡。蘇軾因烏台詩案，貶謫到黃州做團練副使，寫下了千古名詞〈念奴嬌．赤壁懷古〉，還有膾炙人口的前、後〈赤壁賦〉。他在詞中道：「故壘西邊，人道是、三國周郎赤壁。」他在賦中說：「壬戌之秋，七月既望，蘇子與客泛舟，遊於赤壁之下。」在詩文中遙想當年赤壁鏖戰時風流人物周郎打敗曹軍，使檣櫓灰飛煙滅的顯赫業績，寄託了自己壯志未酬、戴罪江城的抑鬱思想。

因為蘇軾懷古的赤壁（即今黃岡城外長江北岸的赤鼻磯）並非歷史上的戰場，作者本人也未聲言他遊覽的就是真赤壁（從「人道是」可知），所以後人稱他詠的赤壁為「東坡赤壁」，而把蒲圻的古戰場赤壁稱為「三國周郎赤壁」。兩個赤壁又叫「文赤壁」和「武赤壁」。

此外，湖北還有幾處地名也稱作「赤壁」。《湖北輿地圖記》：「今江漢間言赤壁者五：漢陽（在今漢陽縣蔡甸東，江水中間的一個洲上）、漢川（在今漢川縣西八十里的赤壁草市，漢水支流的刁河口上）、黃州、江夏、嘉魚也。當以嘉魚赤壁為據。」楊守敬的《水經注疏》說：「赤壁當在嘉魚東北現江夏接界處。」《一統志》：「赤壁山，在嘉魚縣東北江濱。……又按江夏縣東南七十里，亦有赤壁山，一名赤磯，一名赤圻，非周瑜破曹操處也。」

雖然具「赤壁」之名的地方有多處，但三國的「赤壁」戰場，現在已公認為三國吳黃武二年（二二三）設置的蒲圻縣（今赤壁市）。

98 有句話說「人在江湖，身不由己」，什麼是「江湖」？

談武俠小說，無論如何離不開「江湖」。江湖屬於俠客，反過來說，俠客也只能生活在江湖之中，這是讀者近乎常識的判斷。只是「江湖」究竟是何意？為什麼非與武俠連在一起不可呢？卻很少有人探究。

「江」、「湖」兩字既可單用，也常合併使用，作為專有名詞時則指長江和洞庭湖，作為共名時則泛指「三江」和「五湖」。《莊子》一書中最早出現「江湖」一詞：「泉涸，魚相與處於陸，相呴以濕，相濡以沫，不如相忘於江湖。」（《莊子．內篇．大宗師》）而范仲淹在〈岳陽樓記〉中的名句：「居廟堂之高，則憂其民；處江湖之遠，則憂其君。」則把「江湖」與廟堂對立的文化意義表現得最為清楚。因此後世作家，不滿專制朝廷的廟堂政治的黑暗，就有意標舉與之相對的民間社會的江湖文化。《水滸傳》裡被逼上梁山的就是一幫江湖英雄，他們闖蕩江湖、行俠仗義的故事就是一部《忠義水滸傳》，舊名就叫「江湖豪客傳」。

武俠小說裡更常提及「江湖」，武俠小說名家古龍藉殺手燕十三之口說：「人在江湖，身不由己」，更成為驚世之言。至此，「江湖」的稱謂為更多的人接受，也有了進一步的含義。在江湖裡，可以和愛侶雙劍合璧，共奏一曲「笑傲江湖」。江湖是無奈的，看著自己的師友至愛喋血黃沙，為報仇也只能十年面壁，這就是江湖。最後古龍對江湖做了總結：「有人的地方，就是江湖。什麼是江湖？人即是江湖。什麼是江湖？恩怨即是江湖。」這個莊子以寓言形式闡述玄妙真理的「江湖」，因為古龍等人筆下的武林人物的出場，也變得更為沉重，充滿了人世間的恩怨和哀愁。

延伸知識—「九州」指哪九州？

九州之稱，最早見於《尚書．禹貢》：「禹別九州，隨山浚川，任土作貢」，「東漸於海，西被於流沙」。相傳堯時大禹治水，分天下為九州，即「冀州」，「濟、河唯兗州」，「海、岱唯青州」，「海、岱及淮唯徐州」，「淮、海唯揚州」，「荊及衡陽唯荊州」，「荊、河為豫州」，「華陽、黑水唯梁州」，「黑水、西河唯雍州」。

從字面上看，「州」字的金文像河流環繞的高地的形狀。《說文解字》解釋說：「水中可居曰州。」可知其本義與《詩經．王風．關雎》中「在河之洲」中的「洲」字略同。既然「州」是很小的地方，「禹別九州」的「九」就不一定是指九個大型的行政區劃。「九州」的本義，應該是對古代中國不同部落、不同文化區域的總稱。由此「九州」又引申為「全國」的代稱，猶「天下」、「四海」之謂。龔自珍〈己亥雜詩〉裡的著名詩句「九州生氣恃風雷，萬馬齊喑究可悲。」其中「九州」一詞就是泛指當時的中國。

99 「光餅」為什麼跟平定倭寇侵擾有關？

光餅是至今仍流傳下來的著名小吃，其原料僅為麵粉、鹼麵、鹽巴，另加一點芝麻，又被稱為「征東餅」。無論「光餅」還是「征東餅」，均與戚繼光入閩抗倭的傳說有關。

史載明朝嘉靖年間，倭患不斷，戚繼光率領戚家軍揮戈南下，直抵福清。為追寇殺敵，軍中常常來不及舉火燒飯，戚繼光便下令烤製一種最簡單的小餅，用麻繩串起掛在將士身上充當乾糧。由於戚家軍平倭有功，據說明嘉靖皇帝賜名曰「繼光餅」，後來人們便把它簡稱為「光餅」。

另有一種說法，認為光餅源於福建東南民眾為戚繼光的軍隊預備的乾糧。有一次，戚家軍行軍至慈溪龍山東門外，一老農為戚家軍獻上許多中間穿有小孔、上撒芝麻的鹹餅以作慰勞，並對戚繼光說，這餅光光的，用繩子穿上帶在身邊，餓時即可充饑。戚繼光深感百姓愛軍心切，又看軍隊也需要便於攜帶的乾糧，就命將士接受了百姓的一片心意。

不管是民獻還是自創，光餅這種便於攜帶的乾糧為平定倭寇侵擾立下了大功勞。查乾隆年間的《榕城詩話》，有詩為證：「昔聞南塘戚將軍，禦倭遠走東海岸。三軍千里裹糧來，徵發往往誤朝爨。特作此餅散軍中，一串隨身掛鎧釬。干戈沖斥任鯨吞，臨陣含脯和血汗。身經百戰兵不饑，士氣激發倍驍悍。」

延伸知識 武夷岩茶為什麼叫作「大紅袍」？

大紅袍是福建武夷岩茶（烏龍茶）中的名貴珍品，產於福建崇安東南部的武夷山。這裡方圓六十公里，有三十六峰、九十九名岩，岩岩有茶，茶以岩名，岩以茶顯，故名岩茶。大紅袍和鐵羅漢、白雞冠、水金龜等名品合稱「四大名樅」。說起大紅袍的來歷，還有一段有趣的故事。

傳說古時候，有一位窮秀才上京趕考，路過武夷山時，生了一種怪病，整天沒有食欲，武夷山天心寺的老方丈聽說之後，命人泡了一碗茶給他喝，病一下子就好了。後來秀才考中了狀元，皇帝御賜一件大紅袍，招為東床駙馬，於是他專程來到武夷山謝恩。到了天心寺後，方丈引著他從天心岩南下，來到九龍窠，但見峭壁上長著三株高大的茶樹，枝葉繁茂，吐著一簇簇嫩芽，在陽光下閃著紫紅色的光澤，煞是可愛。

老方丈說，當年你犯厭食症，就是用這種茶葉泡茶治好的。很早以前，每逢春日茶樹發芽時，就鳴鼓召集群猴，穿上紅衣褲，爬上絕壁採下茶葉，炒製後收藏，可以治百病。

狀元聽了，先在石壁前擺下香燭供品，對著三株樹行了三拜九叩的大禮。然後命一樵夫爬上半山腰，將皇上賜的大紅袍披在茶樹上，以示皇恩。說也奇怪，等掀開大紅袍時，三株茶樹的芽葉在陽光下閃出紅光，眾人說這是大紅袍染紅的。後來，人們就把這三株茶樹叫作「大紅袍」了。

100

為什麼有種荔枝叫「妃子笑」？

讀唐史的人，都應該聽過唐明皇為能讓楊貴妃吃到新鮮荔枝，不惜動用戰時驛道的快馬日夜兼程送到長安的故事。晚唐杜牧還有一首〈過華清宮絕句〉渲染此事：「長安回望繡成堆，山頂千門次第開。一騎紅塵妃子笑，無人知是荔枝來。」荔枝有一品種叫「妃子笑」，即是受此影響而得名。可是，由於詩人沒有說出荔枝的產地，史書也無記載，因此「妃子笑」來自何處竟然成為一段歷史公案。

翻閱史料，可知古來為朝廷進貢荔枝的產地，向有嶺南和涪州（今四川重慶東北）兩地。因司馬光所編《資治通鑑》說：「妃欲得生荔支，歲命嶺南馳驛致之，比至長安，色味不變。」貴妃愛吃的荔枝出自嶺南一說，遂成定論。

歷史學家嚴耕望先生在《唐代交通圖考》中的〈天寶荔枝道〉一文細查此事，卻發現其中實有紕漏，就是運輸中的荔枝如何保鮮。曾任忠州（今重慶忠縣）刺史的白居易在《荔枝圖序》中說到巴峽間生荔枝，離枝「三日而味變」。如果楊妃吃的荔枝產自嶺南，則距長安有四、五千里之遙，斷不能如《新唐書・玄宗貴妃楊氏傳》說的：「置驛傳送，走數千里，味未變已至京師。」而從鄰近長安的蜀地驛馬傳送荔枝，三日內可達長安。北宋蔡襄《荔枝譜》說：「唐天寶，妃子尤愛嗜涪州，歲命驛致。」《國史補》也稱楊氏「生於蜀，好食荔枝。」則她幼時就喜愛的水果更可能是本地所產。《輿地紀勝》之「涪州古蹟目」則記：「妃子園在州之西，去城十五里，荔枝百餘株，顆肥肉肥，唐楊妃所喜。」可見給楊貴妃進貢的新鮮荔枝應產在四川。這種「妃子笑」荔枝外皮淡紅，果實較大，內核特別小，平均單果重三十克，果肉細嫩多汁，難怪讓楊貴妃一見即笑逐顏開。

延伸知識——「老佛爺」是對慈禧太后的專稱嗎？

慈禧太后，又稱「西太后」、「那拉太后」。乳名蘭兒，姓葉赫那拉氏，鑲黃旗滿洲人，安徽徽寧池廣太道道員惠徵之女。咸豐二年（一八五二）被選入宮，號蘭貴人。咸豐六年（一八五六）生子載淳，晉升為懿貴妃。咸豐十一年（一八六一）咸豐帝死，其六歲的兒子載淳即位，這就是清穆宗同治皇帝。咸豐十一年七月十八日，內閣奉上諭，尊咸豐皇帝的皇后紐古祿氏為「母后皇太后」，加徽號為「慈安」；尊載淳的生身之母懿貴妃為「聖母皇太后」，加徽號「慈禧」，這就是兩宮皇太后。咸豐駕崩於承德避暑山莊後，治喪期間慈安太后因與慈禧太后分住煙波致爽殿東、西暖閣，所以慈禧又被稱為西太后。

西太后對佛教十分崇信，每逢齋日都要吃素念經，她的居室裡專設一間佛堂，供奉著一尊瓷製的觀音菩薩像。萬壽寺大雄寶殿後面的觀世音，據說是她的心腹太監李蓮英讓人按慈禧的模樣塑造的。後來慈禧到萬壽寺焚香禮佛，還穿上了寺裡方丈為她準備的觀音衣服，李蓮英則雙手合十、橫杵於腕上，扮作護法神韋馱，兩人在這個佛像前照了張像。宮裡的人為了討西太后的喜歡，稱她為「西佛爺」，東太后也跟著被稱為「東佛爺」。光緒七年東太后去世，兩宮只剩下西太后一人，而且她權傾朝野，垂簾聽政，這時人們也就改口稱她為「老佛爺」了。

在一些小說和連續劇中，往往把西太后稱作「老佛爺」，許多人就誤認為它是慈禧太后的專用名稱。其實不然，清朝各代皇帝都可以稱為「老佛爺」。這是因為滿族祖先的女真族首領最早稱為「滿柱」，而「滿柱」是佛號「曼殊」的轉音，意為「佛爺」、「吉祥」。滿清建國後，將「滿柱」漢譯為「佛爺」，並把它作為皇帝的代稱。慈禧貴為太后，權傾朝野，實際掌握了政權，但畢竟不是名正言順的皇帝，尊稱她為「老佛爺」顯然不合禮數。

101

明清時期的最高行政機關為什麼稱為「內閣」？

內閣，明、清最高官署名。早在唐玄宗時，宮廷內便設有翰林學士院，位於宮廷內學士院，是一個應對皇帝宣召，或代為皇帝起草文書的機構。到宋代設立的翰林學士院，已與執軍政權的政事堂、樞密院具有相同的地位。明代皇帝朱元璋為了加強中央集權，仿照唐宋舊制，於洪武十五年（一三八二）置華蓋殿、謹身殿、英武殿、文淵閣、東閣等大學士，為皇帝顧問。明成祖即位後，特派品位較低的翰林院編修、檢討解縉、胡廣、楊榮等入午門值文淵閣，參預機務，稱為「內閣」。皇帝常與這些親信密議國政，「人不得與聞」。仁宗以後，內閣權位漸高，入閣者多為尚書、侍郎。明代之內閣大學士雖無宰相之名，實有宰相之權。

清代沿襲明制，天聰年間，設內三院；順治年間改稱內閣，以大學士分兼殿、閣之銜。軍機處成立後，凡內閣處理的政務，基本上改由軍機處辦理，內閣徒有虛名，僅成為傳達皇帝諭旨、公布文告的機關，但名義上仍為清代最高級之官署。

清末仿行君主立憲制，設責任內閣，以舊內閣與軍機處合併為最高國務機關。北洋軍閥時期改稱國務院，習慣上仍稱內閣，其成員稱閣員。時至今日，人們稱呼各國處理國家政務的最高行政機構，仍多按此習慣稱為內閣。「內閣」一詞已成為政府首腦部門的代稱。

延伸知識｜官府為什麼又叫「衙門」？

「衙門」，據《唐語林》卷八及封演《封氏聞見記》一書記載：「近代通謂府庭為公衙。」而「衙」字本作「牙」，先秦時武將儀仗「像猛獸以爪牙為衛，故軍前大旗謂牙旗」。東漢張衡的〈東京賦〉中有「戈矛若林，牙旗繽紛」的描述，三國時代的薛宗注解說：「牙旗者，將軍之旌。古者天子出，建大牙旗，杆上以象牙飾之，故云牙旗。」古代君主、將軍統兵出征，常在軍營門口設置牙旗，軍中聽號令，必至牙旗之下。所以營門也稱「牙門」，是軍中的辦公之處。唐代崇尚武略，因此通稱「公府」為「公牙」，「府門」為「牙門」，「字稱訛變，轉而為衙」，結果「衙門」就成了歷代王朝的統治機構的代稱。

另一說法是，古代皇宮宮殿的前殿殿門叫衙門。唐代設南衙、北衙，文官集聚在丞相辦公的南衙；北衙是羽林軍將領辦公的地方，武官集聚在那裡。後來，凡是官署通稱為衙門，不管是哪一個朝代，其統治方式的構成都是一個複雜的系統，因而衙門的分類和級別亦是各不相同的。「衙門八字朝南開，有理無錢莫進來」這一類諺語的流傳，便十分生動地反映了老百姓對它的認識。老百姓所云只是指最基層的衙門，即州縣衙門。至於皇宮的衙門，則是他們做夢也不敢想「進」的。

人在江湖，身不由己，但什麼是江湖？——從古人詞語學文化常識3

舊版原書名：《人人都需要的3分鐘國文課5》

作　者　蘇建新等
封面設計　呂德芬
責任編輯　劉文駿、張海靜
行銷業務　郭其彬、王綬晨、邱紹溢
行銷企畫　陳雅雯、汪佳穎
副總編輯　張海靜
總 編 輯　王思迅
發 行 人　蘇拾平
出　版　如果出版
發　行　大雁出版基地
地址　台北市松山區復興北路333號11樓之4
電話　02-2718-2001
傳真　02-2718-1258
讀者傳真服務　02-2718-1258
讀者服務信箱 E-mail　andbooks@andbooks.com.tw
劃撥帳號　19983379
戶名　大雁文化事業股份有限公司

出版日期　2019年10月二版
定價　360元
ISBN　978-957-8567-37-5

歡迎光臨大雁出版基地官網　www.andbooks.com.tw
訂閱電子報並填寫回函卡

國家圖書館出版品預行編目(CIP)資料

人在江湖,身不由己,但什麼是江湖?：從古人詞語學文化常識3 / 蘇建新等著. -- 二版. -- 臺北市：如果出版：大雁出版基地發行, 2019.10
面；　公分
ISBN 978-957-8567-37-5(平裝)
1.漢語 2.中國文化 3.中國史 4.問題集
802.022　　108017394